Sabine Richling

Du bist gefährlich für mich

Ungezügeltes Verlangen
Teil 4

AF281639

Sabine Richling

Du bist GEFÄHRLICH für mich

Ungezügeltes Verlangen
Teil 4

Dark Romance

Bibliografische Information der Deutschen Nationalbibliothek:
Die Deutsche Nationalbibliothek verzeichnet diese Publikation in der Deutschen Nationalbibliografie; detaillierte bibliografische Daten sind im Internet über http://dnb.dnb.de abrufbar.

Lektorat/Korrektorat:
Christina Lelewell und Frank Lohmann
Coverbild: HayDmitriy/Shotshop.com
Covergestaltung: Frank Lohmann

Verlag: BoD · Books on Demand GmbH,
Überseering 33, 22297 Hamburg, bod@bod.de
Druck: Libri Plureos GmbH,
Friedensallee 273, 22763 Hamburg

ISBN: 978-3-7597-8443-8

1

Apathisch sitze ich auf dem ungemütlichen, kalten Metallstuhl in der Notaufnahme und lasse mir von Dr. Krüger die Platzwunde an der Stirn nähen. Ich weiß nicht, wo Steffen ist … ob er noch lebt …! Niemand will mir etwas sagen. Ich werde noch verrückt, wenn ich nicht bald erfahre, was genau passiert ist!

„So, Frau Waldeck, jetzt haben Sie es gleich geschafft", tut Dr. Krüger so, als wäre mir das wichtig. Dabei kreisen meine Gedanken unaufhörlich um Steffen. „Jetzt kleben wir Ihnen noch ein hübsches buntes Pflaster darauf und dann können Sie gehen." Er wendet seinen Kopf zur Seite, da plötzlich jemand an der offenen Tür steht. „Ach, da ist ja schon Ihr Ehemann!"

„Mein Ehemann …?", frage ich doof und schaue über meine Schulter.

„Kommen Sie ruhig rein, Herr Waldeck", spricht er Marc mit dem falschen Nachnamen an und winkt ihn heran. Danach sieht er wieder zu mir und wirkt amüsiert. „Ihr Mann hat ja das halbe Krankenhaus in den Ausnahmezustand versetzt vor Sorge um Sie."

„Ach, hat er das?", bin ich erstaunt. Immerhin konnte er mich vorhin im Hotel nicht schnell genug loswerden.

Dr. Krüger erhebt sich, nachdem er mir das Pflaster großflächig auf die Stirn geklebt hat, und zieht sich die Handschuhe ab.

„Sie dürfen Ihre hübsche Frau jetzt mitnehmen", lässt er Marc wissen, mich nun entführen zu können, und sieht ihn nachdenklich an. „An wen erinnern Sie mich nur?"

„Weißt du, wo Steffen ist?", frage ich Marc und übergehe Dr. Krügers Nachfrage in der Hoffnung, dass ihm nicht einfällt, weshalb ihm Marcs Gesicht so bekannt vorkommt.

Marc antwortet bloß mit einem stummen Nicken. Seine Mimik wirkt steif. So kenne ich ihn überhaupt nicht. Er ist kein Mensch, der nicht spricht. Muss ich mich auf eine schlimme Nachricht einstellen? Als ich ihn fragen will, kommt mir Dr. Krüger dazwischen.

„Den Bericht können Sie am Empfang abholen", teilt er mit und begleitet uns zur Tür.

„Danke, Doktor", sage ich und verlasse mit Marc das Behandlungszimmer.

Schweigend laufen wir gemeinsam den Gang runter. Meine Knie sind wackelig und ich habe Angst … Angst vor dem, was ich gleich erfahren werde.

„Ist er tot?", wage ich mich, diese beängstigende Frage auszusprechen. Das Atmen fällt mir schwer, deshalb bleibe ich stehen und bemühe mich, Ruhe zu bewahren.

Er schüttelt den Kopf und ich weiß nicht, ob ich erleichtert oder erst recht beunruhigt sein soll.

„Wo ist er?", will ich aufgeregt wissen und sehe Marc das erste Mal richtig an. Er sieht erschöpft aus, als hätte er seit Tagen nicht mehr geschlafen. „Wie geht es ihm?"

Er erwidert nichts und geht kraftlos erscheinend voran.

Ich folge ihm und beobachte seinen müden Schritt. Steffens Zustand muss besorgniserregend sein, oder weshalb wirkt Marc so niedergeschlagen?

Wir biegen einen Gang weiter ab und kommen in einen ruhigeren Teil des Notaufnahme-Bereichs. Marc öffnet eine Tür und gibt mir ein Zeichen einzutreten. Langsam nähere ich mich dem Eingang und luge hindurch.

„Steffen!", platzt es jählings aus mir heraus, als ich ihn scheinbar unversehrt in einem Bett liegen sehe. Ein Arzt steht bei ihm und sieht ebenso überrascht aus wie der Sheriff.

Ich kann meine übersprudelnden Emotionen nicht zurückhalten und laufe auf das

Krankenbett zu, um mich überglücklich in Steffens Arme zu werfen.

„Hey, hey, hey", kann er noch sagen, bevor ich in Tränen ausbreche vor Erleichterung. Er lässt seine Hand sachte über mein Haar gleiten und gibt uns diesen Moment der Wiedersehensfreude … der Dankbarkeit, dass wir einen Mordanschlag überlebt haben. Ich sehe, wie sich der Arzt aus dem Zimmer schleicht. Ob Marc noch da ist, kann ich nicht sagen.

„Sie haben sich meinen Vornamen ja doch gemerkt", scherzt Steffen, als ich etwas Abstand von ihm nehme. Er zieht ein Tuch aus der Papierbox und tupft damit mein Gesicht trocken.

Ich lächle verlegen, da mir diese neue Vertrautheit mit dem Sheriff unangenehm ist. Gleichzeitig möchte ich ihm nicht mehr von der Seite weichen, weil die letzten zwei Stunden ohne einen einzigen Hinweis auf sein Befinden die reinste Hölle für mich war.

„Wie geht es Ihnen?", frage ich leise und gehe nicht auf seine Bemerkung ein. Natürlich habe ich mir seinen Namen gemerkt. Aber er ist nun mal ein beinharter Ermittler, der den Geheimnissen meiner Familie auf der

Spur ist. Ihn mit seinem Vornamen anzusprechen, erscheint mir seltsam und irgendwie respektlos.

„Bis auf ein paar geprellte Rippen geht es mir gut", antwortet Steffen schmunzelnd. Er streicht mir liebevoll übers Gesicht und sieht danach an mir vorbei. „Und bevor wir uns zu weiteren Intimitäten hinreißen lassen, erkläre ich Ihnen mal die Lage. Sonst befürchte ich noch, von Marc vor Eifersucht angesprungen zu werden."

Bei seinem letzten Satz kann er sich ein Kichern nicht verkneifen.

Ich drehe mich um und sehe Marc mit verschränkten Armen an der Wand lehnen. Auch jetzt bleibt er stumm und wirkt ungewöhnlich nüchtern. Eifersucht kann ich in seinen Augen nicht erkennen. Eher eisige Kälte! Meine Furcht vor ihm beginnt mit jeder weiteren Minute, die vergeht, zu wachsen. Ich bin froh, dass Steffen hier ist, um mich notfalls zu verteidigen.

„Sie werden mit Marc gehen, Lea", teilt mir der Sheriff mit, als ich mich ihm wieder zuwende. Mein Herz setzt für einen Augenblick zu schlagen aus und mir wird schwindelig. „Er kann sie beschützen."

Ich weiß nichts darauf zu sagen. Dass ich mich in Marcs Nähe unwohl fühle, möchte ich lieber für mich behalten. Immerhin steht er direkt hinter mir und wie er meine Ablehnung auffassen würde, kann ich nicht abschätzen. Auch scheint Steffen mit Marc bereits alles geklärt zu haben und mal wieder habe ich kein Mitspracherecht, weil andere die Entscheidungen für mich treffen.

Also ergebe ich mich Steffens Schiedsspruch und nicke zustimmend. Dabei kommt mir der Gedanke, dass der Sheriff die Sache nicht ohne Grund so eingefädelt haben wird. Er hofft vielleicht, ich könnte Marc zum Umdenken bewegen, ihn von dem Hass auf seinen Onkel befreien.

„Sie werden mich nicht enttäuschen, nicht wahr, Lea?", fügt Steffen mit ernster Miene an und mir wird klar, dass ich richtigliege.

„Nein", antworte ich, obwohl ich daran zweifle, Marc retten zu können.

Steffen macht eine Geste Richtung seines Freundes – will mich wohl auffordern, mit ihm aufzubrechen, doch ich bleibe auf dem Bettrand sitzen.

„Warum leben wir noch?", frage ich den Sheriff, da ich es nach wie vor kaum glauben kann. Schließlich war die Situation beinahe aussichtslos.

„Diese Frage beantworte ich Ihnen, wenn *Sie* mir verraten, wo Sie gelernt haben, mit einer Waffe umzugehen", verwirrt er mich mit dieser Aussage. Er sieht mich mit einem erschreckend strengen Blick an, als hätte ich ein Verbrechen begangen. „Soviel ich weiß besitzen Sie keinen Waffenschein."

„Aber ich habe keine Ahnung von Waffen!", mache ich klar, dass hier ein Irrtum vorliegt.

„Sie haben die Pistole, ohne zu überlegen, entsichert, Lea", lässt sich Steffen nicht überzeugen, „und danach wie ein Profi auf den Kerl gezielt."

Ich kann nicht fassen, was ich da höre. Meine Arme ließen sich nach dem Unfall nicht bewegen, weil ich wie gelähmt war! Es kann unmöglich sein, dass ich die Waffe auf den Typen gerichtet habe.

„Daran erinnere ich mich nicht", sage ich zögerlich und versuche, die Bilder dieses furchtbaren Moments noch einmal abzurufen. „Dann habe ich auf ihn geschossen?", kommt mir plötzlich panisch in den Sinn, jemanden verletzt oder gar getötet zu haben.

„Nein, das habe *ich* getan!", gibt Steffen preis, wie die Sache gelaufen ist. „Aus Ihrer

Pistole hatte ich das Magazin entfernt, nachdem ich sie Marc abgenommen und später im Handschuhfach verstaut hatte."

Ich atme erlöst auf und reibe mir durchs Gesicht.

„Damit würde ich nicht klarkommen, Sheriff … einen Menschen getötet zu haben."

Steffen nickt wissend und wirft einen düsteren Blick auf Marc.

„Es wäre gut, wenn alle hier im Raum so denken würden", kann er sich diese Spitze nicht verkneifen. „Und ja, er lebt noch!", bemerkt er nun wieder an mich gerichtet. „Diese Frage ist Ihnen an der Nasenspitze abzulesen."

Er lächelt und streicht mir ein paar Mal über die Wange. Gleich darauf wechselt seine Mimik und er sieht besorgt aus.

„Aber die Gefahr ist noch nicht gebannt, Lea", macht er deutlich, wie sehr ich weiterhin auf Schutz angewiesen bin. „Es waren drei Killer! Einer läuft immer noch frei herum."

„Ja, ist mir klar, Sheriff", erwidere ich betrübt. „Vielleicht ist es mein Schicksal, immer in Angst leben zu müssen."

„Nicht, wenn es nach mir geht", sagt Steffen und kehrt wieder zu seiner Leichtigkeit zurück. „Helfen Sie mir einfach ein wenig mehr bei meiner Arbeit und wir verändern gemeinsam Ihr Schicksal."

„Falls Sie auf den General anspielen, *kann* ich Ihnen nicht helfen", erkläre ich und wünschte, Steffen würde es endlich unterlassen, immer wieder auf meinen Vater zu sprechen zu kommen.

„Sie sind ein wirklich geheimnisumwobenes Mädchen, Lea", bemerkt er daraufhin und gewährt sich ein amüsiertes Grinsen. „Ihre Verschwiegenheit ist ungeheuer reizvoll und ich habe die Absicht, einige Ihrer gut behüteten Geheimnisse zu lüften."

2

Stumm sitzen Marc und ich zusammen in seinem Auto und fahren zurück zum Hotel. Steffens letzte Worte gehen mir die ganze Zeit durch den Kopf und ich kann nicht aufhören, mich zu fragen, was er weiß. Er darf nicht in meiner Vergangenheit wühlen! Es gibt Dinge, die niemals jemand erfahren sollte, weil sie durch das bloße Aussprechen zu einer unkalkulierbaren Gefahr werden können. Mein Vater hat seine Ohren überall und deshalb ist niemand vor ihm sicher. Auch nicht Steffen!

„Warum bist du so still?", frage ich Marc scheu, weil mir sein seltsames Verhalten in etwa so viel Angst einjagt wie Steffens Scharfsinnigkeit.

Marc reagiert nicht … gibt keinen Ton von sich.

Nervös zupfen meine Finger an den Fransen meines Schals herum. Wenn er vorhat, mich zu verunsichern, ist er damit erfolgreich.

„Seit wir uns wiederbegegnet sind, hast du kein Wort mit mir gesprochen", versuche ich erneut, ihn zum Reden zu bewegen. „Was ist los mit dir?"

Keine Reaktion! Nicht mal ein Brummen gibt er von sich … so wie es Lenny zu tun pflegt, wenn er nicht in der Stimmung ist zu sprechen.

Ich ziehe an einem Faden, solange, bis er nachgibt und reißt. Jetzt ist mein Schal verwundet und ich warte darauf, dass er blutet. Aber es ist mein Herz, das verletzt ist, und Marc der Attentäter, der es zum Bluten bringt.

„Du hast mich nicht einmal gefragt, wie es mir geht", lasse ich meine Worte vorwurfsvoll klingen, obwohl ich das gar nicht wollte. Aber sein Schweigen fühlt sich an wie eine Bestrafung, und das halte ich nicht länger aus!

Urplötzlich drückt Marc aufs Gas, um die auf Gelb umspringende Ampel noch zu schaffen, und biegt mit quietschenden Reifen an der Kreuzung ab. Er fährt vorwärts in eine Parkbucht und stoppt den Wagen so brutal, dass der Gurt meinen nach vorne ausbrechenden Oberkörper einfängt und sich in meine Schulter gräbt.

Ich unterdrücke den Drang vor Schmerz aufzuschreien, ganz so, wie ich es von meinem Vater gelernt habe. Aber ich stöhne leicht auf und reibe über die schmerzende Stelle.

Marc schaltet den Motor aus und wendet sich mir zu. Offenbar will er mich nun auseinandernehmen. Jedenfalls fühlt es sich so an.

„Jetzt hörst du mir gut zu, Lea, denn es wird das letzte Gespräch sein, das ich mit dir führe", beginnt er in einem bedrohlichen Ton. „Falls du denkst, dass es mich nicht interessiert, wie es dir geht, liegst du falsch. Seitdem wir uns das erste Mal begegnet sind, sorge ich mich um dich. Ich kann überhaupt nicht aufhören, mich um dich zu sorgen, obwohl ich mir verflucht noch mal um andere Sachen Gedanken machen will, wie du weißt! Im Krankenhaus bin ich Amok gelaufen, weil sie mir keine Auskunft geben wollten. Also habe ich mich als dein Ehemann ausgegeben, um irgendetwas zu erfahren. Keine Ahnung, was das mit dir ist! Diese Gefühle für dich machen mich fertig! Deshalb tu mir einen Gefallen und verschwinde einfach aus meinem Leben, damit ich wieder klar denken kann!"

Erschrocken starre ich ihn an und schaffe es nicht, etwas auf sein aggressiv geäußertes Bekenntnis zu erwidern. Ihm scheint überhaupt nicht bewusst zu sein, dass er mir soeben unterschwellig auf raue Weise mitgeteilt hat, mich zu lieben. Offenbar ist er nicht in der Lage, seine Gefühle zu interpretieren. Denn mit der Liebe hat er wohl ebenso wenig Erfahrung wie ich.

Am liebsten würde ich einfach aussteigen und weglaufen. Nach allem, was heute vorgefallen ist, bin ich kaum mehr in der Lage, mich gegen seinen schroffen Umgang mit mir zu wehren. Es war ein Fehler, ihm in diese Stadt nachzureisen. Womöglich ist er gar nicht zu retten! Auch wenn es sich Finja, Lenny oder Steffen noch so sehr wünschen … ich bin nicht die Person, die Marcs vergifteten Geist heilen kann! Niemand kann das, solange er es nicht zulassen will.

Langsam wende ich mich von ihm ab. Ich lehne mich aufgezehrt zurück und blicke nach vorne. Marc sieht mich weiterhin an. Das kann ich im Augenwinkel erkennen. Sicher erwartet er eine Reaktion von mir, irgendeinen Hinweis, dass mich seine Worte erreicht haben. Aber ich bin nicht fähig, mich dazu zu äußern – ihm die Sache schwer zu machen. Ich gebe mich seiner Entscheidung, mich zum wiederholten Mal von sich zu stoßen, einfach hin. Er will sich in Zukunft lieber darüber Gedanken machen, wie er seinen Onkel töten kann? Dann soll er das doch tun! Ich werde ihm dabei nicht im Wege stehen.

„Hast du nichts dazu zu sagen?", fragt er mich, als hätte ich darum gebeten, so ein taktloses Gespräch mit ihm zu führen.

„Nein", antworte ich und beobachte das verliebte Pärchen, das gerade händchenhaltend an unserem Auto vorbeiläuft. Sie lachen und haben Spaß. Wie sich Glück anfühlt, würde ich gern einmal erfahren. Doch Marc ist nicht der Mann, der Freude in mein Leben bringt. Ich muss ihn endlich vergessen, sonst gehe ich mit ihm unter.

3

Als wir Marcs Hotelsuite betreten, verschwindet er in einem der beiden Schlafzimmer und stellt meine Reisetasche auf dem Bett ab. Ich folge ihm und betrachte seine müde Erscheinung.

„Tut mir leid, dass ich dir Sorgen bereite", sage ich mit einem schlechten Gewissen, auch wenn ich gar nichts für meine Lage kann. Aber ich bin es gewohnt, die Schuld grundsätzlich bei mir zu suchen. So wurde ich dressiert.

Marc sagt nichts dazu und geht mit gesenktem Kopf an mir vorbei. Ich sehe, wie er sich zum Ausgang bewegt und laufe hinterher. Als er die Türklinke runterdrückt, lege ich meine Hand auf seine und halte ihn auf.

„Wo willst du jetzt noch hin?", frage ich und klinge wie eine Glucke, die nicht loslassen kann. Dabei wünsche ich mir, dass er sich einfach in Luft auflöst.

„An die Bar, um mich zu betrinken", gibt er kurz angebunden zurück.

„Bitte tu das nicht", sage ich und kann nicht deutlicher machen, wie sehr ich mich davor fürchte, ihn im berauschten Zustand zu erleben. Der General kam fast jeden Abend angetrunken nach Hause und prügelte auf meine Mutter und mich ohne Gnade ein.

„Geh einfach schlafen, Lea, und lass mich in Ruhe!"

Er schubst mich beiseite, sodass ich gegen den Schrank stoße. Es scheppert gewaltig, weil die Schranktür leicht geöffnet war.

Auch diesmal unterlasse ich es, meinen Schmerz offen zu zeigen, obwohl der Türknauf wie ein Geschoss in mein Kreuz eingeschlagen ist.

Ich starre ihn entsetzt an und fühle mich in die Vergangenheit zurückversetzt.

Auch Marc wirkt bestürzt, als wäre er plötzlich aufgewacht und hätte sich daran erinnert, in seinem tiefsten Inneren ein zivilisierter Mensch zu sein.

„Das wollte ich nicht", zeigt er sich reumütig und streckt seine Hand nach mir aus.

Ich weiche vor ihm zurück und schaffe einen größeren Abstand zwischen uns.

Marc gibt nicht auf und kommt mir wieder näher.

„Habe ich dir wehgetan?", fragt er mit einem sichtlich schlechten Gewissen.

„Ja", antworte ich leise. „Du tust mir weh … immer und immer wieder."

Bevor Marc nach mir greifen kann, drehe ich mich um und flüchte in mein Zimmer.

Schnell schließe ich die Tür und drehe ängstlich den Schlüssel herum.

„Verzeih mir bitte, Lea", sagt Marc in gedämpftem Ton auf der anderen Seite der Tür. „Ich möchte nicht, dass du mich so in Erinnerung behältst."

Es gelingt mir nicht, etwas zu erwidern. Plötzlich möchte ich bloß noch, dass er geht – sich von mir aus an der Bar sinnlos betrinkt. Hauptsache, er ist weg und ich kann wieder durchatmen!

„Lea", versucht er es erneut. „Bitte sag doch etwas."

Ich halte meine Ohren zu, um sein Gesäusel nicht mehr zu hören. Mit warmen Worten hatte mich Ben nach seinen Gewaltausbrüchen immer kleingekriegt. Stets aufs Neue war ich bereit, ihm zu glauben, er könnte sich ändern. Aber es war ein Trugschluss! Die Gewalt blieb und war so sicher wie die Tatsache, dass sich die Erde um die Sonne dreht.

Als ich erst eine und dann die andere Hand von meinen Ohrmuscheln löse, vernehme ich, wie Marc resigniert aufstöhnt. Er stampft zum Ausgang und reißt die Tür so kraftvoll auf, dass sie lautstark an den Türstopper kracht. Danach fällt sie schallend zu.

Erleichtert atme ich durch. Dass mich Marc mal vor Angst zum Zittern bringen

könnte, hätte ich nie gedacht. Er ist wahrhaftig nicht wiederzuerkennen und entwickelt
sich für mich zu einer unberechenbaren Gefahr!

4

In der Nacht werde ich durch ein Wimmern geweckt. Ich richte mich auf und lausche in die Dunkelheit hinein. Es klingt besorgniserregend, als würde jemand großes Leid erfahren.

Marc!, denke ich plötzlich aufgeschreckt.

Ich schlage die Decke zurück und springe aus dem Bett. Auf kalten Füßen sprinte ich in meinem seidigen Nachthemd, das meinen Körper nur unzureichend bedeckt, zur Tür und öffne sie hastig.

Tatsächlich … die Geräusche kommen aus Marcs Schlafzimmer und werden immer lauter. Jetzt hören sie sich beinahe wie furchtsame Schreie an. Mit einem Mal ist alles vergessen: Marcs verletzendes Verhalten und sein jüngster Ausrutscher vorhin, der meine Angst vor ihm erst richtig entfachte. In diesem Moment fürchte ich mich viel mehr davor, ihm könnte etwas passiert sein. Ich laufe quer durch die Suite zur anderen Seite und betrete Marcs dunkles Zimmer. Meine Finger ertasten den Lichtschalter an der Wand und drücken darauf. Ein spärliches Lämpchen an der Wand spendet ein wenig Licht. Die zweite Leuchte ist defekt. Trotzdem kann ich Marcs

schweißnasse Stirn aus der Entfernung ausmachen. Er schläft und scheint etwas ganz
Furchtbares zu träumen.

Ich begebe mich zu ihm und setze mich
auf den Bettrand.

„Marc", flüstere ich seinen Namen und
rüttle vorsichtig an seiner Schulter, um ihn zu
wecken.

„Fass mich nicht an!", ruft er schlagartig
aggressiv aus und packt mich an den Schultern. Wie ein wildes Tier knurrt er mich an
und zieht mich aufs Bett. Er wirft sich auf
mich und drückt meine Hände gewaltsam in
die Matratze. „Wag es nie wieder, mich anzu-
fassen, du verfluchtes Schwein!"

Sein Blick wirkt vernebelt, als wäre sein
Geist gar nicht anwesend – gefangen in diesem Albtraum, der ihn nicht freigeben will.

Panik kriecht meinen Nacken hinauf, er
könnte meine Handgelenke brechen, wenn er
seinen viel zu festen Griff nicht augenblicklich beendet.

„Bitte, Marc, lass mich los!", flehe ich ihn
an und hoffe, dass er mich hören
kann – meine Stimme ihn in die reale Welt zurückholt.

„Lea", sagt er auf einmal … desorien-
tiert … mit glasigem Blick. Er sieht mich verstört an und kann die Situation anscheinend

nicht sofort erfassen. Seine Pupillen sind so groß, dass das Blau seiner Augen kaum zu sehen ist. Vielleicht ist er soeben aufgewacht, aber ein Teil seiner Seele scheint in diesem Albtraum zu verweilen, in dem er vermutlich die traumatischen Erlebnisse mit seinem Onkel noch einmal durchleben musste.

Der Schmerz, den seine Hände mir weiterhin zufügen, ist kaum mehr auszuhalten. Ich will ihn erneut darauf aufmerksam machen, ihn bitten, die vermeintliche Folter zu beenden. Doch unerwartet richtet er sich auf und zieht mich schwungvoll in seine Arme. Er drückt mich so kraftvoll an sich, dass ich schon befürchte, das Luftholen gelänge mir nicht mehr. Als ich meine Hände jedoch vorsichtig um seine Taille gleiten lasse und ihn ebenfalls umarme, gibt er mir befreit wirkend etwas mehr Raum.

Eine Weile geschieht nichts … lediglich die Stille ist zu hören und Marcs ruhiger werdender Atem. Ich lasse mich dazu hinreißen, tröstend über seinen Rücken zu streichen. Alarmiert nehme ich jedoch wahr, wie ihn meine zarte Berührung zusammenzucken lässt, als würde sie ihm Angst bereiten.

„Es ist alles gut, Marc", flüstere ich ihm zu. „Du bist in Sicherheit."

Er schmiegt sich weiter an mich und vergräbt sein Gesicht in meinen Haaren.

Meine Hand wandert sachte nach oben und legt sich behütend um seinen Nacken. Mit dem Daumen fahre ich zärtlich über die Stoppeln auf seinem Hinterkopf und hoffe, dass sich die aufwühlenden Bilder seines Traums aufzulösen beginnen.

Ich spüre seine Tränen auf meine Schulter tropfen und kann nicht fassen, wie verletzlich er sich mir zeigt. Da bröckelt sie endlich … die Fassade des stets starken Mannes, dessen unerschütterlich wirkendes Selbstbewusstsein nur ein Blendwerk ist. Vielleicht kann er seine Mitmenschen täuschen, aber nicht sich selbst. Und nun habe auch ich ihn gesehen: den verwundbaren kleinen Jungen von einst, der immer noch ein Teil von Marc ist.

Er schiebt mich geringfügig von sich weg – gerade mal so viel, dass er mir in die Augen sehen kann. Sein Gesicht ist feucht von den Tränen, die er mir ganz offen zeigt.

Ich löse meine Umarmung und wische seine Wangen mit den Händen trocken. Danach hauche ich ihm einen Kuss auf die Stirn. Dafür muss ich mich nach oben recken und werde von ihm aufgehalten, als ich mich langsam in die vorherige Position zurückbegeben möchte. Seine Hände fangen mich an der

Taille ein und nehmen mich weiter zu sich heran.

„Wirst du es jemandem erzählen?", fragt er bang und voller Unsicherheit. „Dass du mich so schwach erlebt hast", fügt er noch zur Erklärung an, dabei war mir sofort klar, worauf er anspielt.

„Nein", gebe ich ihm die Gewissheit, dass seine Geheimnisse bei mir sicher sind.

„Warum nicht?", will er wissen und sieht mich mit nervöser Mimik an. „Ich habe dir keine Gründe geliefert, mich zu respektieren. Du musst mich doch hassen!"

Ich senke betroffen den Kopf. Er hat Recht: Ich war nah dran, ihn zu hassen. Aber das möchte ich ihm nicht sagen. Denn gleichzeitig hindern mich meine vernunftwidrigen Gefühle für ihn, Hass zu empfinden.

Marc glaubt, meine stumme Antwort zu verstehen. Er nickt ein paar Mal, als würde er auf meine Worte reagieren, die ich gar nicht ausgesprochen habe. Kurz darauf drückt er mich von sich weg und deutet zur Tür.

„Du solltest besser gehen, Lea, denn ich habe getrunken", erinnert er mich daran, wohin ihn sein Weg vorhin führte, als er das Hotelzimmer aufgebracht verließ. „Ich kann nicht garantieren, dass ich mich morgen noch an irgendetwas hiervon erinnere oder ob ich meine Hände bei mir behalten kann. Du tust recht daran, mich zu hassen, denn ich bin ein Scheusal! Ich bin der Mistkerl, der einen Mord begehen und sich in diesem Augenblick skrupellos auf dich werfen will, weil du so verflucht heiß in diesem Fummel aussiehst."

Ich erschrecke und rutsche nach hinten. Plötzlich ist der hilflos erscheinende Marc verschwunden und die Seite von ihm, die zurückgeblieben ist, ängstigt mich. Es ist besser, wenn ich auf ihn höre. Womöglich ist er imstande, mich willenlos zu machen. Immerhin ist er trotz allem ein brandgefährlicher Verführer, der sein Handwerk verteufelt gut beherrscht. Er hat es schon einmal geschafft, dass ich mich ihm hingebe, obwohl ich mich auf keinen Mann einlassen wollte. Und es würde ihm wieder gelingen, wenngleich mir bewusst ist, wie heikel dies wäre. Denn der rücksichtsvolle Marc von einst ist fort. Was von ihm übrig blieb, ist rau und seelenlos.

Ich will aufstehen und zurück in mein Zimmer gehen. Aber kaum habe ich den Entschluss gefasst, schnappt Marc nach mir und holt mich zu sich zurück.

„Du kannst jetzt nicht gehen", sagt er in einem beinahe panisch klingenden Ton. „Ich brauche dich."

Ich erspare mir, ihn darauf hinzuweisen, mir gerade noch angeraten zu haben, mich vor ihm in Sicherheit zu bringen.

„Du brauchst mich?", frage ich zaghaft nach und bin verblüfft. Davon war seit seinem Wandel nie etwas zu merken.

Er lässt meine Frage unbeantwortet, als wollte er die Tür sogleich wieder schließen, die er unüberlegt geöffnet hat. Denn erneut ließ er leichtfertig zu, dass ich einen Blick auf seine Verletzlichkeit erhielt.

„Bleib heute Nacht bei mir", verlangt er von mir, ein Risiko einzugehen. Immerhin befindet er sich in einem bedenkenswerten Zustand. Er schwankt zwischen Gut und Böse. Und ob das Gute in ihm siegt, kann niemand vorhersagen.

„Besser, ich schlafe allein", sperre ich mich. „Du bist immer noch dieser Fremde, den ich fürchte und der mir zum wiederholten Mal das Herz brechen wird."

„Ich möchte, dass du bleibst", gibt er nicht auf und übergeht meine wirklich überzeugenden Argumente, die meinen Rückzugswunsch nur allzu verständlich machen. „Heute Nacht will ich in dir sein und diesen Platz für mich beanspruchen. Ich werde behutsam vorgehen, das verspreche ich."

5

Ich starre ihn unsicher an. Seine Direktheit wühlt mich auf und gleichzeitig ist sie mir unangenehm. Da lugt sie wieder hindurch: meine Befangenheit in Marcs Nähe.

„Du sagtest vorhin im Auto, ich solle aus deinem Leben verschwinden", erinnere ich ihn an seine kränkenden Worte. „Und jetzt willst du plötzlich mit mir schlafen?"

„Ja, das will ich", flüstert er mir zu und geht nicht weiter auf meine Bemerkung ein, die durchaus als Vorwurf zu verstehen ist.

„Und morgen?", frage ich weiter, in der Hoffnung, etwas mehr Sicherheit von ihm zu bekommen. „Erinnerst du dich dann noch daran? Immerhin hast du mir gerade deutlich gemacht, getrunken zu haben."

„Weiß ich nicht, Lea", erwidert er völlig ehrlich, statt mir mit einer Lüge ein besseres Gefühl zu geben. „Doch im Moment ist ‚Jetzt' und was morgen sein wird, spielt für mich gerade keine Rolle."

„Für mich aber", sage ich traurig über Marcs Antwort. „Ich möchte nicht schon wieder von dir verletzt werden."

Ich kämpfe mich aus seiner Umarmung heraus und stehe auf. Er sieht irritiert aus, weil er es wohl nicht gewohnt ist, dass ihm eine Frau widersteht. Aber ich glaube ihm nicht, dass er wirklich in der Lage sein wird, sich zu mäßigen. Hass und Wut bestimmen seinen Alltag, ja, fließen wie zähflüssige Gifte durch seine Blutbahn. Der Adrenalinspiegel in seinem Körper wird nach diesem schlimmen Albtraum bedrohlich hoch sein und der Alkoholpegel womöglich auch.

„Komm wieder her zu mir!", verlangt er beunruhigt, ich könnte jeden Augenblick das Zimmer verlassen wollen. „Bitte."

Ich schüttle den Kopf und lasse meine Tränen gewähren, die sich ohnehin nicht aufhalten lassen.

„Verdammt, Lea!", ruft Marc aus und springt vom Bett, um mich kurz darauf in seine Arme zu reißen. „Es tut mir leid." Er presst mich an seine Brust und stöhnt strapaziert auf. „Ich bin so ein Arschloch und merke es nicht mal mehr!"

Umarmt wiegt er mich ein wenig hin und her. Seine Hand bewegt sich dabei langsam nach oben … meinen Rücken entlang … sanft und warm den Nacken hinauf, bis sie meinen Hinterkopf erreicht. Dort nimmt sie ihre Position ein und beginnt zärtlich, mein Haar zu streicheln.

„Ich weiß, was du von mir erwartest", raunt er mir zu und drückt mich leicht von sich weg, um mich anzusehen. „Aber ich kann dir nichts versprechen – dir nicht versichern, dass ich morgen der Mann bin, der ich sein sollte: verantwortungsbewusst, verlässlich. Alles in mir ist ein Chaos und ich habe keine Ahnung, ob ich einen Weg aus dieser Finsternis finden werde. Aber in einer Sache kannst du dir bei mir absolut sicher sein: dass ich dich niemals belügen würde. Ja, ich habe vorhin ein paar Drinks zu viel zu mir genommen. Vielleicht bin ich deshalb eine Spur zu sentimental. Doch ich bin durchaus in der Lage zu erkennen, was richtig und was falsch ist. Ich will dich, Lea … aber nicht grenzüberschreitend."

Meine Hände platzieren sich auf seiner Brust und drücken ihn von mir weg.

„Dann bin ich dir also für ‚dunklen oder harten Sex' nicht gut genug? Für diese Praktiken ist Larissa wohl die Geeignetste", lasse ich durchblicken, wie sehr es mich immer noch trifft, dass er nach mir Sex mit ihr hatte.

„Nein, um Larissa geht es hier doch gar nicht", widerspricht er und lässt es nicht zu, dass ich Abstand zwischen uns schaffen will. Seine starken Finger verankern sich in meiner Hüfte und ziehen mich wieder näher zu sich

34

heran. „In den letzten Tagen und Stunden hast du Brutales erlebt. Da kannst du sicher keinen Kerl gebrauchen, der dich hart rannimmt."

„Na ja … stimmt … kann ich nicht", pflichte ich ihm beklommen bei, weil ich es hasse, zu schwach für Marcs sexuelle Vorlieben zu sein. „Dann reiche ich an Larissa wohl niemals heran."

„*Sie* reicht nicht an *dich* heran, Lea!", erklärt er leicht verärgert wirkend.

„Und trotzdem ist *sie* diejenige, mit der du diese Sachen machst", sage ich zweifelnd.

„Erstens wird das nie wieder vorkommen", macht er deutlich, dass Larissa Vergangenheit ist, „und zweitens weißt du genau, wie sehr ich mir seit unserer allerersten Begegnung wünsche, dich vollständig in meine Welt einzuführen. Ich will dich willenlos machen … zügellos sein … jeden Zentimeter deines Körpers erobern. Verflucht noch mal, Lea, so ein wildes Verlangen hatte ich bisher bei keiner anderen Frau." Er nimmt mein Gesicht in seine großen Hände und blickt mir mit weicher werdenden Gesichtszügen in die Augen. „Aber jetzt sehne ich mich danach, in dir zu sein und dabei diesen ganzen Mist, der uns voneinander entfernt hat, zu vergessen. Und du kannst darauf vertrauen, dass ich dir nichts zumuten werde."

6

Ich starre ihn schwer beeindruckt an und würde gerne auf der Stelle alles Verletzende vergessen, für das er verantwortlich war. Immerhin habe ich ihn seit Langem nicht mehr so zugänglich, ja, feinfühlig erlebt. Alles in mir verzehrt sich nach ihm … nach seinen Berührungen. Ich wünsche mir nichts sehnlicher, als mit ihm zu verschmelzen, möchte seine Hände überall spüren. Doch gleichzeitig muss ich befürchten, dass er morgen wieder auf Abstand geht und mich kaltherzig von sich stößt.

„Ich habe Angst", drücke ich in einem einzigen Satz aus, wie viel dagegen spricht, mich heute Nacht auf ihn einzulassen.

„Das verstehe ich", zeigt er sich einfühlsam und fährt mit seinem Zeigefinger zärtlich über meine Wange. „Und es gibt nichts, was ich sagen könnte, um dir diese Angst zu nehmen. Denn sie ist absolut berechtigt." Er senkt seinen Kopf und küsst sachte meine Schläfe. „Ich habe vergessen, wer ich bin. Vielleicht ist der Mensch, den du damals kennengelernt hast, ausgelöscht oder es hat ihn in Wahrheit nie gegeben. Aber dieser Mann, der hier vor dir steht, würde niemals etwas tun, was dir schadet, und wäre bereit, sein Leben für dich zu geben. Was auch immer morgen sein wird, Lea … daran ändert sich nie etwas."

Er hebt mein Kinn an und lächelt. Ich möchte gern zurücklächeln, doch mir ist nur nach Weinen zumute, weil mich seine Worte tief berühren. Einerseits hat er mir gerade gestanden, wie viel ich ihm bedeute, andererseits mir auf dramatische Weise etwas vor Augen geführt: nämlich dass er womöglich verloren ist und es kein Zurück für ihn gibt.

„Marc, du weißt ja gar nicht, was du mir gerade gesagt hast", zweifle ich sein Urteilsvermögen an.

„Oh doch, sehr genau", widerspricht er im Flüsterton und lässt seine Lippen wie einen hauchzarten Schneefall auf meinen nieder. Sanft liebkost er sie … küsst sie beinahe unmerklich … fürsorglich … rücksichtsvoll … als wollte er mir nichts aufbürden. Er möchte nichts erzwingen und mir das Gefühl geben, für heute Abend bei ihm in Sicherheit zu sein.

Es gelingt mir nicht, seinen Kuss zu erwidern. Zu schwer wiegt meine Besorgnis, erneut von ihm fallengelassen zu werden. Doch er scheint meine Bedenken zu erkennen und stoppt seine Zärtlichkeiten, um mir einen vertrauensvollen Blick zu schenken.

„Lass dich fallen, Lea", fordert er, meine Furcht über Bord zu werfen.

„Das kann ich nicht", verdeutliche ich meinen inneren Zwiespalt.

„Doch, du kannst … und du willst es!"

Er kommt mir wieder näher, um seinen Kuss fortzusetzen. Nur diesmal lässt er mir keine Möglichkeit, die Sache durch ein verzögertes, ruhiges Vorgehen zu überdenken. Sein Mund legt sich forsch auf meinen und seine Hände pressen mich gegen seinen Unterleib.

Ich seufze leise auf, als ich seine harte Erregung bemerke, die sich mir durch den Stoff seiner Shorts entgegenwölbt.

„Denkst du, ich würde nicht spüren, wie sehr du es willst?", kann er es nicht lassen, mir unterzujubeln, wie schnell ich in seinen Armen gefügig werde.

„Ich will es nicht", behaupte ich, obwohl genau das Gegenteil der Fall ist. Doch noch hat meine Vernunft die Oberhand – hat seine Verführungskunst nicht gesiegt.

Marc lacht leise und zieht sich wieder zurück … ein wenig … sodass sich unsere Gesichter nah bleiben.

„Was glaubst du, fühlen meine Hände, wenn sie deine Hüften umfassen?", fragt er mich in seiner „Marc"-typischen überheblichen Weise, die ich fast schon vermisst habe.

„Du bebst innerlich, sobald ich dich berühre. Dein Körper lechzt danach, von mir genommen zu werden ... dass ich Besitz von ihm ergreife. Mit Lenny magst du ein nettes Schäferstündchen erlebt haben. Aber jede einzelne Körperzelle in dir weiß besser als du selbst, wie sehr du mich begehrst. Alles, wonach du dich sehnst, kann *ich* dir geben. Und wir wissen beide, dass du mehr willst ... dass in dir ein Sturm tobt, den du zu unterdrücken versuchst."

Mein Brustkorb hebt und senkt sich immer schneller, da mein Herz vor Aufregung zu rasen beginnt. Ich habe keine Ahnung, wie er das macht – wie es ihm gelingt, mich so zu durchleuchten.

„Sturm?", frage ich zögerlich nach, da ich zu gerne verstehen möchte, wovon er spricht. Schließlich sehe ich mich eher als verklemmtes Gänseblümchen.

„Lea, meine Schöne, ich kann dieses dunkle Verlangen in dir ausmachen." Er legt seine Hand in meinen Nacken. „Aber jetzt vertrau mir, dass ich weiß, was in diesem Moment am besten für dich ist."

„Dunkler Sex?", will ich bang wissen.

„Aber nein!", antwortet er lediglich und verbindet sich wieder mit meinen Lippen.

7

Ich will ihn abwehren – meine Hände gegen seinen Oberkörper drücken. Aber er schnappt nach ihnen und legt sie hinter meinen Rücken. Dort hält er sie mit einer Hand fest, mit der anderen umfasst er meinen Nacken und fixiert meinen Kopf, sodass ich ihn nicht wegdrehen kann.

„Ich werde dich jetzt küssen, Lea … richtig …", klärt er mich über seine Absicht auf, „und du wirst meinen Kuss erwidern." Langsam nähert er sich wieder meinem Gesicht. „Entspann dich und vertrau mir."

Ich fühle mich gefangen, denn er lässt mir keinen Raum, mich zu bewegen. Meine Handgelenke sind wie gefesselt und meinen Leib drückt er mit aller Kraft an sich. Sein Vorgehen ist dreist und anmaßend. Ich möchte ihn tadeln – ihm vorwerfen, ein Rohling zu sein, aber umso näher mir sein Gesicht kommt, desto weicher werden meine Knie.

Als er seinen Mund vorsichtig auf meinem niederlässt und mich seine Hitze einfängt, glaube ich, mich nicht mehr aufrecht halten zu können. Meine Beine beginnen zu zittern und mein Körper verliert an Spannkraft.

Hielte mich Marc nicht so eisern fest, würde ich einfach zusammenklappen.

Mit zarten Küssen hält er sich diesmal nicht lange auf. Entschlossen drängt er mit seiner Zunge zwischen meine Lippen und stößt in meinen Mund vor. Ein leises Piepsen kann ich mir nicht verkneifen. Und obwohl ich mir vorgenommen hatte, mich nicht auf seinen Kuss einzulassen, geschieht alles wie von selbst. Ich lasse ihn gewähren und komme ihm mit meiner Zungenspitze entgegen. Aber Marc gibt sich mit meinem flüchtigen Zugeständnis nicht zufrieden. Er bringt mich dazu, ihm vollständigen Zugang zu erlauben, indem er noch tiefer vordringt. Sein Kuss wird zu einer fordernden Autorität, der ich mich vollumfänglich zu fügen habe. Also ergebe ich mich und ermögliche ihm ohne weitere Gegenwehr, nach seinem Ermessen fortzufahren.

Er muss spüren, dass ich endlich loslasse und meinen Widerstand beendet habe. Wachsam lockert er seinen sicheren Griff um meine Hände, um mir etwas mehr Freiheit zurückzugeben. Dabei setzt er sein Begehren auf ungestüme Weise fort. Und als er erkennt, wie willig ich mich auf seinen beinahe gewaltsamen Kuss einlasse, gibt er mich endgültig frei.

Statt die Gelegenheit zu nutzen und mich aus seinem Gefahrenbereich herauszukämpfen, lege ich meine Hände leicht auf seine Oberarme. Ich kann nicht aufhören, ihn zu küssen – mich seiner unnachgiebigen Vorgehensweise hinzugeben.

Doch plötzlich beendet er seine drakonisch anmutende Zärtlichkeit und sieht mich aus dunklen Augen an.

„Zieh das aus!", sagt er in einem herrischen Ton und fährt mit den Fingern allmählich über die Träger meines Seidenhemdchens. Dabei gleitet er hauchzart meine Schultern entlang … nach unten … und streift alles andere als versehentlich meine Brüste.

Ich sauge die Luft tief in mich hinein und vergesse auszuatmen, als er meine Spitzen zärtlich touchiert.

„So ist es gut", bemerkt er zufrieden, weil er meine wachsende Leidenschaft erkennt. „Und jetzt wirst du dich ausziehen, Lea … schön langsam, damit ich den Anblick genießen kann."

Ich überlege, mich gegen sein tonangebendes Vorgehen aufzulehnen. Aber ich weiß nicht, wie. Ohne große Mühe ist es ihm gelungen, mich willenlos zu machen. Jetzt hat er mich in der Hand und könnte alles von mir fordern. Ich würde es tun!

Meine rechte Hand legt sich über meine linke Schulter und bekommt den Träger meines Negligés zu fassen. Wie von mir verlangt, lasse ich das dünne Band langsam über meine Haut gleiten, bis es keinen Halt mehr findet und herunterrutscht.

„Gut", sagt Marc mit belegter Stimme. Seine zunehmende Erregung ist ihm deutlich anzusehen. „Und jetzt die andere Seite."

Also hebe ich meine linke Hand und bin bereit, mich seinem Willen zu fügen. Doch unerwartet fängt Marc sie ein und hält sie fest.

„Halt!", erstaunt er mich mit dieser Aussage. „Noch nicht!" Sein Blick wandert lüstern an mir herunter … kurz danach wieder herauf. „Du hast ja keine Ahnung, wie scharf mich dein bloßer Anblick macht. Alles an dir ist perfekt."

Befangen senke ich den Kopf.

„Ist es nicht", erlaube ich mir einen zarten Widerspruch und muss an die vielen Narben denken, die meinen Körper regelrecht übersäen.

Marc lacht milde und parkt seinen Zeigefinger unter meinem Kinn, um es anzuheben. Seine andere Hand hält die meine noch vor seiner Brust fest, die er nun bedächtig nach unten führt. Überraschend legt er meine Finger auf seine Erektion, die den Stoff seiner Shorts zu sprengen droht.

„Das verursachst du, Lea. Dich anzusehen, macht mich an!"

Ich weiß nicht, was ich darauf erwidern soll. Außerdem macht es mich nervös, seine Wölbung in meiner Hand zu spüren. Immerhin hat er mich in unserer ersten gemeinsamen Nacht aggressiv getadelt, als ich ihn im Lendenbereich erkunden wollte.

„Ich bin kein Mann, der sich von einer Frau einfach so berühren lässt", hatte er gesagt. *„Du musst dir zuvor meine Genehmigung einholen. Und ob ich dir die gebe, kann ich nicht garantieren."*

Seine Worte hatten mir damals Angst eingejagt und jetzt ist es sein Handeln, das mir Sorge bereitet.

Ich will meine Hand zurückziehen, um keine Stimmungsschwankung bei ihm zu riskieren, doch er hält sie an Ort und Stelle gefangen.

„Nein, bleib", flüstert er mir zu.

„Bist du sicher?", frage ich zweifelnd.

„Nein", gibt er ehrlich zur Antwort.

Ich wage es nicht, meine Finger zu bewegen, denn ich nehme seine verkrampfte Haltung deutlich wahr.

„Es ist dieser Albtraum, der dir noch zu schaffen macht, nicht wahr? Du hast von ihm geträumt, oder? Von deinem Onkel."

„Ich träume jede Nacht von ihm, seitdem Lenny ihn ausfindig gemacht hat", offenbart Marc mit verkniffener Mimik. „Und solange dieser perverse Dreckskerl nicht tot ist, finde ich keine Ruhe mehr!"

„Wenn du ihn tötest, werden die Albträume weitergehen", sehe ich die Sache anders. „Du musst lernen, die Vergangenheit loszulassen."

„Vielleicht", sagt er tatsächlich und reagiert gar nicht gereizt. „Aber ich bin nicht so stark wie du."

Ich lege meine Stirn in Falten und staune über diese Behauptung.

„Du *bist* stark!"

„Ja." Er lächelt mäßig und nimmt meine Hand von seiner Erektion. „Aber nicht stark genug, um deine zarten Finger an ihm zu ertragen."

„Das musst du auch nicht", will ich ihm die Gewissheit geben, dass es für mich keine Rolle spielt.

„Ich möchte es aber erleben … mit *dir*, Lea." Seine Arme wickeln sich um mich herum und heben mich etwas an, sodass ich mich ihm auf Zehenspitzen entgegenstrecken muss. „Seit unserer ersten Nacht wünsche ich mir, dass *du* es tust."

„Warum ich?", frage ich ein wenig schüchtern, da mein Erfahrungsschatz in dieser Hinsicht mager ist.

„Weil ich dir vertraue ... so wie keiner Frau zuvor."

Ich bin gerührt und muss daran denken, dass er mir sein Vertrauen schon einmal geschenkt hat, als er mir erlaubte, auf ihm zu sein.

„Aber Larissa hat auf diesem Gebiet sicher mehr Erfahrung", kann ich diese Bemerkung nicht verhindern. Dabei möchte ich diese Frau aus meinem Kopf bekommen und sie nicht immer aufs Neue zum Thema machen.

„Vergiss sie endlich, Lea!", verlangt er von mir, sie aus meinem Datenspeicher zu löschen. „Du allein bist wichtig für mich. Und ich will *dich*!"

Er lässt mich wieder runter und weicht einen Schritt zurück.

„Und jetzt möchte ich, dass du den zweiten Träger langsam von der Schulter ziehst."

Unbeholfen stehe ich da und kann nicht mehr anknüpfen an die Szene seines Skripts, in der ich mich ausziehen sollte. Ich bin verwirrt von seinen letzten Worten. Ich allein sei wichtig, sagte er gerade. Warum hat dann der

Hass auf seinen Onkel mehr Gewicht … ist die alles beherrschende Priorität?

Ich drehe mich um. Plötzlich fühle ich mich belogen, weil ich ihm seine Beteuerung nicht glauben kann.

„Was du sagst, ergibt für mich keinen Sinn", sage ich Richtung Wand und mache deutlich, wie sehr mich unser Gespräch noch beschäftigt.

Marc kommt von hinten an mich heran und legt seine viel zu heißen Hände auf meinen Bauch. Dabei drückt er sich sanft an mich.

„Warum nicht?", haucht er mir ins Ohr.

„Wäre ich dir wirklich so wichtig, wärst du an jenem Abend, an dem dich Lenny anrief, nicht gegangen. Du hättest dich mir anvertraut. Und schon gar nicht wärst du kurz darauf mit Larissa ins Bett gegangen, sondern hättest diesen ominösen ,harten Sex' mit *mir* gehabt!"

Seine Umarmung wird kräftiger und sein Herz trommelt so wild in seiner Brust, dass ich es förmlich an meinem Rücken spüre.

„Wäre ich ein egoistisches Arschloch, hätte ich all das getan", verwundert er mich mit diesen Worten. „Aber ich wollte dich da nicht mit reinziehen und schon gar nicht wollte ich, dass du mich beim Sex rücksichtslos erlebst."

„Also durfte ich dich auf andere Weise rücksichtlos und kaltherzig erleben."

„Tut mir leid", zeigt er sich reumütig. „Mein Verhalten war falsch."

„Ja, war es", sage ich enttäuscht. „Und jetzt steht diese Sache mit Larissa zwischen uns."

„Welche Sache, Lea?", tut er so, als hätte er es vergessen.

„Na, diese Sache mit dem harten Sex", antworte ich leise, damit die Wände uns nicht belauschen können.

„Und jetzt willst du was von mir hören?", scheint er nicht zu verstehen, worauf ich hinauswill.

„Dass du es mir zeigst."

8

Sein Atem setzt plötzlich aus und die Stille im Raum ist beängstigend. Ich kann fühlen, wie eine Flamme der Erregung durch Marcs Körper schießt.

„Auf keinen Fall!", erwidert er zwar deutlich, aber mit wenig Überzeugung. „Das ist zu gefährlich für dich."

„Kann sein", bemerke ich und mache somit klar, nicht blauäugig zu sein. „Doch solange du etwas mit *ihr* hast, was du nicht bereit bist, auch *mir* zu geben, werde ich es dir niemals verzeihen können, dass du mich respektlos gegen sie ausgetauscht hast."

„Es war nur ein Fick, Lea", spielt er seine Affäre mit ihr runter.

„Den du auch mit *mir* hättest haben können", stelle ich klar.

„Das willst du nicht wirklich. Du schätzt deine Kraft falsch ein."

„Und du vielleicht deine Manneskraft", provoziere ich ihn. Dabei zweifle ich in Wahrheit daran, dass ich diese Art von Sex mit ihm tatsächlich möchte. Wahrscheinlich will ich nur dieses Bild von ihr und ihm aus dem Kopf bekommen: wie er sie wie ein wildes Tier besteigt.

Marc atmet schwer durch und überlegt. Auf meine Provokation geht er nicht ein.

„Verflucht, Lea, ich könnte dir dabei weh-tun oder meine Kontrolle verlieren. Zurzeit bin ich neben der Spur und voller Aggressionen."

„Ja, das bist du", stimme ich ihm zu und möchte meine soeben getroffene Aussage, mit mir so vorzugehen wie mit Larissa, wieder zurücknehmen. Doch gleichzeitig zerfrisst mich das Wissen, dass sie mit ihm eine Erfahrung teilt, von der er mich ausschließt. „Tust du es jetzt oder nicht?", fordere ich ihn heraus.

Marc knurrt gereizt und packt mich an den Oberarmen.

„**Nein!**", erwidert er grimmig und viel zu laut.

„Dann willst du nicht zügellos sein?", erinnere ich ihn daran, genau dies zu mir gesagt zu haben.

Seine Atmung wird schneller und ich kann das Feuer, das in ihm aufzulodern beginnt, spüren.

„Vom ersten Tag an", gibt er zu, diesen Wunsch seit damals zu unterdrücken. „Aber es wird dir nicht gefallen."

„Das werden wir danach wissen", bemerke ich und lege es weiter drauf an. Dabei fürchte ich mich vor dem Moment, ihn überredet zu haben. Denn er vermittelt nicht den Eindruck, dass man ihn im Notfall wieder stoppen könnte.

„Zum Teufel noch mal!", stößt er aus und drängt mich rüde zur Wand. Ich kann gerade noch meine Hände hochnehmen und dagegenhalten, um den Aufprall abzumildern. „Du wirst es bereuen und mich danach noch mehr hassen!"

Ich sage nichts dazu, weil ich glaube, dass er Recht hat. Und doch rudere ich nicht zurück, obwohl es den Anschein hat, dass ich ihn umgestimmt habe. Ich sollte jetzt panisch um mich schlagen und ihn aufhalten. Stattdessen bin ich begierig darauf zu erfahren, was nun passieren wird … wie ein zügelloses Vorgehen für ihn aussieht.

„Du wirst mir jetzt deine Zustimmung geben, Lea", klingen seine Worte wie ein Befehl und keineswegs mehr so, als hätte ich die Wahl. Dabei presst er mich von hinten erbarmungslos gegen die Wand und haucht mir seinen wilden Atem ins Ohr.

„Für harten Sex?", frage ich flüsterleise und an meiner Entscheidung zweifelnd.

„Das ist doch das, was du willst, Lea", ruft er mir mein unbedachtes Ansinnen ins Gedächtnis.

„Es ist das, was *du* willst!", weise ich ihn auf sein eigenes Begehren hin und spiele den Ball wieder zurück.

„Ja oder nein?", fragt er aufgewühlt und wenig feinfühlig.

„Und wenn ich doch lieber zu einer anderen Variante tendiere?", bekomme ich auf einmal kalte Füße.

„Verdammt, Lea, spiel nicht mit mir! Ich werde dich jetzt nehmen … auf die eine oder andere Art!"

Meine Wange und meine Brüste fühlen die Kälte der Wand, weil er mich immer kraftvoller dagegendrückt. Seine Finger bohren sich mitleidslos in meine Arme, als wollten sie mich mit Nachdruck dazu bringen, endlich eine Entscheidung zu treffen.

„Ja", flüstere ich gegen die Tapete und bin voller Ängste und zugleich beunruhigt, dass mir seine drohende Zügellosigkeit womöglich gefallen könnte.

In meiner Vorstellung müsste er mich jetzt rumreißen, aufs Bett zerren und sich über mich werfen. Doch es geschieht nichts. Marc steht unbeweglich hinter mir und kann mein Einverständnis wohl noch nicht so richtig fassen.

Ich rechne damit, dass er mich anspricht und sich noch einmal versichern will. Aber unerwartet löst er seine Hände von meinen Armen und ergreift die Seide meines Negligés an meinen Schulterblättern. Mit einem Ruck ist der Saum an der Spitze zerrissen und er hat keine Mühe, den Stoff auseinanderzuziehen, bis er vollständig zerstört ist.

Ich atme tief ein und gebe keinen Mucks von mir, auch wenn ich ihn am liebsten dafür tadeln würde, dass er meine Kleidung wie am Fließband ruiniert. Aber ich habe ihm quasi einen Freibrief erteilt. Ich hoffe sehr, das war kein Fehler!

9

Als der seidige Stoff an mir heruntergleitet, höre ich Marc leise aufstöhnen. Er scheint sich an meinem Anblick zu ergötzen und daran, dass ich ihm willig zur Verfügung stehe – er freie Hand hat, mit mir zu tun, was er will.

Mit einem Finger streicht er sachte über meine Wunden, die mir der General vor ein paar Tagen auf dem Rücken zufügte. Marc atmet schwer durch. Offenbar ist er betroffen, schweigt jedoch dazu. Was sollte er auch sagen? Er war schließlich bei meiner Rettung dabei. Also bewegt sich sein Finger weiter … meine Wirbelsäule entlang, bis ihn mein Slip aufhält. Seine Hände greifen zum Bündchen und streifen ihn mir ab.

Gleich darauf nimmt er etwas Abstand von mir. Ich höre, wie er sich das Shirt über den Kopf zieht und vermute, dass er damit meine Hände fesseln will. Doch er feuert es achtlos auf den Boden. Nun entledigt er sich seiner Shorts, was ich eindeutig vernehme, und stemmt daraufhin seinen nackten heißen Körper von hinten gegen meinen.

Seine Handflächen fahren über meine Brüste und wandern danach meinen Bauch entlang … talwärts.

„Nimm deine Beine auseinander!", fordert er mit rauer Stimme und zeigt sich alles andere als geduldig.

Mein Herz überschlägt sich fast vor Aufregung und meine Angst, er könnte zu grob mit mir sein, steigert sich. Trotzdem tue ich, was er verlangt, und verändere meinen Stand.

Marc legt seine Hand überstürzt auf meinen Venushügel und gleitet vermessen nach unten. Ohne Ankündigung oder einem klitzekleinen Vorspiel wandert sein Finger an meinem Lustpunkt vorbei und dringt unvermutet in mich ein.

Ich erschrecke und halte die Luft an. Meine Hände stemme ich gegen die Wand und für einen flüchtigen Moment ziehe ich in Erwägung, Marc abzuwehren. Plötzlich bin ich verwirrt, weil ich solch eine Erfahrung noch nicht gemacht habe.

„Ganz ruhig", redet er in sanftem Ton auf mich ein und stoppt sein weiteres Vorgehen. Er gibt mir etwas Zeit, mich wieder zu beruhigen und zieht sich aus mir zurück. Sein linker Arm legt sich um meine Taille herum und nimmt mich sanft an sich.

Was muss er jetzt von mir denken, nachdem ich mich wie eine unerfahrene Jungfrau gegeben habe? Ein unbedarftes Mauerblümchen wie ich besteht auf harten Sex? Und das nur, weil ich meine dumme, völlig unangebrachte Eifersucht nicht im Griff habe!

Marc nimmt meine Hände und umfasst sie liebevoll.

„Alles wieder gut?", fragt er mit warmer Stimme.

Ich nicke … dabei bin ich mir nicht sicher.

„Dann vertraust du mir jetzt deinen Körper an?"

„Ja", antworte ich zaghaft, obwohl ich mich ängstige vor dem, was gleich geschehen wird.

10

Marc lässt keine weitere Zeit vergehen und drängt mich zur Kommode. Sanft, aber bestimmend drückt er meinen Oberkörper darauf … so fest, bis ich mich gefangen fühle. Es gelingt mir noch, mich mit meinen Händen abzustützen, aber diese Position ist alles andere als angenehm.

Ich erwäge, ihn zu bremsen, aber dann wäre mir Larissa auch weiterhin einen Schritt voraus. Sie kennt seine geheime düstere Welt, die mir verborgen bleiben würde. Das könnte ich nicht ertragen.

Eine Spur zu forsch packt er meine Hüften und nimmt Stellung hinter mir ein. Jetzt wird er es tun … mich einfach so nehmen.

Ich schreie leise auf, als er kraftvoll und scheinbar mitleidlos in mich eindringt. Sein heftiger Vorstoß ist erschreckend und verursacht Lust und Schmerz zugleich.

Er könnte meine panische Reaktion schlichtweg ignorieren und seine wilden Gelüste weiter befreien. Doch er unterbricht sein stürmisches Handeln und gibt mir einen Moment zum Durchatmen.

Er sagt nichts ... wartet nur ab. Vielleicht rechnet er damit, dass ich alles abbreche – meine Zustimmung zu diesem fragwürdigen Wagnis zurücknehme. Aber das habe ich nicht vor. Denn es ist, wie Marc gesagt hat: Da ist ein dunkles Verlangen in mir ... tief vergraben in meiner Seele. Und ich möchte es kennenlernen, auch wenn die Gefahr besteht, dass es mir schadet oder mich gar zerstört.

11

Ich lasse die Gelegenheit, es mir anders zu überlegen, verstreichen. Kein Sterbenswörtchen kommt über meine Lippen. Also wird Marc annehmen, seinen rauen Umgang mit mir fortsetzen zu dürfen. Er beginnt damit, sich in mir zu bewegen. Anfangs bedächtig ... jedenfalls für kurze Zeit. Aber dann macht er auf erbitterte Weise deutlich, was er unter hartem Sex versteht. Unsanft fällt er in mich ein ... schroff ... ungestüm. Seine Hände nehmen mich fest an den Hüften und geben den immer schneller werdenden Takt vor.

Ich fühle Schmerz ... Angst ... Wollust ... alles zur gleichen Zeit. Einerseits möchte ich gegen Marc ankämpfen ... ihn irgendwie abschütteln. Andererseits bin ich überwältigt davon, wie sehr er mich in Ekstase bringt. Was er mit mir tut, wirkt unbesonnen ... zügellos. Aber in Wahrheit scheint er eins zu sein mit meinem Körper ... meiner Seele, oder weshalb weiß er so genau, wie ich funktioniere?

Ich quietsche auf, als ich innerlich zu beben beginne und sich eine Explosion ankündigt.

Marc verstärkt seine Stöße und passt sich mir an. Natürlich weiß er, dass er mich gleich so weit hat – mein Ausbruch kurz bevor steht.

Ich bekomme eine Holzskulptur zu fassen, die die Anrichte ziert, und kralle mich daran fest.

„Oh Gott!", rufe ich aus, als sich ein Feuer in mir entzündet, das mich innerlich verbrennen lässt. Die Figur zerbricht in meiner Hand und fast zur gleichen Zeit überfällt mich ein unvergleichlicher Höhepunkt. Ich möchte es herausschreien, doch ich unterdrücke diesen Drang, da wir uns im Hotel befinden.

Marc bringt sich selbst kurz nach mir zu einem raschen Orgasmus. Er nimmt sich nicht zurück und stöhnt es laut heraus.

„Verdammt, Lea, was war das hier gerade mit uns?"

12

Wir liegen dicht aneinandergekuschelt zusammen im Bett und sind noch dabei zu verstehen, was eben zwischen uns vorgefallen ist.

Marc hat sich gehenlassen und mich schonungslos verführt. Nicht zu Kuschelsex, so wie er es ursprünglich vorhatte, sondern zu einer drastischen Variante, zu der ich ihn unüberlegterweise überredet habe.

Er hatte versprochen, keine Grenzen zu überschreiten, behauptete, mir niemals schaden zu wollen. Nun ließ er sich zu einem brisanten Liebesspiel hinreißen, das mich in seinen Augen paralysieren könnte.

Ich kann nicht sagen, wie ich mich jetzt fühle. Habe ich es nicht selbst darauf angelegt? Doch warum habe ich das getan?

„Ich weiß es nicht", antworte ich versehentlich auf meine gedanklich gestellte Frage und bemerke sofort, wie seltsam das klingt.

Marc öffnet seine Augen und küsst meine Nasenspitze.

„Ich weiß es auch nicht", reagiert er auf meine Worte, als wüsste er, was in meinem Kopf vorgeht. „Es ist einfach passiert, Lea, dabei wollte ich dir keinesfalls etwas zumuten."

„Aber es hat dir gefallen, mir etwas zuzu-muten", stelle ich eher fest, als zu fragen, und übergehe die bedenkliche Tatsache, dass mir seine Hemmungslosigkeit ebenso gefiel.

Marc atmet tief durch und lässt sich Zeit. Fast glaube ich schon, er will sich vor einer Antwort drücken. Dann jedoch legt er seine Hand auf meine Wange, während sein Ge-sicht auf dem Kissen näher an mich heran-rückt.

„Ich will dich nicht belügen, Lea", beginnt er endlich zu sprechen und verursacht mir ein mulmiges Gefühl. Denn er vermittelt den Ein-druck, etwas Verfängliches sagen zu wollen. „Manchmal offenbarst du mir deine starke Persönlichkeit, die ich bewundernswert und sexy finde. Aber es gibt auch diese Momente, in denen du schwach und verletzlich bist und ich dich beschützen möchte. Dann kämpfe ich gegen meine dunkle Seite an, die sich durch deine Verletzlichkeit angezogen fühlt. Ja, Lea, es hat mir gefallen, dir etwas zuzumuten. Ich gebe es zu … auch auf die Gefahr hin, dass du mich jetzt hasst. Der Gedanke, dich auf zügel-lose Weise zu nehmen, macht mich unge-heuer an. Wenn du dich mir auslieferst, spüre ich eine tiefe Befriedigung. Das habe ich bis-her bei keiner anderen Frau so empfunden."

„Dann willst du mich unterwerfen?", frage ich besorgt, dass sich mit ihm meine gewaltsame Vergangenheit wiederholen könnte.

Auch jetzt gelingt Marc keine spontane Antwort. Er sieht mir stumm in die Augen und grübelt wohl darüber nach, wie er das prekäre Thema wechseln kann. Doch ihm ist sicher bewusst, dass ich auf eine Erklärung bestehen werde.

„Ja", sagt er erschreckenderweise und fährt mit dem Daumen über meine Lippen. „Ich will dich dominieren … aber nur beim Sex."

13

Am folgenden Morgen werde ich vorm Sonnenaufgang wach. Ich wundere mich, dass ich überhaupt eingeschlafen bin, denn ich konnte nicht aufhören, über unser Gespräch nachzudenken ... und über unseren Sex. Wer bin ich eigentlich, dass ich mich von Marcs finsterer Seite verleiten lasse? Seine düsteren Gelüste sollten mir eine Heidenangst einflößen. Tun sie auch! Gleichzeitig reizt mich die Vorstellung, in seine Welt einzutauchen und mich auf seine Machtspiele einzulassen.

Das habe ich ihm bisher nicht gesagt. Ich entschied, lieber zu schweigen, als er mir offenbarte, mich im Bett dominieren zu wollen. Denn dieses überschäumende, aber auch groteske Verlangen in mir ist völlig neu für mich und muss ich erst mal klarkriegen.

„Bist du schon wach?", fragt mich Marc müde. Dabei liege ich mit dem Rücken zu ihm, das kann er unmöglich sehen. „Deine Grübelei ist nicht zu überhören."

„Tut mir leid, wenn ich dich geweckt habe", entschuldige ich mich, obwohl ich so still wie ein musikloser Stummfilm bin. Keine Ahnung, was er gehört haben will.

„Was beschäftigt dich?", will er wissen und zieht ein wenig an meiner Schulter, damit ich mich ihm zuwende.

Also lege ich mich auf die andere Seite. Unsere Köpfe versinken im selben Kissen, doch in der Morgendämmerung kann ich seine Gesichtszüge nicht erkennen. Aber ich vermute, dass er besorgt aussieht, da bereits sein Tonfall darauf schließen lässt.

„Wie wird es jetzt weitergehen?", frage ich betrübt, denn ich glaube, seine Antwort bereits zu kennen. Wahrscheinlich wird er die letzte Nacht mit mir einfach abhaken und mein Herz zum wiederholten Male verwunden.

„Ich werde dich zurückbringen … nach Sylt … in Alex' Obhut. So wie es Lenny für dich vorgesehen hat", macht er mir klar, dass er nicht vorhat, selbst für meinen Schutz zu sorgen.

„Und das war's dann?", flüstere ich meine Frage, weil mir plötzlich die Energie für einen energischeren Ton fehlt.

„Lea, versteh doch, ich habe mich für einen anderen Weg entschieden und daran kann auch diese unglaubliche Nacht mit dir nichts ändern."

„Dann willst du weiterhin dein Leben für eine unabänderliche Vergangenheit wegwerfen, statt dich auf die Zukunft zu konzentrieren?", will mir einfach nicht in den Sinn, warum er sein mörderisches Vorhaben partout nicht aufgeben kann.

„Das will ich, Lea!", ist seine Antwort erschreckend unterkühlt. „Ich erwarte nicht, dass du es verstehst. Aber hör endlich auf, dieses Thema immer wieder anzuschneiden!"

Marc richtet sich auf und fährt sich mit beiden Händen über sein stoppeliges Haar. Ich setze mich neben ihn und lege meine kalten Finger zaghaft auf seinen Arm.

„Ich möchte gerne verstehen, was dich dazu treibt", gebe ich nicht auf, mehr von ihm zu erfahren, obwohl sich seine aufziehende Rage schon abzeichnet. Es kostet ihn Mühe, ruhig zu bleiben, das spüre ich.

„Herrgott noch mal, Lea, warum bist du nur immer so hartnäckig?"

„Weil du mir wichtig bist und ich nicht möchte, dass du so einen furchtbaren Weg einschlägst", erlaube ich ihm einen flüchtigen Blick auf meine Gefühle für ihn.

Er wendet sich mir zu und streicht mit seinem Daumen leicht über mein Kinn.

„Danke, dass ich dir wichtig bin", erwidert er nun in einem sanften Ton. „Und das bedeutet mir viel. Du ahnst ja nicht, wie viel."

Vorsichtig kommt er mir näher und küsst mich hauchzart … kurz … und nimmt sofort wieder Abstand von mir.

„Aber es bedeutet dir nicht genug, um deinen zerstörerischen Kurs zu ändern", stelle ich traurig fest.

„Glaub mir, Lea, ich war durchaus einige Male nah dran, den Plan zu verwerfen wegen meiner ungereimten Gefühle für dich. Aber ich habe damals am Grab meiner Eltern geschworen, ihren Tod zu rächen. Dieser Schwur begleitet mich inzwischen mein gesamtes Leben. Da siehst du, wie schwarz meine Seele ist und wie sehr mich mein Rachedurst geprägt hat. Ich bin nur ein halber Mensch, der genauso wenig fähig ist zu lieben wie du. Du weißt besser als ich, dass ich gefährlich für dich bin, deshalb solltest du dich für Lenny entscheiden."

Ich stehe auf, da mich die Unruhe in mir auf die Füße treibt. Direkt vor dem Bett positioniere ich mich und muss ein paar Mal durchatmen, um meine Wut auf Marc zu bezähmen.

„Glaubst du an Gott?", will ich aufgewühlt von ihm wissen und stemme meine

Hände in die Hüften. Bestimmt wird er sich über diese widersinnige Frage wundern.

„Nein, zum Teufel noch mal!", platzt es aggressiv aus ihm heraus. „Was hat das jetzt mit dem Thema zu tun?"

„Einfach alles!", gebe ich ihm eine Antwort, die ihm Rätsel aufgibt. „Dein Schwur am Grab deiner Eltern ist vollkommen ohne Belang, solange du an keine höhere Macht glaubst, die dich leitet oder der du vertraust. Es hat dich niemand dabei gehört, Marc! Lediglich der kleine verletzte Junge von damals, der sich an die Vorstellung klammerte, Rache würde Gerechtigkeit in sein Leben bringen. *Du* bist der Einzige, der sich an einen dummen Eid bindet, der von dir völlig ins Leere gesprochen wurde. Kein Gott verpflichtet dich und deine Eltern ebenfalls nicht, denn sie sind tot! Und das bleiben sie auch, verstanden? Egal, was du tust!" Ich will mich umdrehen und wütend davonstampfen, als mir noch etwas einfällt. „Außerdem ...", sage ich mit bebender Stimme, „... vielleicht ist dir ja gar nicht aufgefallen, dass ich gestern einen langen Weg auf mich genommen habe, um bei dir zu sein. Ich bin nicht bei Lenny, sondern hier! Und weißt du, warum?" Ich warte einen Augenblick ab, obwohl ich nicht davon ausgehe, dass er meine Frage beantworten wird. Aber mein Herzschlag verdoppelt sich auf einmal, weil mich die Antwort verwirrt und mein Inneres durcheinanderwirbelt. „Weil ich dich liebe!"

14

Nach der Dusche fühle ich mich nicht besser. Dieses Gefühlsbekenntnis wirkt noch in mir nach. Ich ziehe mich an und werfe mein feuchtes Haar nach hinten, nachdem ich in mein Sweatshirt geschlüpft bin. Was ich mir gerade anziehe, weiß ich nicht, denn meine Gedanken sind anderweitig beschäftigt: mit meinen Gefühlen, die neu für mich sind und derer ich mir vorhin erst klargeworden bin.

Marc war sprachlos nach meinem Geständnis und ich dann irgendwie auch. Mir fiel nichts weiter ein, als in mein Zimmer zu laufen und mich einzusperren. Seitdem herrscht Funkstille zwischen uns. Und wahrscheinlich ist dies auch das Beste. Marc hat überdeutlich gemacht, wo seine Prioritäten liegen. Da wird mein kleines Liebesbekenntnis sicher keine Änderung herbeiführen.

Als ich fertig angezogen bin und meine Tasche gepackt ist, lausche ich an der Zimmertür. Ich presse mein Ohr kräftig dagegen, doch ich kann nichts hören. Also öffne ich die Tür ein wenig und stecke meine Nase durch den Spalt. Marc ist nicht zu sehen. Der Wasserhahn in seinem Badezimmer wird angestellt. Er scheint wohl zu duschen.

Wie praktisch, denke ich, denn ich habe nicht vor, ihm noch einmal zu begegnen. Dass er mich schon wieder wie eine seiner zahlreichen Bettgeschichten abserviert, setzt mir erheblich zu. Vor allem jetzt, nachdem ich mir bewusst geworden bin, wie ich fühle. Mein Gott … ich liebe ihn! Ausgerechnet *ich* … ausgerechnet *ihn*! Er hat meine Liebe nicht verdient, schließlich ist er ein herzloser Womanizer und ein zukünftiger Mörder! Er könnte diese Gefühle nicht einmal erwidern, selbst wenn er es wollte. Denn seine innere Finsternis, von der er sich schon ein Leben lang leiten lässt, hat sein Herz versteinert.

Ich tapse zum Tisch in der Mitte des Raumes und ziehe Stift und Papier aus meiner Handtasche. Kurz setze ich mich und überlege. Dabei ziehe ich ein paar Kreise auf dem kleinen Block. Marc soll nicht nach mir suchen müssen, wenn ich jetzt gehe. Aber er muss auch wissen, dass er niemals mehr die Gelegenheit erhalten wird, mir wehzutun.

Meine Hand führt den Stift auf einmal wie von selbst. Ich schreibe … langsam … ohne zu wissen, was. Als ich meine Nachricht an ihn lese, läuft es mir kalt den Rücken hinunter. Ich habe eine Entscheidung getroffen und sie zerbricht mir das Herz. Aber Marc ist drauf und dran mich zu zerstören und deshalb muss nun *ich* einen Schlussstrich ziehen. Ich werde meine aufgeflammten Gefühle für ihn irgendwann vergessen können und sie gegen die Kälte eintauschen, die seit meiner Kindheit in mir wohnt.

Ich erhebe mich vom Stuhl und lese ein letztes Mal diesen einen Satz – eingebettet in die vielen ovalen, chaotischen Kreise, die ich gedankenverloren aufs Papier gekritzelt habe:

Ich will dich nie wiedersehen!

15

Als ich nach stundenlanger Fahrt in Finjas Wagen endlich über die Berliner Stadtautobahn pese, bin ich von der langen Anreise erschöpft. Am liebsten würde ich einfach nach Hause fahren und mich in mein gemütliches Bett legen. Aber auf der Straße vor meinem Haus liegt Nick, mein toter Bodyguard. Jedenfalls seine aufgesprühte Silhouette. Daran werde ich mich von nun an immer erinnern und mich in meinem Zuhause nie wieder wohlfühlen. Außerdem kann ich nicht ignorieren, dass da draußen noch jemand frei herumläuft, der mich tot sehen will. Ich brauche nach wie vor Schutz und hasse diese Tatsache von Tag zu Tag mehr.

Deshalb zermartere ich mir bereits die ganze Zeit den Kopf darüber, was ich jetzt machen soll. Ich könnte zu Marie in die Galerie fahren. Seit Wochen habe ich sie nicht mehr gesehen. Als ich mein Smartphone noch hatte, telefonierten wir regelmäßig, da es mir wichtig war, sie über alles zu informieren. Immerhin sehe ich in ihr eine Freundin und nicht nur meine Galeristin. Doch bei ihr wäre ich nicht in Sicherheit und zu allem Übel würde ich sie gefährden … nur durch meine bloße Anwesenheit.

Steffen wird sicher noch in Frankfurt sein und im Krankenhaus liegen. Außerdem ist er mit einer Rippenprellung bestimmt kein guter Beschützer.

Weil ich sonst niemanden kenne, kommt mir Lenny in den Sinn. Es wird ihm nicht gefallen zu erfahren, dass ich inzwischen zum zweiten Mal ausgebüxt bin. Aber da er einen heißen Draht zu Marc hat, wird ihm jedes Detail längst zu Ohren gekommen sein.

Ich rolle mit den Augen. Lenny nach dieser bedenklichen Nacht mit Marc so schnell wiederzusehen, erscheint mir taktlos. Doch etwas Besseres fällt mir schlicht nicht ein. Herrje, diese Begegnung wird unangenehm!

Unentschlossen setze ich den Blinker und fahre von der Autobahn ab. Noch zehn Minuten Fahrt durch die Stadt, dann sollte ich bei Lenny angekommen sein. Währenddessen werde ich weiter nachdenken und hoffen, dass mir eine andere Lösung in den Kopf schießt.

Als ich auf den Parkplatz vor Lennys Wohnhaus rolle, fällt mir auf, dass sein Stellplatz leer ist. Natürlich! Warum sollte er zu Hause sein als Workaholic? Und wo er arbeitet, weiß ich nicht. Jetzt könnte ein Handy sehr nützlich sein. Aber Steffen musste es ja unbedingt behalten. Jetzt liegt es auf der Wache und ich habe keine Ahnung, wann der Sheriff gedenkt, es mir wiederzugeben.

Ich stelle den Wagen auf einer ungekennzeichneten Stellfläche ab und gehe erneut alle Möglichkeiten durch, als mir die rettende Idee kommt: Polizeiwache!

Dort bin ich fürs Erste sicher und erhalte einen warmen Unterschlupf.

Erleichtert, Lenny nicht angetroffen zu haben, mache ich mich auf den Weg zu Steffens Dienststelle. Vielleicht informieren sie ihn darüber und ich erhalte die Gelegenheit, mit dem Sheriff zu telefonieren. Nun ist *er* meine einzig verbliebene Bezugsperson, und das ist so was von falsch! Denn seine Neugier und sein scharfer Verstand sind wie eine giftige Spinne für mich, die es darauf anlegt, ihr Netz über mich zu werfen.

16

Ich stelle den Wagen direkt neben dem Eingang der Polizeistation ab und steige aus. Gedankenschwer blicke ich auf das klotzige Gebäude, das ich vor genau drei Tagen gemeinsam mit Lenny betreten habe. Viel ist seitdem passiert und es fühlt sich so an, als hätte ich ihn bereits seit drei *Wochen* nicht mehr gesehen.

Dabei kommt mir Steffens Umschlag in den Sinn, den er mir in seinem Büro in die Hand gedrückt hat mit der unverfrorenen Behauptung, er wisse, mit wem ich in drei Tagen zusammen sein werde. Bis jetzt habe ich das Kuvert noch nicht geöffnet. Irgendwie erscheint es mir angemessener, dies im Beisein des Sheriffs zu machen. Es war schließlich *seine* absurde Idee, eine bloße Spekulation als Blick in die Glaskugel zu verkaufen und daraus auch noch eine Wette zu machen. Ich möchte sein Gesicht sehen, wenn er feststellt, falschgelegen zu haben. Denn ein buntes Durcheinander von Gefühlen lässt sich nicht orakeln. Ich genieße meinen Triumph, weil ich davon ausgehe, dass Steffen demnächst ein zahnloser Tiger sein wird und ihn seine

Wettschulden dazu zwingen werden, mir keinerlei Fragen mehr zu meinem Vater zu stellen. Lächelnd betrete ich das Präsidium und gehe direkt zum Empfang.

„Na, da hat aber jemand gute Laune", sagt ein pummeliger kleiner Polizist hinter dem Empfangstisch zu mir. Sein Schnurrbart ist gezwirbelt und lässt ihn freundlich wirken. „In der Regel schmunzeln die Leute nicht, wenn sie zu uns hereinschneien."

„Eigentlich bin ich gar nicht ...", beginne ich und muss meinen Satz unvollendet lassen, weil das Telefon plötzlich klingelt. ‚... *gut gelaunt*', denke ich zu Ende und beobachte, wie mir der rundliche Beamte ein Zeichen gibt, gleich wieder zu meiner Verfügung zu stehen. Er greift zum Hörer und hält ihn sich ans Ohr.

„Ulf Schreiber", meldet er sich ganz korrekt mit seinem vollen Namen. „Ach, Steffen! Geht es dir wieder besser?"

Ich horche auf, als mir klar wird, dass sich der Sheriff am anderen Ende der Leitung befindet. Ob er aus dem Krankenhaus anruft?

Ich erwäge, mich über den Hochtisch zu schwingen und Ulf den Hörer aus der Hand zu reißen.

„Aber ja", bemerkt er, als ich soeben zum Sprung ansetzen will, „die Beschreibung passt auf die junge Lady, die mir gerade gegenübersteht. Moment mal …" Ulf sieht mich prüfend an und überlegt. „Ist Ihr Name Lea Waldeck?", fragt er mich, während er seine steifen Schnurrbarthaare um den Zeigefinger wickelt.

Ich nicke aufgeregt und kann nicht fassen, wie gut Steffens Gespür ist. Wie kann er wissen, dass ich hier bin?

„Sie ist es", gibt Ulf sein neues Wissen an Steffen weiter. „Ha, ha, ha", lacht er auf einmal schwer amüsiert und hält sich dabei den Bauch. „*Das* soll ich ihr sagen? Ha, ha, ha …! Alles klar!"

Er beendet das Gespräch und blickt grienend zu mir.

„Also …?", gebe ich ein wenig bissig von mir und bin gespannt, was Ulf so erheitert.

„*Der Sheriff* … erwartet Sie in seinem Büro", kichert er seine Nachricht an mich heraus.

„Okay, danke", erwidere ich mit zusammengezogenen Augenbrauen und warte auf die Pointe. „Das war alles?", frage ich vorsichtshalber nach.

„Jo, alles", bestätigt Ulf weiter grinsend, während ich im Kopf den verwirrenden Weg durch die vielen Korridore durchgehe.

17

Nachdem ich eine halbe Ewigkeit in den Fluren der Polizeiwache umhergeirrt bin, blicke ich dankbar auf Steffens Bürotür. Ich hatte die Hoffnung schon aufgegeben, mein Ziel heute noch zu erreichen. Dieses Gebäude ist wie ein unbezwingbarer Irrgarten.

Plötzlich öffnet sich die Tür und der Sheriff tritt heraus … den Blick gerichtet auf seine Armbanduhr. Bestimmt fragt er sich, wo ich bleibe. Er kann ja nicht ahnen, dass ich von Mutter Natur ohne Orientierungssinn ausgestattet wurde.

Ich kann nicht an mich halten und laufe die letzten Meter auf ihn zu, um meine Arme um ihn zu schwingen.

„Oh, Vorsicht!", sagt er mit schmerzverzerrter Stimme – womöglich erschrocken darüber, dass ich wie aus dem Nichts erscheine. „Meine Rippen …"

Gleichzeitig legt er seine Hände leicht auf meinen Rücken und klopft mir flüchtig aufs Kreuz, als wäre ich ein Säugling, der nach seiner Mahlzeit das Bäuerchen vergessen hat.

„Vielleicht gehen wir zum Kuscheln besser in mein Büro, Lea", macht er mich darauf aufmerksam, wo wir uns befinden und wie verfänglich diese Situation für ihn ist. „Meine Kollegen sollen doch nicht denken, wir hätten was miteinander. Sie könnten mir sonst noch Befangenheit unterstellen."

Ich lasse mich von ihm in seinen Raum schieben und äußere mich nicht zu seinen Worten.

„Warum sind Sie nicht mehr im Krankenhaus?", will ich stattdessen von ihm wissen, ohne ihn anzublicken, und gehe zum Fenster. Von hier aus hat man einen hervorragenden Blick auf den Parkplatz. Natürlich! Deshalb wusste Steffen, dass ich hier bin. Er musste mich zufällig gesehen haben.

„Warum sind *Sie* nicht mehr bei Marc?", übergeht er meine Frage mit einer Gegenfrage in strengem Ton. „Wir hatten ein Abkommen geschlossen, Lea. Kurz vor dem Unfall … wissen Sie noch? Sie versprachen mir im Krankenhaus, mich nicht zu enttäuschen, und ich habe mich darauf verlassen, dass Sie alles dafür tun, Marc den Kopf zurechtzurücken."

Ich beobachte, wie ein Streifenwagen vom Hof fährt und schaue dem Fahrzeug mit leerem Blick hinterher.

„Das habe ich, Steffen", erwidere ich niedergeschlagen und fühle eine Träne meine Wange entlangschleichen. Dass ich ihn mit seinem Vornamen anrede, muss wohl am

Schmerz liegen, den ich überall spüre und der in mir den Wunsch erweckt, der Sheriff wäre ein Freund.

Ich bin froh, als er auf meinen desolaten Gemütszustand aufmerksam wird und mich in seine Arme schließt.

„Ach herrje, das ist doch kein Grund zum Weinen", bemerkt er, weil er nicht die geringste Ahnung hat, wie viele Gründe ich habe, genau *das* zu tun! Deshalb gebe ich mich meiner Traurigkeit einfach hin und lasse die Tränen fließen.

Er gibt mir ein wenig Zeit und tätschelt tröstend meinen Rücken. Solange, bis uns das Telefon aus dieser befremdlichen Situation herausreißt. Steffen lässt mich los und begibt sich zu seinem Schreibtisch.

„Setzen Sie sich, Lea", fordert er mich auf, meinen Stehplatz am Fenster aufzugeben. „Es gibt einiges zu besprechen."

Er nimmt den Hörer ab und meldet sich mit seinem Nachnamen. Dabei klingt er energisch und stahlhart. Wieder einmal wird mir bewusst, mit wem ich es hier zu tun habe: einem unbeirrbaren Ermittler, der entschlossen ist, gut behütete, unheilvolle Geheimnisse ans Licht zu bringen.

„Ha!", lacht Steffen im Laufe des Gesprächs am Telefon auf. „Ich lass mich doch nicht an ein Krankenbett fesseln, während mein Schreibtisch vor Arbeit überquillt! – Ja, keine Bange, so schnell werdet ihr mich nicht los."

Steffen verabschiedet sich und beendet das kurze Telefonat. Gleich darauf fällt sein Blick auf mich.

„Geht es wieder?" erkundigt er sich nach meinem Befinden und legt eine besorgte Miene auf.

Ich nicke kaum sichtbar und schaue dem Sheriff misstrauisch in seine auffallend blauen Augen. Seine luftigen hellblonden Haare haben sich frech auf dem Kopf angeordnet und lassen ihn wie einen leichtlebigen Teenager aussehen, dem die Flausen noch ausgetrieben werden müssen. Doch davon darf ich mich nicht täuschen lassen. Denn er ist ein gefährlicher Spürhund, dessen Raffinesse mich das Fürchten lehrt.

„Gut", sagt er in einem sachlichen Ton und wählt einen Kugelschreiber aus dem Köcher. Mit der anderen Hand zieht er eine Schublade auf und holt eine Akte hervor. „Dann gebe ich Ihnen heute noch einmal die Gelegenheit, die weiteren Machenschaften Ihres Vaters aufzudecken, von denen Sie ja nichts wissen wollen."

Er öffnet die Mappe und breitet sie vor sich aus.

„Ich erinnere mich nicht, zum Verhör vorgeladen zu sein", gebe ich schnippisch zurück und kann nicht glauben, dass Steffen die Situation nutzt, mich ins Gebet zu nehmen.

„Warum wollen Sie Ihren Vater weiter schützen, Lea?", ist ihm mein Schweigen nicht klar. „Er sitzt im Gefängnis und kann Ihnen nichts mehr tun. Und damit das so bleibt, müssen Sie Ihr Schweigen endlich brechen. Sonst vermute ich noch, Sie haben sich in irgendeiner Weise mitschuldig gemacht."

Ich zucke zusammen bei seinen letzten Worten und weiß nichts darauf zu sagen. Wie kann er so etwas andeuten?

„Also gut, Lea ... lassen Sie mich überlegen, wie ich Sie überzeugen kann."

Er klopft mit dem Stift ein paar Mal auf die Tischplatte und nimmt sich etwas Zeit. Gleich darauf lässt er den Kugelschreiber fallen und blättert in der Akte.

„Wo haben wir es denn?", murmelt er und findet, was er sucht. Sein Finger gleitet übers Papier und stoppt an einem Absatz.

Ich will gehen, weil ich mich in die Enge getrieben fühle. Doch als ich beabsichtige, mich zu erheben, streckt Steffen seine Hand in die Höhe und wedelt mit ihr herum.

„Oh nein, Sie werden mir jetzt nicht davonlaufen, Lea", macht er klar, dieses Gespräch mit mir bis zum bitteren Ende zu führen. „Bleiben Sie sitzen oder ich kette Sie mit Handschellen an den Stuhl!"

„Ich wusste ja gar nicht, dass Sie auf Fesselspiele stehen", purzelt mir diese saloppe Äußerung aus dem Mund. Doch statt mich zu entschuldigen, bekomme ich rote Ohren und starre Steffen – entsetzt über mich selbst – an.

„Lea, versteh'n Sie doch! Die Lage ist ernst."

„Das ist sie bereits mein ganzes Leben", kontere ich und bleibe verschlossen.

„Ihr Ex-Freund hat ausgesagt, dass Ihr Vater ihn beauftragte, Ihre Werkstatt zu verwüsten", übergeht er meine Bemerkung und füttert mich mit Informationen, die mich wohl zum Umdenken bewegen sollen. „Wussten Sie das?"

„Nein", antworte ich einsilbig und spiele nervös mit den Fingern.

„Fassen wir die uns *bekannten* Untaten Ihres Vaters doch mal zusammen", beißt sich der Sheriff wie eine Zecke an dem Thema fest. „Er hat Sie und Ihre Mutter misshandelt, missbraucht und Ihr junges Leben zerstört. Mit Ihrem Ex, der ein Gewalttäter ist, plante er, Sie auszuschalten … zerstörte Ihre Kunstwerke und Ihre Hoffnung, ohne Angst zu leben. Laut der Unterlagen, die wir auf seinem Tisch fanden, wollte er Sie entmündigen lassen und Ihr Haus verkaufen. – Also frage ich Sie noch einmal: **Was hält Sie davon ab, mir die Wahrheit über Ihren Vater zu erzählen?**", nimmt er sich heraus, die Stimme zu erheben. „Und behaupten Sie jetzt nicht, es gäbe nichts zu enthüllen. Ihre Mutter wollte uns das Gleiche glauben lassen. Mein Gott, Sie sind wahrhaftig beide schwer zu knacken!"

Er klappt die Mappe zu und wartet darauf, dass ich etwas sage. Aber mir fällt nichts weiter ein, als alles abzustreiten. Nur das hat er mir ja gerade verboten.

„Lea, es gibt einen Zeugen", deutet er an, mehr zu wissen, und will mir wohl Angst machen. Doch das gelingt ihm nicht, denn ich weiß es besser.

„Das ist vollkommen unmöglich", mache ich klar, dass ich seinen Bluff durchschaue. „Niemand weiß etwas", sage ich und erschrecke. Mit meinem letzten Satz habe ich soeben durchblicken lassen, dass ich durchaus etwas verheimliche.

Steffen lächelt zufrieden und lehnt sich zurück.

„Na bitte. Nun sind wir schon einen Schritt weiter."

18

„Muss ich mir jetzt einen Anwalt nehmen?", frage ich unsicher geworden, Steffens Wissbegier unter Kontrolle zu halten.

„Möchten Sie sich nicht einfach mal erleichtern, Lea, und sämtlichen Ballast abschütteln?", ignoriert er meine durchaus ernst gemeinte Frage und zieht die Schlinge um meinen Hals immer fester.

„Sie wissen schon, dass Sie kein Recht haben, mich derart in die Mangel zu nehmen", halte ich ihm vor Augen, zu weit zu gehen. „Und was ist mit Ihrer Zusicherung, keine Fragen mehr über meinen Vater zu stellen, wenn Sie unsere kleine Wette verloren haben?"

„Die habe ich nicht verloren", erwidert er sich seiner Sache sicher und grinst.

„Doch, haben Sie!", entgegne ich kiebig. „Denn die drei Tage sind um und ich bin mit niemandem zusammen. Welcher Name auch draufsteht, Sheriff … er ist falsch!"

Steffen rutscht auf seinem Bürostuhl wieder nach vorne und streckt seinen Oberkörper weit über die Tischplatte, um mir näher zu kommen.

„Lea, Lea … Sie überraschen mich. Sie haben ja noch gar nicht reingeschaut! Waren Sie denn gar nicht neugierig, welcher Name in dem Umschlag steckt?"

„Das ist inzwischen völlig egal", sage ich gereizt. „Sie spielen doch eh nach Ihren eigenen Regeln."

„Nein, keineswegs", leugnet er seinen Regelverstoß. „Ich spiele ehrlich."

Er steht auf und geht um den Tisch herum, um sich neben mich zu setzen. Jetzt holt er bestimmt seine Handschellen hervor und fesselt meine Hände so lange, bis er auch die letzte Information aus mir herausgequetscht hat.

„Wie viele Stunden hat ein Tag?", fragt er mich seltsamerweise und kann dieses dreiste Grinsen einfach nicht abstellen.

„Na wenn Sie das nicht selbst wissen, sind Sie womöglich falsch auf diesem Posten", verspotte ich ihn und behalte mir vor, seinen Scharfsinn wieder anzuzweifeln.

„Immer einen kessen Spruch auf der Zunge", lacht Steffen und schüttelt den Kopf über mich. „Nein, ich meine das ernst, Lea. Der Tag ist noch nicht vorbei und die Bedingungen unserer Wette gelten nach wie vor."

„Und warum löchern Sie mich dann?", frage ich verärgert.

„Weil mein Tipp richtig ist", gibt er unbescheiden zur Antwort.

„Ihre Überheblichkeit erinnert mich an Marc", beleidige ich den Sheriff und seinen Freund zugleich in einem Satz.

„Ich würde es eher Verstandesschärfe nennen", bleibt Steffen trotz meiner garstigen Provokation entspannt. „Und jetzt werden wir beide noch einmal ernst, bevor ich Ihnen erkläre, wie es weitergeht", sagt er auf einmal staubtrocken und gibt mir das Gefühl, sein unliebsames Verhör nicht beendet zu haben. „Vergessen Sie mal, dass ich ein Polizist bin und gegen Ihre Familie ermittle. Ich habe nicht gelogen, Lea, es gibt einen Zeugen. Deshalb sage ich Ihnen als Freund: Brechen Sie Ihr Schweigen und bringen Sie die Wahrheit ans Licht, bevor andere sie verdrehen."

19

„Ich habe nichts zu sagen, Sheriff", enttäusche ich ihn mit meiner Antwort. „Hätte ich gewusst, dass Sie mich in die Zange nehmen, wäre ich heute woanders hingefahren."

„Es ist gut, dass Sie zu mir gekommen sind", sagt Steffen mit einem weichen Lächeln. „Sie sind weiterhin in Gefahr, Lea. Da sollten Sie nicht allein unterwegs sein."

„Nein, sollte ich nicht", erwidere ich entrückt und starre, ohne zu blinzeln, am Sheriff vorbei.

Er gibt mir einen Moment der Stille und nimmt sich zurück, obwohl es nicht seine Art ist, stumm zu sein.

Ich spüre seinen Blick und richte meine Augen wieder auf ihn.

„Ist es mein Vater, der mich tot sehen will?", frage ich Steffen und lenke selbst das Gespräch auf den General. Vielleicht hoffe ich tief in mir drin, dass mich der Sheriff von meinen Familiengeheimnissen erlöst, die mich zu erdrücken drohen.

„Vielleicht", antwortet er knapp, statt meinen Vater sofort wieder zum Thema zu machen.

„Oder Ben?", gehe ich die möglichen Verdächtigen durch.

„Wäre auch möglich", sagt er wenig erhellend und sieht mich abwartend an. Wahrscheinlich hofft er, ich hätte noch ein paar Einfälle, um ihm seine Arbeit zu erleichtern. Aber meine Namensliste endet an dieser Stelle bereits.

Ich stehe auf und gehe zurück zum Fenster.

„Sie haben keine Ahnung, richtig, Sheriff?", lasse ich meine Frage wie Kritik klingen. „Und statt sich in dieser Sache mehr zu engagieren, damit ich mich endlich sicher fühlen kann, fixieren Sie sich auf den General."

Steffen erhebt sich ebenfalls und stellt sich neben mich. Gemeinsam blicken wir nach draußen … zum wolkenfreien Himmel.

„Ich fixiere mich auf *Sie*", widerspricht er und wendet sich mir zu. „Weil ich denke, dass *Sie* die Antwort auf all meine Fragen sind."

Bestürzt über diese Aussage, die mich praktisch zur Verantwortlichen für *alles* erklärt, wechsle ich meinen Blick vom Horizont zu Steffens sonnenbeschienenen Gesicht und schaue ihn pikiert an.

„Besser wir überspringen Ihre seltsame Bemerkung und kommen direkt zu dem

Punkt, an dem Sie mir erklären, wie es weiter-geht", sträube ich mich, mir seine widersinni-gen Worte weiter anzuhören.

Steffen lacht.

„Sie sind wirklich bemerkenswert, Lea. Das haben nicht bloß Marc und Lenny sofort erkannt." Er erlaubt sich, seine Hand unter mein Kinn zu legen, um meinen Kopf in die-ser Position zu halten, und kommt mir mit seinem Gesicht näher. „Deshalb möchte ich unbedingt hinter Ihre wohlbehüteten Ge-heimnisse kommen. Vielleicht könnte ich dann die Absichten Ihrer möglichen Feinde aufdecken."

„Ich habe keine Feinde wegen meiner Ge-heimnisse", bemerke ich missgestimmt, da Steffen nicht davon wegzubringen ist, in mir einen spannenden Rätselkrimi zu sehen, den er beabsichtigt zu lösen.

„Nein, Sie haben Feinde, weil Sie zu viel wissen."

20

„Wollen Sie mir Angst machen, Sheriff?",
frage ich schockiert über seine leichtfertig geäußerte Bemerkung.

„Ich will Ihnen nur klarmachen, dass es
besser für Sie ist, mir zu vertrauen", gibt er
mit bitterernster Miene zurück.

Traurigkeit überkommt mich, weil ich genau *das* nicht kann!

„Ich weiß nicht, wie das geht … jemandem
vertrauen."

Steffen legt seine Stirn in Falten. Wahrscheinlich bin ich in seinen Augen eine Exotin. Aber dann nickt er – nachdenklich aussehend. Und plötzlich habe ich das Gefühl, von
ihm verstanden zu werden … dass ihm bewusst geworden ist, wie groß die Last ist, die
ich seit meiner Kindheit zu tragen habe.

Es klopft an der Tür. Steffen reagiert nicht
und sieht mich weiter an.

„Dann werde ich mich wohl mehr anstrengen müssen, damit Sie lernen, mir zu vertrauen", sagt er und zwinkert mir zu, bevor er
sich von seinem Standort löst und zur Tür
geht. Er öffnet sie und lässt zwei Personen
eintreten.

Ich kann nicht glauben, als ich Alex erkenne, der von Steffen freundschaftlich umarmt wird. Die beiden Männer klopfen sich auf den Rücken und lösen sich wieder voneinander.

„Lea!", ruft Finja aus, die am Sheriff vorbeiläuft … direkt auf mich zu. Als sie vor mir steht, schwingt sie ihre Arme um mich herum und drückt mich fest an sich. „Ich bin so froh, dass es dir gut geht. Steffen hat uns von eurem Autounfall erzählt."

„Warum seid ihr hier?", frage ich irritiert und gehe nicht auf ihre sorgenvollen Worte ein. Ich hätte nie gedacht, den beiden ausgerechnet auf dem Polizeipräsidium wiederzubegegnen.

„Um dich abzuholen", gibt sie lächelnd zurück.

„Aber woher wusstet ihr, dass ich hier bin?", bleibe ich verwirrt.

„Steffen rief uns heute früh auf Sylt an und bat uns, nach Berlin zu kommen, um dich auf der Wache einzusammeln", erklärt Alex und schenkt mir einen vorwurfsvollen Blick. „Wir haben uns wirklich große Sorgen gemacht, nachdem du weggelaufen bist."

„Tut mir leid", flüstere ich meine Entschuldigung leise heraus und wechsle meinen Blick danach zu Steffen. Sein einsetzendes

Grienen wird immer breiter und ich komme nicht umhin, ihn für seinen Weitblick zu bewundern. Als ich das Hotel heute Morgen verließ, wusste nicht einmal *ich*, wohin ich fahren würde.

„Marc hat mich angerufen und mir von Ihrer Flucht erzählt", teilt mir der Sheriff ungefragt mit.

„Sie konnten unmöglich voraussehen, dass ich zu *Ihnen* fahren würde", bemerke ich mit zusammengekniffenen Augen. „Ich ahnte ja nicht mal, dass Sie wieder in Berlin sind."

„Sie wissen doch, Lea, es liegt mir im Blut, Situationen zu überblicken und richtig einzuschätzen", erwidert er selbstzufrieden und genehmigt sich ein süffisantes Lächeln.

„Das ist ziemlich beängstigend", sage ich mit einem unguten Gefühl und der Befürchtung, Steffen könnte bereits viel mehr wissen.

„Ich finde es auch irgendwie gruselig, dass er wie ein wandelndes Orakel ist", pflichtet mir Finja bei und schaut zum Sheriff. „Wie kann es sein, dass du uns allen immer einen Schritt voraus bist?"

„Weil ich ein sehr aufmerksamer Beobachter bin und alles hinterfrage", lässt sich Steffen dazu hinreißen, eine Erklärung für seine gottgegebene Gabe zu finden. „Und jetzt nehmt ihr Lea bitte mit und sorgt dafür, dass sie etwas zu essen bekommt", wechselt er gekonnt das Thema. „Sie sieht so blass um die Nase herum aus."

„Ich habe heute tatsächlich noch nichts gegessen", gebe ich zu, das Frühstück und auch das Mittagessen ausfallen gelassen zu haben. Aber bisher stellte sich der Appetit nach der ganzen Aufregung in Frankfurt noch nicht wieder ein.

„Na also, dann wird es Zeit für Sie aufzubrechen und sich ausgiebig zu stärken, Lea", findet Steffen und geht zurück zum Schreibtisch. „Denn *ich* habe noch eine Menge Arbeit zu erledigen und *Sie* müssen bis heute Abend wieder zu Kräften gekommen sein."

„Ach ja, warum?", frage ich mich, weshalb dem Sheriff meine körperliche Verfassung so wichtig ist.

„Weil Sie später in unserem Sportclub einen Termin für den Selbstverteidigungskurs haben", klärt mich Steffen auf, hinter meinem Rücken Absprachen getroffen zu haben.

„Da weiß ich nichts von", sage ich verwundert.

Steffen lacht und setzt sich in seinen Bürosessel.

„Lenny hat mir erzählt, dass Sie gerne in der Lage wären, sich im Notfall zu verteidigen. Also habe ich gleich heute etwas für Sie arrangiert."

„Aber …", beginne ich meinen leisen Protest und werde von Steffen sofort unterbrochen.

„Keine Widerrede! Die Sache ist geritzt! Alex und Finja werden Sie nachher in unserem Kampfclub ein wenig herumführen. Und jetzt raus mit euch! Ich habe zu tun!"

21

Gegen achtzehn Uhr fahren wir zu dritt auf das Gelände des Sportclubs, das erstaunlich weitläufig ist. Ich sitze gemeinsam mit Finja auf der Rücksitzbank und drücke meine Nase an der Scheibe platt.

„Meine Güte, das ist ja riesig … die Halle … der Parkplatz! Wie viele Sportler trainieren da?", frage ich und bin noch dabei zu entscheiden, ob es mir hier gefällt.

„Einige", antwortet Alex wenig aussagekräftig und parkt den Wagen auf einen der wenigen freien Stellplätze.

„Du musst nicht reingehen, wenn du nicht magst", sagt Finja und zeigt sich verständnisvoll. „Ich begreife auch überhaupt nicht, warum Steffen ausgerechnet heute darauf besteht … nach solch einem Ereignis in Frankfurt."

„Er denkt, dass es gut für Lea ist und sie dabei mal auf andere Gedanken kommt", verteidigt Alex Steffens Entscheidung.

„So was kann auch nur ein Mann denken, der seinen überschüssigen Testosteronspiegel mit einem Punchingball herunterdrosseln muss."

„Ein bisschen Antiaggressionstraining würde euch Frauen auch mal ganz gut tun. Dann wärt ihr nicht ständig so unausgeglichen und bräuchtet nicht pausenlos an uns Männern herumzumäkeln", kontert Alex und stellt den Motor aus.

„Das liegt eher an eurer Kleingeistigkeit", hält Finja dagegen und lässt sich nicht die Butter vom Brot nehmen.

„Ist schon okay", sage ich und bewahre die beiden vor einer möglichen Eskalation des Gesprächs. „Ich mache das jetzt."

Alex dreht seinen Kopf in unsere Richtung und nickt mir anerkennend zu.

„Es wird dir da drin bestimmt gefallen. Die Leute sind supernett und locker drauf."

„Solange sie keine Waffe auf mich richten und mich erschießen wollen ...", lasse ich meinen Kommentar unvollendet und erinnere mich wieder an die Gefahr, der ich ausgesetzt bin.

„Das ist eine geschlossene Gemeinschaft. Wir kennen alle Mitglieder und außerdem bleibe ich in deiner Nähe", beruhigt mich Alex mit einem Lächeln.

„Du bist so viele Menschen um dich herum nicht gewohnt, oder?", schlussfolgert Finja richtig.

Ich nicke und überlege, ob ich ihr erzähle, wie viele Wochen am Stück ich nach einer Tracht Prügel in die Kammer gesperrt wurde … verletzt … hungrig und einsam. Menschen gab es nicht viele in meinem Leben. Ich lächle Finja an und befinde, besser zu schweigen, um die düstere Stimmung nicht weiter zu verfinstern.

„Wollen wir?", fragt Alex und läutet zum Aufbruch.

„War ja wieder klar, dass du null Feingespür besitzt", fährt Finja ihren Mann an. „Lea braucht noch einen Moment."

„Nein, nein, kein Problem, wir können losgehen", bemerke ich und hoffe, dass sich Finja und Alex nicht meinetwegen streiten.

Ich mache den Anfang und öffne als Erste die Autotür.

„Siehst du! Alles halb so wild", sagt Alex zu Finja und steigt ebenfalls aus. „Jetzt kann der Spaß losgehen!"

22

Alex führt mich durch die Räumlichkeiten, während sich Finja mit ein paar Leuten unterhält. Überall riecht es nach Schweiß und verbrauchter Luft. In einem Saal trainieren Kinder verschiedener Altersgruppen, in einem anderen Männer und Frauen gemischt. Ich staune, wie leicht das Kämpfen bei einigen aussieht. Ruckzuck liegt der Gegner auf der Matte. Das möchte ich auch können und nie wieder unterlegen sein. Ben würde mir niemals mehr zu nahe kommen. Niemand würde es jemals noch mal wagen, mir wehzutun.

„Welche Kampfsportart kann man hier lernen?", frage ich Alex, als wir vor einem Boxring stehen, in dem zwei stämmige Kerle gegeneinander kämpfen.

„Du hast hier verschiedene Möglichkeiten: Kickboxen, Jiu Jitsu, Taekwondo oder Judo. – Das da ist Kickboxen", klärt er mich auf und zeigt mit dem Finger auf die beiden Hünen im Ring.

„So möchte ich auch kämpfen können", sage ich schwer beeindruckt von der Kampftechnik und kann nicht aufhören, die Männer beim Training zu beobachten.

„Vielleicht solltest du erst mal mit was Leichterem anfangen. Judo wäre eher etwas für dich, denke ich", findet Alex und führt mich aus der Boxhalle in einen Flur.

Ich kommentiere Alex' Bemerkung nicht, durch die ich mich wieder einmal schwach fühle. Offenbar wirke ich so zerbrechlich auf ihn, dass er mir nicht zutraut, eine Sportart zu erlernen, bei der voller Körpereinsatz gefragt ist.

Wir betreten einen Geräteraum, in dem ein paar furchteinflößende Muskelprotze trainieren. Ich möchte direkt wieder rauslaufen, aber Alex schiebt mich weiter voran und bleibt mit mir neben einem Boxsack stehen, der bewegungslos von der Decke hängt.

„Hier kannst du dich auch an verschiedenen Sportgeräten fit halten", sagt Alex und begrüßt die Männer mit einer Handbewegung.

„Du kannst dich auch gerne mit *uns* fit halten, Süße", bemerkt der Kerl an den Hanteln. „Ich stelle mich dir als Trainingsgerät zur Verfügung."

„Halt die Klappe, Dario!", weist Alex ihn in seine Schranken.

„Bist du jeck?", klinkt sich ein weiterer Typ mit ein, der von Darios plattem Anmachversuch ebenso wenig hält. „Das ist Marcs Kleine! Die ist für dich tabu!"

„Ich bin niemandes Kleine!", erscheint es mir plötzlich nötig, mich an diesem seltsamen Gespräch zu beteiligen und wundere mich, woher die Jungs von Marc und mir wissen. „Und ich halte mich fit … mit echtem Sport! Einen vorlauten Draufgänger brauche ich dafür nicht."

„Wow, das Mädchen hat 'ne scharfe Zunge!", bemerkt ein Dritter im Hintergrund.

Dario nickt … sein breitspuriges Grinsen verliert sich.

„Sorry, mein Verhalten war völlig daneben", gibt er zu und zeigt sich geläutert.

Plötzlich klingelt Alex' Smartphone und stört das eigenwillige Aufeinandertreffen.

„Du scheinst dich hier gut zu behaupten", sagt er zu mir und zeigt auf sein Handy. „Da muss ich rangehen. – Dario, du passt auf sie auf", ernennt er ausgerechnet *ihn* zu meinem Beschützer.

Ängstlich schaue ich Alex hinterher und beobachte, wie er zur Tür rausgeht.

„Keine Bange, wir beißen nicht", sagt der Typ an der Wand und grinst blöd.

„Nein, wir wollen nur spielen", witzelt ein weiterer.

Die Jungs lachen, doch mir ist nicht zum Spaßen zumute. Am liebsten würde ich rauslaufen, um wieder durchzuatmen. Denn diese Situation schnürt meine Luftröhre zu und aktiviert dieses regelmäßige Gefühl in mir, machtlos zu sein.

„Lasst sie in Ruhe, ihr Idioten!", blafft Dario seine Freunde an. Seine Beförderung zu meinem Leibwächter scheint er sehr ernst zu nehmen.

Er schiebt die Hanteln zur Wand und begibt sich zu mir und dem Sandsack, an den ich mich ganz dicht gestellt habe.

„Du bist Lea, richtig?", fragt er, als er direkt vor mir steht und mich mit seiner kräftigen Erscheinung erschreckt.

„Woher wisst ihr, wer ich bin?", staune ich darüber, dass Dario auch noch meinen Namen kennt.

„Das Kussvideo mit dir und Lenny ging im Sportclub viral", erklärt er mit einem Grienen, das er aber sofort zu einem leichten Lächeln drosselt, als er mein Entsetzen bemerkt. „Marc war völlig außer sich und verließ den Club wie ein wütender Stier. Na ja, seitdem weiß hier einfach jeder Bescheid."

„Oh", erwidere ich knapp und muss die Tatsache, für so viel Aufsehen mit dem Kussvideo gesorgt zu haben, erst einmal verdauen. Auch dass Marc mein unüberlegter Streich schwer getroffen zu haben schien, ist für mich neu. An jenem Abend nach meiner Ausstellung tat er ganz cool, als würde er meine Attacke auf Lenny leicht nehmen. In Wahrheit aber muss es knapp unter seiner Oberfläche wie in einem Lavasee gebrodelt haben.

Plötzlich klingeln sämtliche Handys im Raum … fast zur gleichen Zeit. Die Jungs ziehen sie aus ihren Hosentaschen und blicken auf ihre Displays. Nur Dario nicht, der schaut mich mit seinen dunkelgrünen Augen irritierend intensiv an und beachtet sein Smartphone nicht weiter.

Alle stehen der Reihe nach auf und begeben sich zum Ausgang.

„Dariooo!", holt einer seiner Freunde ihn von Wolke sieben herunter und zieht an dessen Schulter, als er an ihm vorbeigeht. „Du solltet besser den Abflug machen."

„Was? Wieso? Ich bin gerade erst gekommen", wundert sich Dario. Sein Handy überprüft er jedoch nicht.

Er zieht einen Mundwinkel nach oben und findet wohl Gefallen an der Vorstellung, mit mir allein zu sein.

„Bist du mit ihm zusammen ... mit Marc?", will er unverblümt wissen. Meine Antwort wartet er jedoch nicht ab und rückt mir weiter auf die Pelle. „Ich weiß gar nicht, was die Frauen an ihm finden", redet er weiter. „Er reißt ständig eine neue auf und vögelt sie der Reihe nach durch. Typen wie er können nicht treu sein ... ich schon." Er zwinkert mir zu und nimmt meine Hand, um sie an den Boxsack zu pressen. „Soll ich dir zeigen, wie man auf den Kollegen hier draufschlägt oder wollen wir uns ein wenig miteinander vergnügen?"

Ich versuche, meine Hand wegzuziehen, doch er legt seine kräftigen Finger um meinen Handrücken und hält mich fest.

„Du brauchst keine Angst vor mir zu haben. Ich werde ganz zärtlich mit dir sein."

Schwungvoll reißt er mich an seine Brust und grinst mich siegesgewiss an.

Ich kämpfe dagegen an, als er mir das Shirt über den Kopf ziehen will.

„Nein!", rufe ich panisch aus und wünschte, dieses eine Wörtchen würde genügen, damit er von mir ablässt. Stattdessen animiert es ihn, noch offensiver vorzugehen.

„Wehr dich nicht, Süße. Du willst es doch auch."

Plötzlich höre ich hinter mir stampfende Schritte und vernehme nur einen Arm, der wie aus dem Nichts erscheint und Dario brutal von mir wegzieht. Eine Faust fegt auf ihn zu und trifft ihn mit voller Härte ins Gesicht.

„Du verfluchter Dreckskerl wirst hier im Club keine Frau mehr anbaggern!", schreit ihm Marc in seine Visage und drückt ihn gegen die Wand. „**Und schon gar nicht** *meine*, **ist das klar?"**

Dario lacht und wischt sich das Blut vom Mundwinkel.

„Scheiße Marc, seit wann bist du monogam?"

„Entweder du bewegst deinen Hintern jetzt sofort hier raus und lässt dich nie wieder blicken oder sämtliche Informationen zu deinen Geldwäscheaktivitäten finden ihren Weg auf Steffens Schreibtisch. Er wird dich den Rest deines armseligen Lebens aus dem Verkehr ziehen, dafür werde ich sorgen. Also halte besser dein loses Mundwerk und verschwinde aus meinen Augen … für immer!"

„Fick dich, Marc!", schimpft Dario, dem wohl auch noch das letzte bisschen Anstand verloren gegangen ist. Er befreit sich aus seiner defensiven Lage und geht wütend zur Tür. „Der Laden gehört dir nicht, du kannst mich nicht einfach rausschmeißen!"

„Ich kann!", gibt Marc selbstbewusst zurück. „Und hättest du die Nachricht auf deinem Smartphone überprüft, wüsstest du es."

Dario schüttelt den Kopf.

„Ihr scheißreichen Fuzzis glaubt wohl, ihr könntet mit eurer beschissenen Kohle alles kaufen!"

„Nicht alles ...", entgegnet Marc mit einem überlegenen Lächeln, „... aber einen Sportclub."

23

Ich stehe allein neben dem Boxsack und lehne meinen Kopf an das schwere Teil. Seit Marc den Raum mit Dario verlassen hat, um sicherzugehen, dass er den Club auch wirklich verlässt, habe ich mich nicht von der Stelle bewegt. Der Vorfall hat mich aufgezehrt und mir wieder einmal klargemacht, wie leicht ich in Situationen gerate, in denen ich die Unterlegene bin. Dass ausgerechnet Marc derjenige war, der mich gerettet hat, ist mir noch gar nicht bewusst geworden.

Meine flache Hand schlägt gegen den Sandsack und ich würde ihn gern anschreien, obwohl er nur ein stummer Zeuge war. Aber ich bin nicht der Typ, der laut wird, deshalb bleibe ich leise. Stattdessen dresche ich erneut auf den Boxsack ein, diesmal gleich einige Male hintereinander. Er schwingt nur geringfügig hin und her, statt wild zu pendeln, was mich provoziert.

Der will mich wohl verhöhnen!, denke ich frustriert und habe es satt, dass er sich nicht wehrt gegen meine viel zu schwachen Schläge.

„Stirb doch endlich!", rufe ich aus und spüre meine einsetzenden Tränen, die ich nicht unter Kontrolle habe, während ich das hängende Sportgerät weiter bearbeite.

„Lea, Liebes ...", steht Marc auf einmal hinter mir und bemüht sich darum, mich vom Boxsack zu trennen.

„Lass mich!", sage ich aufgelöst und kralle mich am Sandsack fest.

„Schschsch ...", bemerkt er und umfasst von hinten meine Schultern. „Es ist alles gut."

Langsam zieht er mich an sich ... nicht zu fest, um keine Abwehrreaktion bei mir zu riskieren.

„Ich hasse ihn!", gebe ich aufgewühlt von mir und zeige auf den Boxsack. „Ich hasse sie alle!"

„Ich weiß", flüstert Marc und dreht mich zu sich herum, während er mich fast im gleichen Atemzug an seine Brust zieht. Seine Arme legt er wie ein schützendes Federkleid sanft um mich und gibt mir Zeit zum Durchatmen.

Ich nehme die Wärme auf, die Marcs Körper ausstrahlt und schließe die Augen. Sein natürlicher Duft umschmeichelt meine Nase und ich sauge ihn tief in mich hinein. Noch bin ich dabei, mein tobendes Chaos in mir zu bändigen und vor allem zu verstehen. So viel Wut habe ich bisher nie verspürt, weil ich grundsätzlich ein defensives Naturell habe und es gewohnt bin, mich aussichtslosen Situationen zu fügen. Aber das Erlebnis mit Dario war das Quäntchen zu viel und plötzlich will ich meine Wehrlosigkeit nicht mehr akzeptieren. Und schon gar nicht möchte ich Marc gestatten, unentwegt mit meinem verwundeten Herzen zu spielen, deshalb muss er auf der Stelle gehen!

„Warum bist du hier?", frage ich ihn konfrontativ und kämpfe mich aus seiner Umarmung heraus. Mein Blick verfängt sich an seinem leicht geöffneten Hemd, das durch die Rauferei mit Dario einen Knopf verloren hat. Ich verscheuche den Gedanken, mit beiden Händen zuzugreifen und den Rest des Hemdes aufzureißen, und nehme Abstand von ihm.

Marc nickt, als hätte er auf genau diesen Satz von mir gewartet – als wäre er bereits vorbereitet auf ein schwieriges Gespräch mit mir. Nachdenklich geht er zur Hantelbank und lässt sich mit hängendem Kopf darauf nieder.

„Warum bin ich hier?", wiederholt er meine Frage mit sorgenschwerer Melancholie in der Stimme. „Weil du vor mir weggelaufen bist und mich diese Tatsache verrückt gemacht hat", erklärt er und nimmt sich einen Moment, bevor er weiterredet. Seine Hände fahren durch sein Gesicht, danach über seinen Kopf. Gleich darauf atmet er tief durch. „Und weil ich es nicht ertrage, getrennt von dir zu sein", fährt er fort, „…weil mich jedes Wort von dir erreicht hat und ich plötzlich alles infrage stelle: mein Vorgehen, meine Pläne und **mein gottverdammtes Verhalten in letzter Zeit!**", erhöht er unerwartet sein Stimmvolumen.

Ich trete ein paar Schritte zurück, bis mich der Boxsack aufhält. Einen Kommentar vermeide ich.

Auf einmal erhebt er sich wieder und tritt zu mir heran.

„Was ist das mit dir, Lea?", fragt er mich, als wenn *ich* das wüsste!

Schließlich bin ich selbst noch dabei zu begreifen, was das mit *ihm* ist! Darum bekommt er auch keine Antwort von mir.

Vorsichtig berühren seine Finger meinen Handrücken und streichen leicht darüber.

Ich erwäge, meine Hand wegzuziehen. Gleichzeitig spüre ich die Hitze durch meinen Körper schießen, weil er mir erneut so nah ist. In meiner Vorstellung reiße ich seine Knopfleiste auf und lasse meine Hände über seinen strammen Oberkörper gleiten. Während sie sich an ihm verbrennen, fahren sie in seine Hose, um sich ohne seine Erlaubnis etwas zu nehmen … um einfach in seine Tabuzone einzubrechen und zuzugreifen!

„Du hast etwas zu mir gesagt, Lea", reißt er mich aus meinen wilden Gedanken, welche mir die Schweißperlen auf die Stirn treiben. „Ich muss pausenlos daran denken."

Stumm starre ich ihn mit großen Augen an und möchte nicht an mein achtlos ausgesprochenes Gefühlsbekenntnis erinnert werden. Ich stehe immer noch neben mir nach dieser Erkenntnis, die alles andere als gut für mich ist. Es ist falsch, ihn zu lieben, und er weiß das!

„Tu es nicht!", sagt er mit schamerfüllter Mimik. „Mich lieben. Nicht *mich*! Ich habe deine Liebe nicht verdient."

„Nein, hast du nicht", gebe ich ihm Recht und erstaune, wie ihn meine Worte zusammenzucken lassen. Dabei hat er sie mir regelrecht in den Mund gelegt. Trotzdem scheinen sie ihn zu treffen und er hätte vielleicht lieber etwas anderes von mir gehört.

„Und was erwartest du jetzt von mir?", möchte er wissen und wirkt verloren – ja, verunsichert, wie er sich verhalten soll.

„Nichts", antworte ich ehrlich, da ich genauso wenig mit derlei Gefühlen umgehen kann wie er.

Ich drehe mich um und gehe Richtung Tür. Dieses Gespräch bedrückt mich, da ich mir wünschte, er würde es wagen, mir *seine* Gefühle zu gestehen. Stattdessen macht er den Eindruck, mit einem rasenden Durcheinander im Kopf zu kämpfen. Wahrscheinlich ist er sich nicht im Klaren, wie sich Liebe anfühlt.

„Einfach *nichts*?", fragt er verwirrt und folgt mir zum Ausgang, um ihn zu versperren. Er baut sich vor mir auf und stellt sich wie eine Mauer auf die Türschwelle.

„Ja", antworte ich wortkarg und überlege, was *er* jetzt von *mir* erwartet.

Wieder nickt er … diesmal stumm. Dabei blickt er mich abwartend an und hofft wohl, dass ich meine Aussage ergänze.

Aber es gibt hierzu nichts mehr zu sagen, solange er nicht in der Lage ist, seine Gefühle zu verstehen.

„Wo sind Alex und Finja … und alle anderen?", wechsle ich das Thema und bemerke eine leichte Enttäuschung bei ihm.

Er benötigt einen Augenblick, sich umzustellen, doch auf einmal wirkt er sogar erleichtert, nicht über sein Innenleben ausgefragt zu werden.

„Ich habe sie nach Hause schicken lassen",
antwortet er wieder lockerer werdend und
lehnt sich gegen den Türrahmen.

„Warum?", frage ich, obwohl ich bereits
ahne, welche Antwort ich zu hören bekomme.

„Um mit dir allein zu sein", spricht er aus,
was ich vermutet habe, und erlaubt sich dabei
ein großspuriges Grinsen.

„Du kaufst einen Sportclub, um *einen*
Abend alle rausschmeißen zu können?"

„Nein", widerspricht er … diesmal bitter-
ernst ohne den geringsten Anflug von Humor. „Ich habe ihn gekauft, damit du jederzeit
herkommen kannst, ohne dich vor Kerlen wie
Dario fürchten zu müssen."

„Aber ich habe nie zu dir gesagt, dass ich
das will", staune ich über seine Erklärung.

„Du hast es zu Lenny gesagt", erinnert er
mich wie Steffen zuvor daran, eine klitze-
kleine Bemerkung fallengelassen zu haben,
die nun riesige Kreise zieht. „Und ich finde es
sehr vernünftig von dir, eine Kampfsportart
erlernen zu wollen."

„Ach ja?", bemerke ich und drehe mich
um. Ich gehe zurück zum Sandsack, der inzwischen für mich so etwas wie eine Bezugsperson in diesem Raum geworden ist.
„Wow!", sage ich in seine Richtung und streiche über das Leder. „So etwas hat bestimmt

noch kein Mädchen von dir geschenkt bekommen."

Ich höre, wie sich Marc vom Ausgang
wegbewegt und kurz darauf hinter mir zum
Stehen kommt. Seine Hand löst die meine
eine Spur zu derb vom Boxsack, als wäre dieser ein drohender Konkurrent. Gleich darauf
zieht er mich rücklings an sich heran.

„Jetzt glaubst du mir hoffentlich, dass ich
nicht der Typ für einen läppischen Einhun-
derttausend-Euro-Ring bin", sagt er in einem
rauen Ton, während er seinen Mund ganz
dicht an mein Ohr hält.

Ich bin nicht fähig, etwas zu erwidern, da
mich sein roher Vorstoß überrascht. Meine
Annahme, er hätte Larissa einen Ring geschenkt, scheint ihn nachhaltig zu beschäfti-
gen.

„Ich will, dass du mir jetzt zuhörst, Lea",
redet er mit einem unheilvollen Klang in seiner Stimme weiter. Dabei umschließen seine
Arme meine Taille wie angriffslustige Lianen,
die sich ganz langsam und immer kräftiger
um mich herumlegen. An meinem Rücken
spüre ich seinen harten Brustkorb und fast befürchte ich schon, dass er mir das Leben aus
dem Leib pressen will. Aber dann lässt er mir
etwas mehr Raum, sodass ich wieder frei atmen kann. „Ich bin kein Mann, auf den du

dich einlassen solltest. Aber es ist genau das, was ich mir wünsche. – Ich werde niemals jemand sein, der nicht gefährlich für dich ist. Denn dich auf riskante Weise zu begehren, werde ich nicht abstellen können. Somit bleibe ich für dich eine unberechenbare Komponente."

„Ja, ich weiß", erwidere ich und frage mich, worauf er hinauswill. Schließlich spielt das alles keine Rolle mehr, sobald er seinen Onkel getötet hat.

„Du sagtest, dass du mich liebst", nimmt er sich die Freiheit heraus, dieses Thema erneut anzuschneiden. „Schließt das *diesen* fragwürdigen Kerl mit ein, der jedoch bereit wäre, alles für dich zu tun?"

Ich brauche nicht zu überlegen, was ich antworte, denn meine Gefühle sind mir längst klargeworden. Aber ob sie gut für mich sind, möchte ich bezweifeln, denn Marc ist wie eine wandelnde Handgranate, deren Stift er selbst gezogen hat … als er noch ein kleiner Junge war und Rache an seinem Onkel schwor.

„Ja", höre ich mich trotzdem antworten und sacke vor Entsetzen über mich selbst zusammen.

24

Marc hat mich fest im Griff und hält mich aufrecht.

„Lea, was ist los?", fragt er mich besorgt, während ich meinen kurzen Schwächeanfall runterzuspielen gedenke.

„Gar nichts! Es geht schon wieder", gebe ich schnell zurück, weil ich nicht möchte, dass ihm auffällt, wie sehr mir diese Liebe zusetzt.

„Willst du dich auf die Matte legen?", schlägt er mir vor, mich auszuruhen, und dreht mich an der Hüfte zu sich herum.

„Nein", lehne ich ab und kann es nicht verhindern, auf sein Hemd zu starren, das mich einlädt, daran zu reißen. „Dir fehlt da ein Knopf", mache ich ihn unsinnigerweise darauf aufmerksam, obwohl ihm nach meinem gefährlichen zweiten Liebesbekenntnis sicher anderes durch den Kopf geht.

Er schenkt der defekten Stelle keine Beachtung und sieht mich weiter an. Nur seine Brauen ziehen sich zusammen, während sich seine Augen zu Schlitzen formen.

„Ich kann die Angst spüren, die dir deine eigenen Gefühle machen", kann er in mir lesen wie in einem Buch. „Nimm deine Worte einfach zurück und ich fahre dich auf der

Stelle zu Alex und Finja. Du wirst nie wieder etwas von mir hören und kannst ein unbeschwertes Leben führen."

Bestürzt starre ich ihn an, er würde ernst meinen, was er sagt. Aber dann fühle ich sein Herz wild schlagen und erkenne *seine* Angst, vor meiner möglichen Entscheidung *gegen* ihn.

Ich sage nichts auf seinen unbedachten Vorschlag. Stattdessen hebe ich meine Hand an, um die knopflose Stelle an seinem Hemd mit meinem Zeigefinger zu berühren.

Er registriert es nur … tut nichts weiter, als mich unruhig anzusehen. Immer schneller trommelt sein Herz gegen seinen Brustkorb. Mein Finger erfasst jeden einzelnen Schlag.

„Es ist mir egal, was du sagen wirst, Lea", offenbart er auf einmal, dass er vorhat meine Antwort zu ignorieren. „Ich lasse dich nicht mehr gehen!"

25

Meine Kinnlade klappt nach unten und ich wüsste zu gerne, wie seine Worte zu verstehen sind.

Er könnte *„Ich lasse dich nicht mehr **aus meinem Leben** gehen"* gemeint haben, was mir zugegebenermaßen irgendwie gefallen würde, obwohl ich weiß, wie bedenklich eine dauerhafte Verbindung für mich wäre.

Aber genauso gut könnte er auch *„Ich lasse dich **heute Abend** nicht mehr gehen"* meinen, was ich eher vermute. Denn seine Mordpläne wird er immer noch verfolgen und am Ende eine lebenslange Haftstrafe verbüßen.

„Dann willst du mich also *nicht mehr gehen lassen*, um mich jetzt zu vernaschen?", frage ich enttäuscht, da mir klargeworden ist, dass seine Bemerkung genau *das* ausdrückt.

Marc antwortet nicht sofort und sieht prüfend auf mich herab. Meinen Zeigefinger löst er von seinem Hemd, der schon Gefahr lief, an dieser Stelle zu verwurzeln. Mit seiner Hand umfasst er die meine viel zu fest, sodass sie zu schmerzen beginnt.

„Wieso fragst du so etwas?", will er verstimmt wissen. „Hast du tatsächlich den Eindruck gewonnen, ich würde dich nach diesem

Erlebnis mit Dario zu Sex überreden wollen?"
Er lässt mich los und geht zur Wand, um seine
Hände gegen das Mauerwerk zu stemmen.
„Du traust mir also zu, ein mitleidloser Arsch
zu sein, der nur an sein eigenes Vergnügen
denkt!"

Ich wage es nicht zu antworten. Nie hätte
ich gedacht, dass meine Vermutung, er
könnte mich nur verführen wollen, ihn derart
kränken würde. Langsam schwant mir, dass
ich ihn völlig missverstanden habe!

Er dreht sich um und lehnt sich mit dem
Rücken gegen die Wand. Seinen Blick richtet
er zur Decke, während er die Arme ver-
schränkt.

Ich begebe mich zu seinem Standort und
stelle mich ihm direkt gegenüber. Vorsichtig
berühre ich seine sehnigen Unterarme. Seine
Ärmel sind hochgekrempelt und erlauben
mir eine freie Sicht. Mein Herz überschlägt
sich fast vor Aufregung, als ich mir heraus-
nehme, seine gekreuzten Arme voneinander
zu lösen. Er lässt es zu und sieht mich fragend
an.

Mein Blick hingegen bleibt erneut an seinem Ausschnitt kleben. Herrje, wie verfänglich! Langsam muss es ihm auffallen.

„Verstehe", bemerkt er mit finsterer
Miene. „*Du* bist diejenige, die ans Vernaschen

denkt und scheinst dir überhaupt nicht im Klaren zu sein, welche Folgen es für dich haben könnte."

War ja nicht anders zu erwarten, dass er mein Stieren auf sein geöffnetes Hemd bemerkt und auch noch richtig interpretiert. Mich korrekt einzuschätzen, hat er einfach drauf!

Ich sage lieber nichts, weil er verärgert wirkt. Mich in prekären Momenten zurückzuhalten, habe ich gelernt.

„Du weißt, auf welche Weise ich dich will: tabulos … unsanft … enthemmt", erinnert er mich daran, kein Fan von zärtlichem Kuschelsex zu sein. „Vielleicht gelingt es dir nach Darios sexuellem Übergriff nicht mehr, echte Gewalt von leidenschaftlicher Zügellosigkeit zu unterscheiden."

„Deshalb wirst du mich doch – wie sonst auch – zuvor um mein Einverständnis bitten, richtig?", frage ich von seinen Worten verängstigt und verdeutliche ihm das erste Mal, wie wichtig seine Bitte um meine Zustimmung für mich ist.

„Irgendwann werde ich dich um eine Blankovollmacht bitten, Lea, die mich autorisiert, nach Belieben mit dir zu verfahren – deinen Körper nach meinem Ermessen zu gebrauchen."

Ich mache ein paar Schritte zurück und spüre, wie mich eine Welle der Furcht durchströmt, die sich zu meiner Bestürzung in Neugier verwandelt, ja, gar in Erregung! Ist dies ein Teil meiner dunklen Seite, die Marc gestern in mir erkannt haben will?

„Jetzt jage ich dir wohl eine Heidenangst ein", stellt er fest und schließt seine Bemerkung mit einem bitteren Lachen ab.

„Nein", bestreite ich seine Behauptung, obwohl sie ein Teil der Wahrheit ist. Denn die zweite Seite in mir möchte erleben, was er sich herausnehmen würde, wenn ich ihm tatsächlich freie Hand gäbe.

„*Nein* also, hm?", wiederholt er meine Antwort skeptisch. Er verkürzt den Abstand zwischen uns, den ich durch mein Zurückweichen geschaffen habe, und zieht mich an den Hüften nah zu sich heran. Intensiv mustert er mein Gesicht – sucht wohl nach Anzeichen der Verunsicherung, die seine Annahme, er würde mir Angst machen, untermauert.

Ich bemühe mich um einen neutralen Gesichtsausdruck, weil ich nicht ständig von ihm als zu schwach eingeschätzt werden möchte. Gleichzeitig schweift mein Blick schon wieder ab und bleibt an den Härchen hängen, die freiheitsliebend am Hemdausschnitt durchlugen und nur darauf warten, von mir berührt zu werden.

„Was geht in deinem Kopf vor, Lea?", fragt er mich mit einem Quäntchen Irritation in der Stimme, weil er daran scheitert, mein Verhalten zu deuten.

Stumm schaue ich wieder in Marcs immer dunkler werdende Augen, deren Blau soeben von seiner aufziehenden Rage verschluckt wird. Mein Schweigen provoziert ihn unverkennbar, was den früheren Marc nicht aus der Ruhe gebracht hätte. Doch der veränderte Marc funktioniert anders und ich bin noch dabei herauszufinden, wie genau.

„Also schön, Lea, was ist es, das du schon die ganze Zeit tun willst?", fragt er schroff und wenig erbaut davon, dass er meine Gedanken nicht kennt.

„Etwas, das dir nicht gefallen wird, weil du ja lieber dominierst."

Marc lässt ein kurzes Lächeln zu, das sogleich wieder verschwindet.

„Ich dominiere ... egal, was du machst!", stellt er klar, die Zügel stets in der Hand zu behalten.

Ich schüttle den Kopf, obwohl ich meinem Verlangen, ihn rabiat zu entkleiden, jetzt nachgeben könnte. Wie oft hat er meine Kleidung ungefragt zerstört! Und nun macht mich allein der Gedanke, das Gleiche mit ihm zu tun, überraschenderweise an. Aber er weiß nicht, was ich vorhabe, und *ich* weiß nicht, wie er darauf reagiert.

„Nun mach schon!", verlangt er von mir und legt seine aufglühenden Hände fester um meine Körpermitte.

Als ich weiterhin nicht reagiere, schießt er mit mir herum und drängt mich gegen die Wand. Fassungslos sehe ich die blanke Lust in ihm auflodern, die er bis eben noch unter Verschluss hielt. Die Aussicht, Sex mit mir zu haben trotz meiner unschönen Begegnung mit Dario, lässt ihn seine Rücksichtnahme vergessen.

„Tu es endlich!", fordert er, mich seinem Befehl zu beugen. Sein heißer Atem trifft mich im Gesicht und fühlt sich an wie eine Mahnung, mich nicht länger zu widersetzen. **„Tu es!"**

Jetzt fühle *ich* mich provoziert und werfe *meine* Rücksichtnahme *ihm* gegenüber ebenso über Bord! Meine Hände fliegen nach oben und ergreifen unbesonnen und stürmisch (wie in meiner Vorstellung) den Stoff seines Hemdes. Ohne Gnade reiße ich daran, sodass die Knöpfe der Reihe nach abspringen und in alle Richtungen sausen.

Da steht er vor mir … versteinert … fassungslos! Das zerrissene Hemd hängt wie ein Lumpen von seinen Schultern und möchte seine ursprüngliche Form partout nicht aufgeben. Also platziere ich meine Hände auf seinen entblößten Schlüsselbeinen und fahre bedächtig zu seinen Schultern, um ihm das Hemd abzustreifen. Es findet keinen Halt mehr und fällt widerstandslos zu Boden.

Endlich habe ich einen freien Blick auf Marcs einladende Erscheinung. Sein athletisch gebauter Oberkörper raubt mir immer noch die Luft, denn er ist zwar sexy, aber wirklich furchteinflößend.

26

„Willst du mich nicht aufhalten?", frage ich ein wenig bang, weil er weiterhin bewegungslos dasteht und beunruhigt wirkt.

Gleichzeitig lasse ich meine Finger über seine Haut gleiten ... zärtlich ... kaum berührend und ziehe ein paar Kreise auf seinem Bauch, bevor ich zum Bund seiner Jeans reise. Meine Hände stoppen am Knopf, den ich gerne öffnen würde. Unsicher schaue ich zu ihm auf und erwarte einen warnenden Blick. Doch tatsächlich sieht er wachsam aus und irgendwie handlungsunfähig.

Mir ist bewusst, wie verboten mein Vorgehen ist. Aber hat er mich nicht gerade noch überlaut ermuntert, das zu tun, was ich will? Er sagte, er würde eh immer dominieren. Dann muss er sich vor meinen Händen ja nicht fürchten.

Etwas zittrig nesteln meine Finger am Hosenknopf herum, bis er schließlich aufgibt und durch das enge Knopfloch schlüpft. Prompt bekomme ich den kleinen metallischen Zipper zu fassen und ziehe den Reißverschluss allmählich nach unten.

Ein paar sich leicht kräuselnde Schamhaare präsentieren sich mir begeistert, als hätte ich den Vorhang zu einer Bühne geöffnet. Natürlich trägt er wieder einmal nichts drunter, was meinen geplanten Einbruch in seine Hose wesentlich bequemer machen wird.

In meinen Gedanken bin ich unverhohlen vorgegangen – hab einfach zugefasst und mir genommen, was ich wollte. Aber die Realität empfiehlt mir, mit Bedacht vorzugehen, denn Marc könnte sich angegriffen fühlen und mich womöglich von sich wegstoßen.

Abwägend überprüfe ich seine Verfassung und stelle fest, dass er angespannt aussieht. Natürlich weiß er, was ich vorhabe, und scheint sich innerlich darauf vorzubereiten. Er sagte mir, er möchte es gern erleben … mit mir! Jetzt bietet sich ihm die Gelegenheit. Doch ob er für diese Erfahrung schon so weit ist, die alles andere als das pure Vergnügen für ihn sein wird, kann nur er allein beurteilen.

Sachte versinkt meine Hand in seiner Jeans. Übergroß und mächtig bietet er sich mir an, als ich achtsam meine Finger um ihn lege.

Marc saugt die Luft tief über den Mund ein und hält danach den Atem an.

Ich überlege, ob ich aufhören sollte, um ihn nicht zu überfordern. Doch wenn er dies wollte, hätte er mich bestimmt längst gestoppt.

Also beginne ich mit behutsamen Bewegungen – lasse meine Hand weich und sanft handeln, um Marc mit aller Vorsicht an dieses für ihn unbekannte und womöglich beklemmende Erlebnis heranzuführen.

Ich höre ihn endlich ausatmen und bin baff, als er seinen Arm ausstreckt und sich mit der Hand an der Wand hinter mir abstützt. Seine Augen schließen sich, obwohl er nach wie vor unter Spannung steht.

Sein Brustkorb hebt und senkt sich mit jeder Bewegung meiner Hand heftiger. Kurz erwäge ich noch, mein Tempo anzupassen und etwas fester zuzufassen, als Marc die Sache abbricht. Er fängt meinen Unterarm ein und hält ihn still.

„Das genügt Lea … das genügt", sagt er leise und erschöpft wirkend.

Er lässt seinen Kopf hängen und nimmt sich ein wenig Zeit. Die Wand hat als Stütze noch nicht für ihn ausgedient.

Augenblicklich ziehe ich meine Hand zurück und schaue kontrollierend in sein Gesicht. Es macht mich betroffen, als ich die Träne bemerke, die er sich aber sofort wegwischt.

„Es war noch zu früh dafür, nicht wahr?", sehe ich die Schuld bei mir und schäme mich, Marc hierzu genötigt zu haben.

Er schüttelt den Kopf.

„Es wird nie einen richtigen Augenblick hierfür geben", nimmt er mir mein schlechtes Gewissen. „Das braucht Zeit."

Seine Arme wandern wie zwei Schlingpflanzen um mich herum und ziehen mich eng heran.

Ich erwidere seine innige Umarmung und umfasse seine Taille.

„Bitte entschuldige, Marc", bemerke ich ganz leise und wünschte, ich hätte den Schritt, ihn zu berühren, nicht gewagt. „Das hätte ich nicht tun dürfen."

„Nein, sag das nicht!", raunt er in mein Haar. „Es war wunderschön." Seine Arme lösen sich von mir, aber er bleibt mir ganz nah. „Du hast sehr zarte Finger."

Ich muss lächeln, als er meine Hand nimmt und sie zu seinen Lippen führt. Er küsst meine Knöchel und steckt sich meinen Zeigefinger in den Mund. Dabei zieht er Grimassen, die zum Schreien komisch aussehen. Ich kann nicht an mich halten und lache aus vollem Herzen … das zweite Mal in meinem Leben! Ich hätte nicht gedacht, dass es mir *noch einmal* gelingt und dass mich ausgerechnet Marc zum Lachen bringen kann.

„Hör auf mit dem Quatsch!", kichere ich, während er an all meinen Fingern zu lutschen beginnt.

„Warum? Jetzt fängt es doch erst an, richtig lustig zu werden", erwidert er akustisch kaum verständlich, weil meine Finger seinen Mund ausfüllen.

Quietschend ziehe ich meinen Arm zurück und verstecke beide Hände hinterm Rücken.

„Gib sie mir wieder!", verlangt Marc und schnappt nach meinen Armen, um sie wie zwei Kletterstangen zu umfassen. Er beendet unser kurzes Spiel, denn er senkt nichtsahnend seinen Kopf und liebkost zärtlich meine Lippen.

„Schön, dich lachen zu sehen", flüstert er mir zu und küsst mich sogleich wieder … leicht über meine Lippen streifend … mit ungewohnter Sanftheit.

Ich möchte ihn erneut umarmen, aber er gibt mich nicht frei. Also verzichte ich darauf und küsse ihn zurück – dankbar, dass er mir meinen spontanen Vorstoß nicht übelnimmt.

Endlich arbeitet sich seine Zunge mit erstaunlicher Vorsicht in meinen Mund vor und spielt sachte mit meiner Zungenspitze. Dabei atmet er immer schwerer … unüberhörbar lauter werdend, während sich der Druck seiner Hände um meine Unterarme erhöht.

Seinen Leib presst er fester an mich, sodass ich die kühle Wand im Rücken spüre. Und als ich versuche dagegenzuhalten, weil die Kälte des Gemäuers durch mein dünnes Sportshirt zieht, beendet er den Kuss und holt meine Hände nach oben, um sie vor seiner Brust festzuhalten.

„Wehr mich nicht ab, Lea!", sagt er leicht außer Atem und wirkt wild entschlossen, noch weiterzugehen.

„Die Wand ist eiskalt!", mache ich ihm klar, dass nicht *ich* unser Liebesspiel zu vereiteln beabsichtige, sondern das Mauerwerk.

„Vergiss die Wand und konzentrier' dich auf mich!", fordert er, meine aufziehende Gänsehaut zu ignorieren. „Dann bemerkst du die Temperatur an deinem Rücken nicht mehr."

Ich überlege noch, ob er das ernst meint, als er mit einem Mal mein Shirt zerreißt und mich mit blanker Haut gegen den eisigen Putz drückt.

Erschrocken schaffe ich es noch, tief einzuatmen, bevor ich erstarre.

Er lässt keine Zeit vergehen und öffnet meinen BH, den er mir sogleich abstreift. Als ich protestieren will, umschließt er meine Brustwarze mit seinen Lippen und umspielt sie sanft mit der Zunge.

Ich stöhne wie von Sinnen auf, weil mich die Leidenschaft ohne Vorankündigung überfällt. Meine auskühlende Haut beginnt zu schmerzen, doch ich spüre nur noch Marcs Zunge ... wie sie beinahe quälend häufig immer aufs Neue über meine Spitze gleitet und mich weiter anheizt.

Seine Hand nimmt direkten Kurs in meine Sporthose, deren Gummibündchen freimütig nachgibt und Marc den Weg in meinen Slip ebnet.

„Nimm die Beine etwas auseinander", besteht er darauf, dass ich mich ihm weiterhin füge. Aber plötzlich schießt mir wieder in den Kopf, wie er ungestüm mit dem Finger in mich eingefallen war.

Ich komme seiner Aufforderung nicht nach und beginne vor Kälte zu zittern.

Marc nimmt mich an sich heran und reibt mir über den Rücken.

„Du hast Recht, die Gefahr ist zu groß, dass du dich verkühlst", deutet er mein Zögern falsch. Denn es war, wie er sagte: Als ich mich auf ihn konzentrierte, wurde die kalte Wand zu einer Randerscheinung.

27

Marc hat die Heizung im Raum auf höchste Stufe gestellt und mich seit gut fünf Minuten warmgerubbelt. Mein Kopf lehnt an seiner Brust, während ich seine Zärtlichkeiten genieße.

„Ist dir warm geworden?", unterbricht er die Stille zwischen uns und umfasst liebevoll meine Wangen.

„Ja", antworte ich kaum hörbar und hoffe, dass er jetzt nicht aufbrechen möchte. Alles in mir ist noch auf ihn eingestellt und zu gerne würde ich ihn wieder küssen. „Willst du gehen?", frage ich bedrückt nach.

„Nein, ich will mit deinem Körper spielen", antwortet er mit belegter Stimme und sieht mich wie ein hungriger Löwe an, der seine Beute jeden Augenblick zu fressen beabsichtigt. „Erlaubst du es mir?"

Meine Augen wandern unruhig durch sein Gesicht, um zu erkennen, wie genau er das meint. Marc würde solch eine Frage nicht stellen, wenn es ihm um „normalen" Sex ginge.

„Was hast du vor?", frage ich widerstrebend.

„Nichts, was dir nicht gefallen wird", gibt er mir eine vage Antwort. „Sag einfach Ja."

„Ich möchte wissen, was du tun wirst!", scheue ich mich vor meiner Zustimmung, obwohl mich die Vorstellung, von ihm ganz nach seinem Begehr verzehrt zu werden, erregt.

„Natürlich möchtest du es wissen", erwidert er im Flüsterton. „Aber du wirst mir schon vertrauen müssen. "

„Ist das die Blankovollmacht, von der du vorhin gesprochen hast?", frage ich besorgt und gleichzeitig erwartungsvoll, es könnte schon so weit sein.

Marc lacht leise … nicht lange ... und wird sofort wieder ernst.

„Nein!", antwortet er trocken und ohne weitere Erklärung.

Er wendet sich von mir ab und geht langsam zur gegenüberliegenden Seite. Dort an der Wand hängen ein paar unterschiedliche Springseile an silbernen Haken. Marc betrachtet sie eine Weile und wählt eines aus. Testend strafft er es mit seinen Händen und schlendert wieder zurück zu mir.

„Streck deine Hände aus!", fordert er mich auf.

Aber ich reagiere nicht und stehe reglos da.

Marc nimmt sich Zeit und wartet in Ruhe auf eine Reaktion von mir.

„Ich habe noch nicht zugestimmt", mache ich deutlich, dass er diesen Strick vielleicht umsonst geholt hat.

„Gib mir deine Hände, Lea! Um sie zu fesseln, benötige ich deine Einwilligung nicht", maßt er sich an, über meine Freiheit bestimmen zu dürfen.

„Ach!", bleibt mir die Spucke weg. „Dann änderst du gerade die Spielregeln?"

„Nein, Lea", bestreitet er das Offensichtliche, „die Regeln sind immer die gleichen: Ein ‚Ja' für Sex oder Schmerz. Mit dem Seil habe ich aber nicht vor, dir wehzutun … sofern du es nicht einforderst."

Ich will auf Abstand gehen, aber die Wand hinter mir lässt es nicht zu.

„Und natürlich würde es dir gefallen, wenn ich es täte … es einfordern", erspare ich mir, meine Bemerkung als Frage zu formulieren.

Marc kann seine Erregung nicht verbergen, als er meine Worte vernimmt. Ihm stockt der Atem und seine Gesichtsmuskeln beginnen zu zucken.

„Du könntest mir die Entscheidung über dieses kleine Detail doch einfach überlassen", schlägt er ernsthaft vor und ermächtigt sich, meine Hände behutsam nach oben zu ziehen.

„Nur dass dies alles andere als bloß ein Detail ist", sage ich kurzatmig, weil mir vor Aufregung fast die Stimme versagt.

Vorsichtig legt Marc das Seil um meine Handgelenke herum und beobachtet mich dabei aufmerksam.

„Vertrau mir einfach, Lea", verlangt er heiser und stoppt seine Arbeit, um über mein Gesicht zu streichen. „Ich würde dir niemals etwas zuleide tun."

Ich nicke, weil ich ihm glaube. Ob ich jedoch heute für schmerzvollen Sex bereit bin, kann ich nicht sagen.

„Das verstehe ich als ein Ja", wertet er meine Geste falsch und hebt mich in seine Arme.

28

Mein Protest verhallt in meinen Gedanken, da ich es versäume, ihn laut kundzutun. Ich frage mich, warum ich das Missverständnis nicht aufkläre. Bin ich tief in mir drin, erpicht darauf, dieses Erlebnis mit ihm zu wiederholen? Dabei ist nicht mal sicher, dass es wie beim letzten Mal ablaufen wird. Schließlich nimmt er sich heraus, selbst zu entscheiden, ob der Schmerz zu einem Bestandteil unseres Liebesspiels werden wird oder nicht.

Warum auch immer, aber es ist diese Unsicherheit, die mir einerseits Angst bereitet und mich gleichzeitig entflammt.

Marc legt mich auf der Matte ab und wickelt den Strick weiter um meine Handgelenke herum. Als er die Enden zusammenknotet, ist noch eine Menge Luft dazwischen. Er prüft sein Werk, nimmt alles genau unter die Lupe. Die Fesselung ist sicher, aber zum Glück nicht schmerzhaft.

„Geht es so?", fragt er direkt fürsorglich und macht den Eindruck, mich tatsächlich schonen zu wollen.

„Ja", gebe ich wispernd zurück und würde mich gerne entspannen. Immerhin gibt es keinen Grund mehr, mich vor einer zu harten Fesselung zu fürchten.

Aber Marc begibt sich plötzlich hinter mich und zieht meine Arme kräftig zurück. Ich möchte ihn tadeln, ihn bitten, vorsichtiger vorzugehen, als sein Kopf über mir erscheint und er mir seinen Finger auf den Mund legt.

„Ganz ruhig, meine Schöne, es ist gleich erledigt", will er mich mit seinen Worten beruhigen. Doch das Gegenteil ist der Fall. Denn als er sich seiner Arbeit wieder zuwendet, kann ich hören und fühlen, wie er den Strick mit dem Standbein der Hantelbank verbindet. Mir wird schwindelig bei dem Gedanken, nicht bloß gefesselt zu sein, sondern am Boden fixiert zu werden. Falls es mir in den Sinn käme wegzulaufen, hätte ich keine Chance.

Als es vollbracht ist, legt sich Marc neben mich auf die Matte. Seine heiße Hand platziert er über meinem Kehlkopf.

„Jetzt schließt du deine Augen und öffnest sie erst wieder, wenn ich es dir erlaube!", gibt er weiter den Ton an.

„Das kann ich nicht", widersetze ich mich, weil es mir Schwierigkeiten bereitet, fest angeknotet zu sein. Da möchte ich wenigstens den Überblick behalten.

„Ich weiß, dass das nicht einfach für dich ist", zeigt er sich verständnisvoll. „Darum habe ich dir die Augen auch nicht verbunden. Aber wenn du dich entschließt, mir zu vertrauen, wirst du bald nichts weiter als reine Lust empfinden. Das verspreche ich dir!"

Er sieht mich unbedarft an, als wären seine brisanten Gelüste unbedenklich für mich – als gäbe es nichts zu befürchten. Dabei wissen wir doch beide, dass er ein gefährlicher Liebhaber ist, der sich an meiner Wehrlosigkeit ergötzt.

Er nickt mir zu, dass ich es jetzt wagen könne, mich ihm anzuvertrauen und meine Augen zu schließen.

Also tue ich, wonach es ihm trachtet, und hoffe sehr, dass er Recht behält – dass die Lust meine Ängste bezwingt.

29

„Was tust du jetzt?", frage ich immer nervöser werdend, da nichts geschieht. Meine Augen nicht öffnen zu dürfen, wird unter diesen Umständen zu einer unsäglichen Qual.

„Dich ansehen", antwortet er neben mir liegend – so nah, dass ich seinen schweren Atem direkt an meinem Ohr vernehme.

„Hör auf damit!", ertrage ich den Gedanken nicht, dass er meinen unvollkommenen Körper derart genau erkundet.

„Bestimmt nicht", macht er mir klar, meinem Wunsch nicht zu entsprechen. „Du bist wunderschön, Lea. Und dich so zu sehen: erregt und gleichzeitig beunruhigt … besorgt, weil du nicht weißt, was dich erwartet … mir ausgeliefert und doch voller Erwartungen … angsterfüllt und zugleich von dieser Angst berauscht, da dir nicht klar ist, wie weit ich gehen werde … ob ich von deiner mir erteilten Vollmacht, dir wehzutun, womöglich Gebrauch mache."

„Und wirst du es tun?", frage ich zaghaft nach, obwohl ich bereits ahne, keine Antwort darauf zu erhalten.

„An deiner Ahnungslosigkeit Gefallen finden? Ja, das werde ich", missversteht er meine Frage absichtlich und genießt seine überlegene Rolle. „Und jetzt wirst du schweigen, Lea, und dich darauf fokussieren, was ich mit dir mache."

Ich fühle seinen Finger auf meiner Stirn … wie er sich langsam runterbewegt … meinen Nasenrücken entlang und auf meinem Mund stoppt. Mit leichtem Druck fährt er zwischen meine Lippen, bis seine Fingerkuppe feucht ist und zieht sie wieder zurück.

Auf meiner harten Brustwarze setzt er wieder an und führt seinen Finger sanft darüber … immer und immer wieder … bis mich meine aufgeflammte Leidenschaft zum Aufseufzen bringt.

„Lauter", haucht er mir zu. „Ich will dich hören!"

Er nimmt meine stramme Knospe zwischen Daumen und Zeigefinger und beginnt, sie leicht zu zwirbeln.

Ich ergebe mich seinem Befehl und stöhne meinen Sinnesrausch frei heraus, da das Feuer in mir aufzulodern beginnt.

„So ist es gut", lobt er mich und nimmt sich wieder zurück, statt mich für meinen Gehorsam zu belohnen.

Jetzt erst spüre ich, mit welcher Power mein Herz seine Arbeit verrichtet und dass mir schon schwindelig wird.

Wahrscheinlich will mir Marc eine kleine Pause gönnen oder warum stellt er seine Handlungen ein?

Ich höre, wie er sich auszieht und seine Klamotten achtlos in den Raum wirft. Gleich darauf greifen seine Hände an meine Taille und streifen mir die Sporthose ab … anschließend die Schuhe.

Jetzt ist mein Slip das einzige Kleidungsstück, das meinen Körper unzulänglich verhüllt. Ich warte darauf, dass er mich deswegen tadelt. Schließlich hat er mir nicht nur einmal deutlich gemacht, wie störend er Unterwäsche findet. Aber er schweigt hierzu und legt seine Hand auf meinem Oberschenkel ab, um ihn leicht nach außen zu ziehen.

Ich wehre mich nicht, lasse alles zu, was er mit mir macht. Auch wenn ich meine Augen geschlossen halte, kann ich seinen überhitzten Körper förmlich sehen … wie sich sein Brustkorb heftig auf und ab bewegt … zum Takt seines tobenden Herzens. All seine Wünsche sind in Erfüllung gegangen: mich in seine Welt einzuführen und mich zügellos und mitleidlos zu nehmen, ganz so, wie er es gestern im Hotel getan hat. Jetzt bin ich seine

Gefangene, die sich willig zeigt und die er nach eigenem Ermessen dominiert.

Sein glühend heißer Finger steuert an der Innenseite meines Schenkels nach oben. Am Seitenbündchen drängt er in mein Höschen und trifft auf meinen Lustpunkt, den er einige Male fast zurückhaltend umspielt.

Ich möchte ihn anschreien, damit er seine Mäßigung endlich aufgibt. Doch ich verkneife mir, etwas zu sagen. Immerhin hat er mir das Sprechen untersagt.

Sein Finger stoppt, ja, zieht sich auch noch zurück! Nun beugt sich Marc über mich und scheint mich einfach nur anzusehen.

„Es gefällt mir, wie sehr du dich nach mehr sehnst", sagt er mit einem Lächeln in der Stimme. Er küsst mich kurz und vergänglich auf den Mund und wartet ab.

„Tue ich nicht!", erlaube ich mir, das mir aufgezwungene Schweigegelübde zu brechen und schwindle ihn auch noch an!

„Dann sollte ich vielleicht aufhören", erwidert er belustigt, da ihm völlig klar ist, dass er mich mit dieser Drohung foltert.

Ich öffne die Augen und blicke ihn flehentlich an.

„Bitte quäl mich nicht so ", bettle ich, endlich von ihm erlöst zu werden.

Marc sieht zufrieden aus. Denn mein Fordern nach mehr erregt ihn zweifellos.

„Das habe ich nicht vor, meine Schöne. Ich bereite dich lediglich darauf vor."

„Worauf?", verwirren mich seine Worte und lassen die Furcht in mir wieder anwachsen.

„Es war gestern nicht zu übersehen, wie durcheinander du warst, als ich mit dem Finger in dich einfuhr", spricht er dieses verfängliche Thema unverblümt an.

Meine Wangen glühen auf und zu gerne würde ich mich im nächstbesten Kaninchenbau mit dem Kopf voran verkriechen.

„Ich wollte überprüfen, ob du bereit für mich bist", erklärt er sein Handeln nun einen Tag später. „Immerhin ging es um harten Sex, Lea. Kein Vorspiel … rabiates, schonungsloses Eindringen in dich … rohe, feste Stöße. Ich wollte nicht riskieren, dich zu verletzen." Seine Hand streicht beruhigend über mein Gesicht. „Heute wird es anders sein. Ich werde dich auf diese Weise zur Ekstase treiben."

„Nein, auf keinen Fall!", entsetzt mich der Gedanke, diese seltsame Erfahrung zu wiederholen.

„Du wirst es lieben, das garantiere ich dir!", übergeht er meinen Protest. Er legt seine

Hand über meine Augen, damit ich sie schließe und rutscht danach etwas nach unten.

Ich spüre, wie mein Puls an Fahrt gewinnt. Das Atmen fällt mir schwerer und ich möchte alles abbrechen. Aber ich weiß nicht, wie, denn *erneut* haben wir kein Safeword miteinander vereinbart.

Marc macht sich an meinem Slip zu schaffen und zieht ihn nach und nach, ja, fast genüsslich langsam meine Beine entlang, bis er ihn mir über die Füße streift.

„Gott, Lea, du bist wunderschön anzusehen!", sagt er voller Bewunderung in der Stimme und legt seine Hand auf der Innenseite meines Schenkels ab.

Meine nach hinten gestreckten Arme beginnen zu schmerzen. Sogar der leicht um meine Handgelenke gewickelte Strick arbeitet sich wie ein Folterinstrument in mein Fleisch hinein, weil er zu stramm an der Hantelbank befestigt wurde. Und dass ich nun aus lauter Panik vor Marcs Absicht, in mich unziemlich einzutauchen, an den Fesseln zu zerren beginne, vergrößert meinen Schmerz.

„Jetzt öffne deine Beine", gibt er mir Anweisung, was ich zu tun habe.

Doch ich pariere nicht und spüre nur noch Schmerz.

„Denk nicht drüber nach und tu einfach, was ich dir sage! Umso schneller bist du die Fesseln los!", entgeht ihm meine missliche Lage offensichtlich nicht.

Ich kann nicht fassen, dass er nicht abbricht und sich einbildet, mir unter diesen Umständen auch noch Genuss bereiten zu können. Bemerkt er nicht, wie sehr ich mir wünsche, er würde mich befreien und seinen Plan, mich auf diese unvertraute Weise zu stimulieren, verwerfen?

Verblüfft über mich selbst gehorche ich nun und öffne mich für ihn. Aber ich beuge mich nur, um meine schmerzvolle Lage nicht weiter zu verschärfen … damit ich wieder frei bin! Oder will ich in Wahrheit erfahren, was er mir voller Selbstsicherheit angepriesen hat: nämlich dass ich es lieben würde?

„Das glaube ich nicht", beantworte ich mir meine Frage selbst … mal wieder laut, was mir ständig passiert und langsam zu einer lästigen Angewohnheit wird.

„Verdammt, Lea, dass ich dich sofort losmachen werde, *musst* du mir glauben!", nimmt er natürlich an, ich hätte seine Worte kommentiert. „Ich sehe doch, wie kräftezehrend das für dich ist. Hör auf, dich so viel zu bewegen, dann wird es leichter!"

Seine Hand fährt plötzlich meinen Schenkel ohne Umwege nach oben. Marc verzichtet auf weitere Verzögerungen und positioniert sie direkt über meinem Venushügel. Als er seinen Finger auf meinem Lustpunkt in Bewegung setzt und sich seine Energie auf mich überträgt, bringe ich es nicht mehr fertig, ruhig zu liegen, und bäume mich auf.

Ich jauchze voller Hochgenuss, während der Strick meine Handgelenke zu würgen beginnt.

Doch ich bemerke es kaum und reiße sogar noch weiter daran, weil mich die Lust überwältigt. Denn mir ist bewusst, dass Marc es nicht auf diese Weise zu Ende bringen wird. Er hat mir gesagt, was er vorhat. Und ich werde ihn nicht aufhalten können, was mich vor lauter Unbehagen fast hysterisch werden lässt. Zugleich jedoch brenne ich darauf zu erfahren, ob es ihm so tatsächlich gelingt, mich zur absoluten Hingabe zu treiben.

30

Marc legt seinen Mund direkt an mein Ohr, während mich seine Hand erbarmungslos anfeuert.

„Ich will, dass du mir jetzt vertraust und keine Angst vor dem hast, was ich mit dir machen werde!", raunt er mir zu und verändert die Position zwischen meinen Beinen.

Doch seine Worte verursachen genau das Gegenteil und lassen meinen Körper versteifen.

„Bleib ruhig!", hat er mein zunehmendes Unbehagen sofort erkannt.

Langsam und mit aller Vorsicht gleitet sein Finger in mich hinein. Er tut es ... nimmt sich einfach die Freiheit heraus, obwohl ihm meine Befangenheit aufgefallen ist!

Ich möchte ihn tadeln und von mir wegdrücken, doch der Strick hält mich von beidem ab, denn mein Schmerz in den Armen wird übermächtig, als ich sie nach vorne ziehen will.

Marc bemerkt es und fällt *dennoch oder gerade deswegen* machtvoll in mich ein ... wiederholend ... mitleidlos ... unerbittlich! Nichts kann ihn mehr daran hindern und ich spüre, wie sehr er es genießt, mich zu dominieren – mir auf diese für mich neue Weise Vergnügen zu bereiten.

„Marc!!!", rufe ich seinen Namen vorwurfsvoll und zugleich anspornend aus.

Alles in mir beginnt aufzuglühen … jede Körperzelle erhitzt sich immer weiter, sodass ich schon vermute, innerlich zu verbrennen. Ich kann den aufziehenden Höhepunkt in mir fühlen – wie er sich wie ein gefräßiges Lauffeuer in mir ausbreitet und von Zelle zu Zelle springt.

„Ich hasse dich!", schreie ich mein plötzliches Hochgefühl wie entfesselt heraus und ertrinke fast in diesem Rausch.

Erleichtert will ich in mich zusammensacken, als meine Arme schmerzvoll in Erscheinung treten und die Qual unerträglich wird.

Aber Marc hat meine Lage im Blick und springt direkt auf, um sich am Seil zu schaffen zu machen. Schnell löst er alle Knoten und wirft das Seil wie einen Feind von sich.

„Verflucht, deine Handgelenke!", schimpft er, als er mir dabei hilft, die Arme nach vorne zu nehmen. Er begibt sich wieder an meine Seite und zieht meinen Oberkörper hoch, um mich an seine Brust zu pressen. „Es ist unglaublich, wie viel Schmerz du erträgst,

Lea. Das habe ich nicht gewollt! Mein Gott, warum sagst du nichts, wenn es zu viel für dich wird?"

Mir ist nicht klar, wovon er spricht, da ich noch dabei bin zu verstehen, wie es Marc immer wieder schafft, mich zu solch überwältigenden Höhepunkten zu treiben. Er ist wahrhaftig ein Meister seines Handwerks, was mich schwer beeindruckt.

„Ich hasse dich nicht, Marc", schäme ich mich plötzlich für meine Worte, die meine Lippen nur im Überschwang der Gefühle verließen.

„Lea, das spielt doch überhaupt keine Rolle, was du in Ekstase von dir gibst!", scheint ihn diese Sache nicht weiter zu interessieren. „Sieh doch!"

Er nimmt meine Hände und hält sie mir direkt vor die Augen. Unschöne Blutergüsse sind um die Handgelenke zu erkennen, die ihr Maximum noch längst nicht erreicht haben. Es sind nicht die ersten, die ich durch Marcs gefährlichen Appetit nach diabolischer Zügellosigkeit auf mir erblicke. Und es werden auch nicht die letzten sein, wenn ich mich tatsächlich dazu entschließe, mit ihm zusammen zu sein.

31

Ich widme meinen verletzten Handgelenken keine große Beachtung. Es ist passiert und nicht mehr umkehrbar. Außerdem war der Schmerz die unverfrorene Zutat, die meinen Orgasmus regelrecht explodieren ließ. Das ist beängstigend und macht deutlich, wie sehr mich die Gewalt in meiner Vergangenheit geprägt hat. Aber langsam verstehe ich es und ich werde lernen müssen, damit zu leben.

„Meine Güte, Lea, du hättest die Sache stoppen müssen!", rügt mich Marc verärgert und kann es immer noch nicht fassen, verantwortlich für meine Foltermale zu sein.

„Ja, hätte ich ...", gebe ich nachdenklich zurück und frage mich, warum ich es nicht getan habe – ob ich getrieben bin von einer Sehnsucht nach Schmerz. „Vielleicht wäre ein Safeword hilfreich gewesen", kommt mir soeben in den Sinn zu behaupten, unsere mangelhafte Vorbereitung wäre an allem schuld. Dabei wächst meine Besorgnis, dass auch in mir eine rabenschwarze Seele wohnt, die nach Selbstkasteiung lechzt, weil sie nicht daran glaubt, ihr stände ein bisschen Glück zu.

„Herrgott noch mal!", erzürnt ihn meine Bemerkung zum Safeword noch mehr. „Warum sagst du nicht *irgendein* verdammtes Wort, damit so etwas nicht passiert?" Er zeigt mit dem Finger auf meine Handgelenke. „Ein simples ‚Stopp!' hätte schon genügt!"

Ich nicke, da ich es im Grunde gewusst habe. Aber die finstere Wahrheit ist, dass ich es wollte … den Schmerz und womöglich auch die Verletzung. Denn irgendetwas lässt mich glauben, dass ich Strafe verdient habe.

„Du hast Recht. Tut mir leid", sage ich einlenkend, um sein aufgewühltes Inneres zu beruhigen. Meine wirren Gedanken hierzu behalte ich besser für mich.

„Versteh doch, Lea", sagt er nun in einem sanfteren Ton, jedoch nach wie vor von Entsetzen erfüllt, „ich könnte es nicht ertragen, wenn dir etwas geschehen würde."

„Aber warum nicht, Marc?", verstehe ich seine Sorge nur bedingt. Immerhin hat er große Pläne … Mordpläne! Wie passe ich da rein? Lieben kann er mich nicht, das hat er mir klargemacht. Vielleicht nicht wortwörtlich, aber auf indirekte Weise. Ja, er fühlt sich von mir angezogen – findet es aufregend, mit mir seine dunkelsten Gelüste auszuleben. Doch das könnte er auch mit einer anderen Frau haben. „Bin ich nicht nur eine deiner vielen Eroberungen?"

„Zum Teufel noch mal, das bist du nicht!", hebt er seine Stimme wieder an. „Und das warst du auch nie!" Er wischt sich durchs Gesicht und sieht mir daraufhin beinahe furchtsam in die Augen. „Klar, dass du das denkst", fährt er leise fort. „Ich bin für meinen Frauenverschleiß bekannt und ich habe keine Gelegenheit ausgelassen, dir meine Umtriebigkeiten unter die Nase zu reiben."

Plötzlich steht er auf, weil ihn seine innere Unruhe hochtreibt. Nervös geht er im Raum umher ... nackt ... stampfend.

Ich komme nicht umhin, ihn zu betrachten ... ein bisschen verstohlen. Er hat einen beeindruckenden Körperbau. Mächtig und vor Kraft strotzend! Ja, seine eigentümlichen Begierden sind eine Gefahr für mich, doch gleichzeitig könnte er mein Beschützer sein. Dieses Gefühl gab er mir von Anfang an und es wäre schön, wenn er *mehr* als ein Liebhaber für mich sein würde. Aber das hat er heute früh im Hotel ausgeschlossen.

„Fuck!", flucht er auf einmal und bleibt mit dem Gesicht zur Wand stehen.

Ich erhebe mich ebenfalls und gehe zu ihm heran. Meine Finger berühren zart seinen Rücken, als er blitzartig herumschießt und nach ihnen schnappt. Jetzt sind sie gefangen – von seinen Händen fest umschlossen, als wollte er sie nie wieder freigeben.

„Dir ist überhaupt nicht klar, wie sehr ich dich brauche, Lea", wiederholt er eine gestern noch achtlos ausgesprochene Bemerkung, der er heute somit mehr Gewicht verleiht. Nie hätte ich gedacht, diese Worte noch einmal von ihm zu hören. Ich nahm an, sie wären ihm nur so rausgerutscht und er hätte sie längst vergessen. „Du bist auf diesem gottverfluchten Globus die einzige Person, die in der Lage ist zu verstehen, was ich durchmache", ergänzt er und lässt meine Finger wieder los. Seine Arme legen sich zärtlich und ohne Druck um meinen nackten Körper. „Lea", flüstert er meinen Namen und scheint noch einmal um meine volle Aufmerksamkeit zu ringen, „nichts hat mehr eine Bedeutung für mich, wenn du nicht bei mir bist."

Ich blicke zwischen seinen Augen hin und her und bin ergriffen von seinem Bekenntnis, das mich sprachlos macht. Jetzt sollte ich etwas erwidern – ihm deutlich machen, wie *ich* fühle, vor allem jetzt, nachdem er so offen zu mir war. Aber mein Sprachzentrum ist lahmgelegt, weil ich fassungslos bin. Marc Brenner, der berühmte Schauspieler und Frauenverführer, beteuert, ohne das Gänseblümchen Lea Waldeck keinen Sinn mehr in seinem Leben zu erkennen. Wie glaubwürdig ist das?

Ich senke meinen Kopf und lasse die kleine Träne, die sich soeben aus meinem Auge löst, die Wange herunterlaufen.

„Wieso macht dich das traurig?", fragt Marc irritiert, als befürchtete er, das Casting für eine neue Rolle verpatzt zu haben.

„Nur weil ich dir heute früh meine Liebe gestanden habe, musst du mir jetzt nichts vormachen, Marc", mache ich klar, an seinen Worten zu zweifeln. „Du bist ein Schauspieler und geübt darin, Menschen ein gutes Gefühl zu geben. Ich brauche das nicht, okay? Spiel mir nichts vor! Ich komme damit klar, dich unerwidert zu lieben!"

Marcs Blick verfinstert sich und er wirkt aufgebracht. Doch es gelingt ihm, augenscheinlich ruhig zu bleiben, was ihm aber sicher schwerfällt.

„Du glaubst mir also nicht", sagt er mit einer unterschwelligen Ironie in der Stimme und schüttelt bitter lächelnd den Kopf. „Wenn ich dir jetzt sagen würde, dass ich alles hier inszeniert habe, um dich ein letztes

Mal zu vögeln, bevor ich es wieder mit Larissa treibe, würdest du nicht zögern, mir diesen Mist abzunehmen. Schließlich bin ich Marc Brenner, das selbstgefällige Arschloch, das nur sein Scheißvergnügen im Kopf hat und nicht lieben kann, richtig?"

Marcs Arme umfassen mich plötzlich fester – nehmen mich in die Mangel. Ich möchte mich befreien und drücke mich gegen ihn, aber die Schlinge zieht sich immer weiter zu.

„Ja!", antworte ich auf seine lediglich rhetorisch gestellte Frage. „Das hätte ich dir sofort geglaubt. Denn wenn ich dir wirklich wichtig wäre, hättest du keinen Gedanken mehr an deinen Onkel verschwendet und wärst an jenem Abend, als dich Lenny anrief, bei mir geblieben."

Marc nickt und nimmt sich einen Augenblick zum Nachdenken.

„Stattdessen bin ich zu Larissa gefahren und hab dir das Herz gebrochen", teilt er mir das Ergebnis seiner Grübelei mit.

Ich starre ihn nur an und sage nichts mehr dazu. Mit dieser Aussage trifft er den Nagel auf den Kopf.

„Und wie kann ich das wiedergutmachen?", fragt er schwermütig, als hätte er nicht schon Dutzenden Frauen zuvor das Herz gebrochen. „Eine Kampfschule ganz für dich allein scheint dich nicht sehr zu beeindrucken."

Ich lächle und höre auf, mich gegen ihn zu stemmen. Er umschließt mich weniger kraftvoll und sieht mich hilflos an.

„Ich brauche nichts von dir, Marc", erkläre ich ihm, mit Geld kein Herz reparieren zu können. „Versprich mir nur, deinen Onkel nicht zu töten."

„Und dieses Versprechen würde dazu führen, dass du mir verzeihst?", fragt er skeptisch.

„Nein", antworte ich ehrlich und bemerke die Enttäuschung in seinem Gesicht. „Aber es würde dazu beitragen, dich wieder mit anderen Augen zu sehen."

„Verstehe", sagt Marc und denkt offenbar über meine Worte nach.

Hoffnung keimt in mir auf, es gäbe eine Chance, ihn zurück auf den rechten Weg zu führen.

„Ich denke, wir sollten nachher mal einen kleinen Ausflug zum Friedhof machen", schlägt er überraschend vor und verursacht mir ein unbehagliches Gefühl.

„Kommt nicht infrage! Es ist schon dunkel draußen!", mache ich klar.

„Vielleicht verstehst du mich dann besser", erwidert er und übergeht meinen Protest.

„Dann willst du diesen Weg also weitergehen und hoffst tatsächlich, mich zu überzeugen?", bin ich empört, da er nicht den Eindruck erweckt, diesen verrückten Plan aufzugeben.

„Im Moment will ich nur eins", weicht er meiner Frage aus. „Dich zurück auf diese Matte legen und so tief in dich eintauchen, dass uns nichts und niemand mehr in dieser gottverdammten Welt trennen kann!"

Marcs Gesichtsausdruck ist ernst … keineswegs heiter. Einen Spaß hat er also nicht gemacht.

Ich spüre, wie sich in seinem Lendenbereich etwas tut und weiche zurück.

„Oh nein, meine Schöne", haucht er mir zu und hebt mich kurzerhand in seinen Arm, „du gehst jetzt nicht auf Distanz zu mir. Ich will alles von dir, Lea! Und du wirst es mir geben!"

Ich bin beeindruckt, wie schnell er das Programm geändert hat. Eben noch diskutierten wir über sein Fehlverhalten mir gegenüber und seine seltsame Idee, mich auf den Friedhof zu verschleppen, und mit einem Mal ist er wie ein Streichholz entflammt.

„Ich werde dir gar nichts geben, solange du mir nicht versprichst, niemanden zu töten", mache ich klar, was ich von ihm erwarte und merke gar nicht, wie kräftig sich meine Arme und Beine um ihn herumlegen.

„Doch, wirst du!", flüstert er und reagiert auf meine feste Umklammerung, indem er mich eng an sich drückt. „Ich spüre, wie sehr du dich mit mir verbinden willst."

32

Er lässt sich mit mir auf der Matte nieder – legt mich ab wie ein Stück Fleisch, das er zu filetieren beabsichtigt. Mal wieder handelt er schamlos und glaubt auch noch, es würde mir gefallen. Dabei möchte ich nur unser Gespräch weiterführen, doch gleichzeitig sehne ich mich nach ihm und will, dass er genau das tut … sich nicht zurückhält! Also, ja, er hat Recht: Ich werde ihm alles geben! Aber zugleich werde ich mich wehren, weil sein Vorgehen vermessen ist.

Marc positioniert sich über mir, während ich mich zurückziehe. So leicht werde ich es ihm nicht machen, außerdem steht ja noch meine Zustimmung aus.

Doch er quittiert meine kümmerliche Protesthandlung nur mit einem Lächeln. Er lässt seine Hand unter meinen Po gleiten und hebt mein Becken mit Schwung an.

„Ich habe noch nicht eingewilligt", sage ich erschrocken, wie schnell es plötzlich geht.

„Doch, hast du vorhin bereits", erinnert er mich an mein Kopfnicken, das er missinterpretiert hat.

Gerade will ich ihm diese kleine Panne zwischen uns erklären, als er sich herausnimmt in mich einzudringen … langsam … mich beobachtend … behutsam.

„Marc!", rufe ich seinen Namen bang aus. Schlagartig überkommt mich Panik, er würde meine Ängste missachten, die durch sein tollkühnes Vorgehen ausgelöst werden könnten.

„Vertrau mir, Lea", lässt er seine Stimme so sanft wie eine Meeresbrise klingen. „Ich habe nicht vor, unbeherrscht zu sein. Ich will dich lieben."

„Kuschelsex?", frage ich ungläubig. Schließlich ist das nicht gerade die Variante, die er bevorzugt.

Marc kräuselt seine Stirn und überlegt.

„Ja, vielleicht", ist er sich womöglich gar nicht sicher, worauf es jetzt hinausläuft. „Alles gut?"

„Ja", antworte ich und bin froh, dass er mich mit seiner kurzen Nachfrage doch noch um mein Okay bittet.

Vorsichtig dringt er tiefer in mich ein und drückt sich mit seinem Unterleib gegen mich. Ich quietsche vor Wollust auf und recke mich ihm entgegen. Marc lächelt … für einen Moment. Dies ist die Bestätigung für ihn, dass er weitermachen soll, dass ich darauf brenne, jede seiner Bewegungen in mir zu spüren. Mit ungewöhnlich sanften Stößen fährt er fort … achtsam … besonnen, als wollte er mich davor bewahren, weiteren Schmerz zu erdulden. Ich schaue in sein Gesicht und kann die Sorge erkennen, die ihn quält, er könnte mich erneut verletzen.

„Nimm mich fester!", erteile ich ihm die Einladung, die er braucht, um seine Zurück-haltung aufzugeben.

„Bist du sicher?", fragt er beunruhigt, ich würde meine Ängste übergehen wollen. Dann hätte er zwar bekommen, wonach es ihn in Wahrheit trachtet, aber es bestünde das Risiko, mir womöglich noch mehr geschadet zu haben. Denn Blutergüsse an den Handge-lenken sind keine Kleinigkeit und zudem schwer vor anderen zu verstecken.

„Ja", sage ich laut und deutlich und hoffe, dass er sich nicht mehr zügelt.

Marc erhöht die Intensität seiner Stöße leicht. Der Unterschied ist kaum zu spüren. Ich lege die Arme nach hinten, so wie er es am liebsten hat und stelle fest, dass auch mir diese Position gefällt. Als Marc nach meinen Händen greift und seine Finger sich mit mei-nen verhakeln, muss ich an die Nacht mit Lenny denken – wie er liebevoll nach meinen Händen griff. Ich hätte nie gedacht, dass Marc auf ähnliche Weise zärtlich sein kann – habe

164

niemals den sanften Liebhaber in ihm gesehen.

Plötzlich nehme ich etwas an ihm wahr, was mir zuvor nicht aufgefallen ist: Ich erkenne Verlustangst in seinem Gesicht. Aber das kann nicht sein! Schließlich ist er bereit, sein Leben für einen Mord aufzugeben. Welcher Verlust könnte schwerer wiegen, als der des eigenen Lebens?

Abrupt unterbricht er seine Bewegungen und sieht mich auf ungewohnte Weise an.

„Ich will dich nicht noch einmal verlieren", sagt er mit einem angsterfüllten Mienenspiel und bestätigt unerwartet meine Vermutung. „Deine Nachricht ... dass du mich nie wiedersehen willst ... sie war wie ein Faustschlag! – Sie hat mich wachgerüttelt, Lea."

Seine Hand legt sich auf mein Gesicht und sein Daumen streicht sachte über meine Wange.

„Du bist das Kostbarste in meinem Leben, doch ich habe nicht um dich gekämpft", fährt er fort, mich mit seinem unverhofften Geständnis zu überraschen. „Stattdessen habe ich dich in Lennys Arme getrieben und dafür hasse ich mich! – Aber jetzt bin ich hier und ich werde so etwas nie wieder zulassen!"

Ich kann kaum glauben, was ich da höre, und starre Marc nur stumm an. Falls er sich erhoffen sollte, dass ich etwas auf sein Bekenntnis erwidere, wird er wohl ein paar Wochen darauf warten müssen. Immerhin bin ich warme Worte nicht gewohnt und schon gar nicht aus seinem Mund.

„Und nun tu mir einen Gefallen und vergiss diese Kuschelsex-Variante!", fügt er themawechselnd an und macht somit deutlich, dass ihm ein Kommentar von mir nicht wichtig ist. Er hat gesagt, was er zu sagen hatte, und das war's!

„Warum?", frage ich verwirrt nach.

Marc lacht … überheblich … ein bisschen lausbübisch. Ganz so wie früher.

„Ich spüre genau, dass es nicht das ist, was du willst!"

33

Marc richtet sich auf und packt mich an den Hüften. Seine kochend heißen Hände drehen mich ungestüm herum, sodass ich plötzlich bäuchlings auf der Matte liege.

Alles geht so schnell, dass mir nicht mal die Zeit bleibt, mich zu fragen, was hier gerade geschieht. Ich bin verblüfft, als er meinen Unterleib hochzieht und Stellung hinter mir einnimmt. Kaum hat er sich positioniert, dringt er unverhohlen in mich ein … schnell … fordernd … unbeirrt.

Er beginnt sofort mit festen Stößen – unterlässt es diesmal, das Liebesspiel bedachtsam einzuleiten. Falls er mich eben noch schonen wollte, hat er diese Absicht jetzt verworfen. Und mit jedem weiteren Stoß in mich hinein, verliert er sich und ergibt sich seinem Wunsch, zügellos zu sein – seine Kontrolle einfach aufzugeben.

Ich möchte ihn aufhalten, weil ich mich vor seiner plötzlichen Rohheit fürchte, doch ebenso sehr will ich, dass er genau *so* vorgeht – er mich auf diese raue Weise nimmt! Also wische ich meine Zweifel beiseite und konzentriere mich auf die Lust in mir, die sich uneingeschränkt zu multiplizieren beginnt.

Mal wieder lag er richtig: Ich will keinen Kuschelsex mit ihm ... ich will die Gefahr dabei spüren und mich davon berauschen lassen.

Meine Augen schließen sich, mein Körper beginnt von innen heraus zu beben. Marc stößt immer heftiger zu und dringt noch tiefer in mich ein, sodass sich dieser wilde, ja schroffe Akt zu einem bedrohlichen Zusammenspiel von Macht, Schmerz und unbändiger Sinneslust wandelt. Ich möchte ertrinken in diesem Gefühl und damit untergehen. Und als sich mein aufziehender Höhepunkt beinahe gewaltsam ankündigt, kann ich nicht mehr an mich halten und schreie die mächtige Druckwelle aus mir heraus ... hemmungslos ... wie besessen von einer fremden Macht. Erst als mich das letzte Fünkchen meines unkontrollierten Feuers verlässt, bringt sich Marc zum Ende und stöhnt die aufgestaute Energie befreit heraus.

34

Ich sitze in Marcs Auto und lasse es zu, dass er mit mir zum Friedhof fährt. Was mich dort erwartet, weiß ich nicht. Vielleicht will er mir das Grab seiner Eltern zeigen, doch weshalb könnte dies wichtig für ihn sein? Diese Frage stelle ich mir schon die ganze Zeit und vergesse dabei fast, was gerade in der Sporthalle passiert ist: Marc hat sich seinen dunklen Gelüsten einfach hingegeben und mich auf gewagte und sündhafte Weise genommen. Keine Spur von Rücksichtnahme oder Besonnenheit. Sein Begehren, mich roh und unziemlich zu dominieren, hat er ungefragt befreit. Um meine Zustimmung zu dieser anderen Variante hat er nicht gebeten und ich schäme mich, Gefallen daran gefunden zu haben.

„Ich bin zu weit gegangen, Lea!", sagt er auf einmal in die Stille hinein und macht mit dieser Bemerkung deutlich, was ihn beschäftigt.

„Was?", frage ich … verloren in meinen Gedanken. „Nein, bist du nicht", erwidere ich, als mir auffällt, wovon er spricht. „Ich wollte es … alles!"

An der nächsten roten Ampel sieht er stumm zu mir herüber und überlegt wahrscheinlich, ob er mir meine Aussage abkaufen kann. Immerhin bin ich keine seiner wilden Betthäschen, die ihn vermutlich anbetteln, dunklen Sex mit ihm zu haben. Und das weiß er genau! Ich bin der kleine Schmetterling, der ihm versehentlich ins Netz gegangen ist und dessen zarte Flügel man nicht berühren darf, damit er weiterhin fliegen kann.

Marc fährt wieder an und zieht die Luft durch die Nasenflügel ein. Während er das Gaspedal drückt und wir Fahrt aufnehmen, bläst er sie laut heraus.

„Das ist Unsinn!", fällt ihm endlich ein Kommentar zu meiner Behauptung ein. Doch dabei bleibt es auch, da er sofort wieder in den Grübelmodus wechselt. Es könnte ja sein, dass ich die Wahrheit sage, was die Erfüllung seiner kühnsten Träume wäre. Dann hätte er nicht nur mit seiner gestern Nacht ausgesprochenen Vermutung Recht, ein dunkles Verlangen in mir erkannt zu haben, sondern könnte sich in Zukunft weitere unzüchtige Handlungen erlauben.

Ich schweige und denke ebenfalls darüber nach, wie glaubhaft meine eigenen Worte sind. Doch mich selbst kann ich nicht belügen und es ist, wie es ist: Seine dunklen Begierden sind auch meine dunklen Begierden! Das habe ich jetzt erkannt. Marc hat dieses Verlangen in mir entzündet und an die Oberfläche gebracht. Ich habe Angst davor, doch ich werde sie bezwingen müssen, um mich ihm gänzlich hingeben zu können.

Marc lenkt den Wagen über eine Kreuzung und kommt einige hundert Meter später am Haupttor eines Friedhofs an. Dort parkt er unter einer Straßenlaterne ein und schaltet den Motor aus. Doch statt auszusteigen, sucht er im halbdunklen Auto meinen Blick. Er sieht mich bekümmert an ... prüfend, als würde er noch versuchen, meine wahren Gedanken herauszufinden. Denn meine Aussage, ich hätte alles so gewollt, kann unmöglich stimmen. Schließlich bin ich in seinen Augen zerbrechlich und aufgrund meiner Vergangenheit schwer traumatisiert.

„Es ist gefährlich für dich, mit mir zusammen zu sein", sagt er nach einer Weile des gemeinsamen Anschweigens und reibt über seinen Dreitagebart.

„Sind wir's denn ... zusammen?", frage ich verdutzt über die Wahl seiner Worte. Sicher war es nur ein Versprecher.

„Das wäre schön", antwortet er im Konjunktiv und lässt die Frage somit unbeantwortet.

Vielleicht sollte ich mal eben in Steffens Umschlag sehen. Dann wüsste ich sicher Bescheid. Immerhin rühmt er sich damit, meine Liebesangelegenheiten voraussagen zu können.

„Ja, wäre es", erwidere ich ebenso schwammig und wünschte, es gäbe einen Weg für uns, zusammen zu sein.

Marc nickt leicht und gibt mir mit dieser Geste das Gefühl, das Thema abschließen zu wollen. Na klar, der Friedhof wartet! Ist ja auch wichtiger, als über Gefühle zu sprechen, die eh nur von mir ausgehen.

35

Marc führt mich über den spärlich beleuchteten Friedhof, während meine Zähne heftig zu klappern beginnen. Hätte ich gewusst, dass ich heute zu einem Nachtausflug bei klirrender Kälte überredet werde, wäre ich mit Sicherheit wärmer angezogen. Doch in meinem luftigen Sportshirt bin ich trotz Winterjacke ein leichtes Opfer für Väterchen Frost.

„Ist es noch weit?", frage ich bestimmt schon mit blau angelaufenen Lippen.

„Komm her!", erwidert er, ohne meine Frage zu beantworten, und legt seinen Arm um mich herum. Er rubbelt mir ein wenig den Rücken und drückt mich schneller voran.

Nach weiteren Hunderten von zittrigen Schritten machen wir Halt an einem Grab. Ich blicke nervös auf einen schwarzen Stein aus Marmor mit goldener Inschrift und habe das Gefühl, Marcs Eltern vorgestellt zu werden. Da stehen ihre Namen, die mich förmlich anstarren. Was soll ich jetzt sagen? Wird etwas von mir erwartet? Ich könnte beruhigende Worte aussprechen – dass ich nicht vorhabe, ihnen den Sohn wegzunehmen. Aber sie werden sicher wissen, dass Marc ein ausschweifendes Sexleben führt und ihn bisher keine Frau zähmen konnte. Also gibt es keinen Grund, sich zu sorgen, da es unwahrscheinlich ist, dass ausgerechnet *ich* die Tugendhaftigkeit in ihm erwecke.

„Warum sind wir hier?", frage ich Marc mit steifgefrorenen Händen und Füßen.

Ich beobachte, wie er zu einem kleinen Gartenhäuschen geht, das nur ein paar Meter entfernt steht, und es mit einem passenden Schlüssel öffnet. Den kann er nur von der Friedhofsverwaltung bekommen haben, die ihn ganz sicher nicht als Gärtner beschäftigt. Wahrscheinlich wird er den Schlüssel im Austausch gegen eine großzügige Spende erhalten haben, doch wozu braucht er ihn?

Er verschwindet im dunklen Häuschen, das von einer Laterne unzureichend beleuchtet wird, und kommt mit einer Schaufel wieder heraus.

Mir wird unwohl bei der Vorstellung, was er damit vorhaben könnte. Als er zurück zum Grab kommt, mache ich einen großen Schritt nach hinten.

„Willst du jetzt deine Eltern ausgraben?", kommt mir erschrocken in den Sinn. Aber auch diese Frage bleibt unbeantwortet, denn er konzentriert sich ganz auf die Grabstelle und lässt seinen Blick suchend über den Boden schweifen.

Nun geht er in die Knie und wischt mit der Hand ein paar lästige Blätter beiseite. Beinahe feinsinnig streicht er über die Erde, als wäre sie ein sensibles, fühlendes Wesen.

„Hier müsste es sein", bemerkt er gänzlich versunken in seinen Gedanken und richtet sich wieder auf. Er setzt den Spaten an und drückt ihn mit dem Fuß in den kalten Boden.

„Was tust du da?", frage ich unruhig, er könnte tatsächlich nach den Überresten seiner Eltern suchen. Ich möchte mir nicht ausmalen, wie es wäre, auf ihre Schädel zu stoßen oder ihre halbabgenagten Knochen.

Bilder beginnen, sich in meinem Kopf zu formen, die mit aller Macht Gestalt annehmen. Ich sehe ein Grab in der Dunkelheit, aber es ist nicht dieses. Es stehen zwei oder drei Personen um die offene, nicht zugeschüttete Stelle, doch ihre Gesichter kann ich nicht erkennen. Sie reden miteinander … wild gestikulierend. Plötzlich bin ich wie gelähmt, denn diese Szene fühlt sich an wie eine dämonische Erinnerung, die sich bisher tief in meiner Seele versteckte. Ich habe keine Ahnung, was ich gerade gesehen habe, und ich kann die Bilder auch nicht festhalten, da sie sich bereits wieder verflüchtigen. Aber eine gewaltige Angst bleibt erschreckenderweise zurück und lässt mein Herz übermäßig pumpen. Mir wird schwindelig und ich lege meine Hand auf den zu schmerzen beginnenden Brustkorb. Verzweifelt ringe ich nach Luft und mir wird klar, dass ich mich nicht mehr lange auf den Beinen halten kann.

Ich beobachte noch, wie Marc einen metallenen Behälter aus dem Loch zieht, das er gegraben hat, und falle wie ein Kegel um.

36

Als ich mein Bewusstsein zurückerlange, befinde ich mich in Marcs Armen. Er läuft mit meinem schlaffen Körper im Sauseschritt über das Friedhofsgelände. Wahrscheinlich macht er sich mal wieder übermäßig große Sorgen um mich, was wirklich nicht meine Absicht war.

Mein linker Arm hängt wie ein loses Gummiband nach unten und schwingt in alle Richtungen. Ich ziehe ihn unter größter Kraftanstrengung heran und lege ihn zu meinem anderen Arm, der wie ein Ringelwürmchen auf meinem Bauch ruht.

„Gott sei Dank, Lea, du bist wach!", registriert Marc erleichtert meine Bewegung.

„Marc", gebe ich leise von mir und schmiege mich an ihn, als wäre er ein Federkissen.

„Ja, Liebes, wir sind gleich am Auto", sagt er mit warmer Stimme.

Wir passieren das Friedhofstor und verlassen das einsame, dunkle Gelände. Ich kann den Wagen ein paar Meter weiter schon sehen … treu wartend … vom orangefarbenen Licht der Gehwegbeleuchtung bestrahlt. Neben der Beifahrertür stellt mich Marc vorsichtig auf meine wackeligen Füße und öffnet mit der Fernbedienung das Auto, das sofort fröhlich aufblinkt, als wäre es ein Hündchen, das sich über die Rückkehr seines Herrchens freut. Da ist es wieder … mein Problem … Dingen eine Seele zuzusprechen, sie zu personifizieren. Mein Haus, mein Schaukelstuhl, die Dachbalken … einfach alles ist lebendig in meiner Vorstellung, damit ich mich nicht einsam fühle, was ich seit jeher bin. Und nun weiß ich auch, warum! Denn ich habe etwas Schreckliches getan!

„Bringst du mich jetzt zu Steffen?", frage ich Marc trübselig, weil mir klar wird, dass sich unsere Wege unweigerlich trennen werden.

„Zu Steffen?", wundert er sich, dass mir ausgerechnet der Sheriff in den Sinn kommt. „Wie kommst du denn auf so etwas?"

Marc öffnet mir die Tür und lässt mich einsteigen. Ich antworte noch nicht – muss erst mal überlegen, wie ich diesen schrägen Gedanken, zu Steffen gefahren werden zu wollen, erkläre. Schließlich ist er nicht mein Freund, sondern ein Gesetzeshüter, der ganz wild darauf ist, meine Geheimnisse aufzudecken. Und plötzlich möchte ich, dass er sie erfährt. Vor allem jene Geheimnisse, an die ich mich nicht mehr erinnere.

Nachdem Marc auf der anderen Seite eingestiegen ist und die Tür geschlossen hat, sieht er fragend zu mir herüber. Jetzt erwartet er wohl, dass ich ihm alles erkläre – warum ich vor seinen Eltern umfalle und jetzt so eine seltsame Frage stelle.

„Ich habe etwas Schlimmes gemacht", rede ich nicht um den heißen Brei herum. „Vielleicht habe ich jemanden getötet."

Schmunzelnd schüttelt Marc den Kopf. Er beugt sich weit über die Mittelkonsole und küsst meine Stirn. Mit seinem rechten Ellenbogen stützt er sich an meiner Sitzlehne ab und streichelt mir mit der anderen Hand zärtlich über die Wange.

„Du bist ganz durcheinander, Lea", interpretiert er meine bizarren Worte wie ein Arzt, der bereits zu einer Diagnose gelangt ist. „Es war alles zu viel für dich in der letzten Zeit. Kein Wunder, dass du einen Schwächeanfall hattest."

„Es war kein Schwächeanfall, sondern eine Panikattacke", stelle ich die Sache richtig. „Der Friedhof ... das Grab ... plötzlich habe ich mich an etwas erinnert, das mir eine Höllenangst bereitete. Mir schossen Bilder in den

Kopf ... wie aus dem Nichts! Ich stand vor einer tiefen Grube und blickte hinein."

„Und lag jemand darin?", fragt Marc interessiert und scheint sich gut unterhalten zu fühlen. Wahrscheinlich findet er, dass ich eine gute Geschichtenerzählerin bin.

„Vielleicht. Ich weiß es nicht genau", kann ich diese Frage nicht beantworten. „Die Bilder haben sich sofort wieder aufgelöst und ließen dieses ungute Gefühl zurück."

„Bestimmt hat dir deine Fantasie einen Streich gespielt", zaubert Marc eine Erklärung aus dem Hut. „Friedhöfe lösen bei einigen schaurige Hirngespinste aus. Ich bin ganz sicher, dass du niemanden getötet hast", schließt er seinen letzten Satz mit einem Lachen ab.

Ich nicke und wünsche mir, dass er Recht behält. Wenn ich jemanden ermordet hätte, würde ich nicht mehr leben wollen.

37

Ich habe Marc nicht widersprochen – habe ihm sogar mit einem Nicken zugestimmt. Es ist alles geklärt, offenbar bin ich keine Mörderin, sondern lediglich etwas verwirrt. Deshalb könnte er jetzt einfach den Startknopf seines Autos drücken und losfahren – mich bei Finja und Alex abliefern. Doch er tut nichts dergleichen und schafft es nicht, seinen Blick von mir abzuwenden. Ich sehe ihm ebenfalls in die Augen ... sofern es mir im halbdunklen Innenraum des Wagens möglich ist. Da ist eine neue Seite an ihm, die immer öfter in Erscheinung tritt. Und wenn ich es nicht besser wüsste, würde ich glatt vermuten, er wäre von Liebe beseelt.

Seine Hand löst sich von meinem Gesicht und gleitet in seine Jackentasche. Dabei schaut er mich weiter an, als würde er unsere Blicke für immer miteinander verknüpfen wollen. Bevor ich konkrete Vermutungen anstellen kann und sich in meinem Geiste die lächerliche Vorstellung manifestiert, er könnte einen Ring hervorziehen wollen, erkenne ich den ovalen Metallbehälter aus dem Grab.

Er dreht das kleine Ding ein paar Mal in der Handfläche und streckt es mir danach zu.

„Nimm es!", sagt er in einem befehlsartigen Ton und wartet darauf, dass ich es an mich nehme.

„Was ist das?", frage ich ehrfürchtig, da es wie eine eingelaufene Urne aussieht, die zu heiß gekocht wurde.

„Das wirst du dann schon sehen", antwortet er so geheimnisvoll, dass ich die aufsteigende Gänsehaut auf mir spüre. „Ich möchte, dass du die Kapsel öffnest und den Inhalt vernichtest, nachdem ich dich zurück zu Finja und Alex gebracht habe."

„Dann bleibst du also nicht bei mir? Du willst mich wieder wegstoßen?", frage ich niedergeschmettert, stets aufs Neue von ihm verletzt zu werden.

„Nein, das will ich nicht! Aber ich habe noch etwas zu erledigen. Eher finde ich keine Ruhe."

Er hält mir den angelaufenen Metallbehälter vors Gesicht, den ich schwermütig an mich nehme.

„Also waren all deine liebevollen Worte vorhin nur unbedeutende Lippenbekenntnisse?", vernehme ich meine Frage selbst kaum, weil ich sie so leise stelle, als würde ich die Antwort nicht hören wollen.

„Nein!", antwortet er dagegen laut und deutlich. „Verdammt noch mal, Lea, ich habe jedes einzelne Wort genau **so** gemeint, wie ich es gesagt habe! Und wenn du dieses Mistding in deiner Hand erst mal geöffnet hast, wirst du alles verstehen, okay? Zerstöre es danach und den Inhalt auch! Ich will, dass du mir vertraust, dass ich das Richtige tun werde. Schaffst du das?"

Jetzt sollte ich wohl ebenso dynamisch antworten, wie er es gerade getan hat. Aber meine Gedanken toben wie ein Hurrikan durch meinen Kopf und noch habe ich den kleinen oxydierten Behälter ja nicht geöffnet. Deshalb verstehe ich einfach gar nichts und kann seiner Aufforderung, ihm zu vertrauen, schwerlich nachkommen. Trotzdem entscheide ich mich zu nicken.

38

Finja sitzt mit mir zusammen auf meinem Gästebett im Dachgeschoss. Sie lebt mit Alex in einem modern eingerichteten Einfamilienhaus hier in Berlin. Die exklusive Ausstattung steht im krassen Gegensatz zum anderen Haus auf Sylt, das viel behaglicher ist.

„Warum ist eure Einrichtung hier so anders?", frage ich und drehe Marcs Metallbehälter spielerisch in meiner Hand. Meine blauen Flecken verstecke ich unter den langen Ärmeln meines Pullovers.

„Dieses Haus haben wir ganz nach unserem Geschmack eingerichtet", antwortet Finja lächelnd und öffnet ihren stramm nach hinten gebundenen Zopf. Ihre schulterlangen blonden Haare fallen sofort nach vorne und umschmeicheln ihr schönes Gesicht. „Das Haus auf Sylt gehört Lenny und mir. Nachdem wir ein Paar wurden, schenkte Marc es uns."

„Ach!", gelingt mir nur eine verblüffte Reaktion.

Ich erinnere mich daran zurück, wie Lenny den Schlüssel vom Haus wie selbstverständlich von seinem Schlüsselbrett zog und einsteckte. Er hatte ihn nicht für Finja in Verwahrung. Nein, es war seiner! Deshalb sagte

Lenny auch, er wäre früher öfter auf Sylt gewesen. Früher … als er noch mit Finja zusammen war! Und Marc hatte seinen besten Freunden ein unglaubliches Geschenk gemacht! Dabei muss es für ihn nicht leicht gewesen sein, ihre Verbindung zu akzeptieren. Womöglich fühlte er sich wie das fünfte Rad am Wagen und hatte Angst, sie zu verlieren.

Finja lacht und amüsiert sich wohl über meine entgeisterte Mimik.

„Ja, in Marc steckt viel mehr als nur ein oberflächlicher Aufreißer", spricht sie aus, was ich immer mehr zu erahnen beginne. „Er war nicht immer so. Und ich denke nicht, dass ihn dieses Leben glücklich macht."

Sie rutscht weiter an mich heran, sodass wir uns auf dem gemütlichen Bett direkt gegenübersitzen. Ihre Hand greift nach meiner und drückt sie sanft.

„Mit jenem Haus hat alles begonnen", fährt sie leise fort und wirft einen kontrollierenden Blick zur angelehnten Tür. „Ich meine Marcs dunkle Umtriebigkeiten. Sicher weißt du, wovon ich spreche."

Ich räuspere mich und löse meinen Blick von ihr.

„Im Keller gibt es ein paar Vorrichtungen", hält sie an diesem Thema fest, „ … nichts Auffälliges, aber Lenny und ich wussten Bescheid. Alex weiß nichts davon und so soll es auch bleiben."

„Ich werde ihm bestimmt nichts sagen", versichere ich und fühle mich unwohl, weil Finja ein so offenes Gespräch mit mir führt.

„Marc hat immer noch einen Schlüssel zu seinem ehemaligen Haus, den er aber nicht mehr nutzt", redet Finja weiter und ignoriert meine Zusicherung, Alex gegenüber zu schweigen. Wahrscheinlich ist sie eh davon ausgegangen, dass ich diese verfängliche Sache für mich behalte. „Aber obwohl Lenny und ich baulich nichts verändert haben, hat er nie darauf wertgelegt, dass wir ihm das Haus als Liebeshöhle zur Verfügung stellen. Sicher erledigt er so etwas jetzt in *seinem* Haus, oder?"

„Ähhh …!", quäke ich verschämt und bin mir nicht sicher, was ich erwidern soll. Immerhin hat mir Marc damals erklärt, dass er diese Ausflüge zur dunklen Seite in der Regel im Schlafzimmer unternimmt.

„Du weißt gar nichts davon", deutet Finja meine zögerliche Reaktion richtig.

„Er sagte mir, dass er *so einen Mist* (seine Worte) wie Sadomaso-Spielzeuge nicht brauchen würde", zitiere ich Marc und spüre einen Schauder über meinen Rücken jagen.

„Ich spreche auch nicht von Sextoys", flüstert sie ihre Worte nun und sieht mich besorgt an. „Es geht um einen Raum, in dem er sein Verlangen nach Machtspielen ausleben kann. Er sieht harmlos aus, weil eigentlich gar nichts drinsteht, bis auf ein paar kleine Details an den Wänden."

„So etwas habe ich bei Marc im Haus nicht gesehen", sage ich erleichtert, weil mich ein derartiger Raum an den Schrank meines Vaters erinnern würde, in dem er seine Foltergeräte versteckt hielt.

„Vielleicht hat seine Sucht nach Dominanz beim Sex ja etwas nachgelassen. Das könnte doch sein", hängt Finja den letzten Satz mit Nachdruck an, als wollte sie Marcs fehlgesteuerte Vorlieben wegscheuchen, um mich zu schützen.

„Ja, könnte möglich sein", erwidere ich, obwohl ich daran nicht glaube.

„Lenny war damals ganz erpicht darauf, Marcs Kellerverlies auszuprobieren", plaudert sie nun aus dem Nähkästchen, dabei gehen mich ihre intimen Erlebnisse wirklich nichts an. Aber sie scheint in mir eine Freundin zu sehen, mit der man Vertraulichkeiten austauscht. Nur bin ich nicht sonderlich erfahren darin, Frauengespräche zu führen.

„Aber Lenny ist ganz anders als Marc", kann ich mir nicht vorstellen, dass er an Machtspielchen Gefallen findet.

„Sie sind beide überaus dominante Männer, Lea", erinnert sie mich an eine durchaus prägnante Gemeinsamkeit der zwei. „Lenny ist ein sehr zärtlicher Liebhaber, aber glaub mir, Lea, er will viel lieber den Ton im Bett angeben. Und das ist es, was ihn wirklich anmacht!"

Ich schnappe nach Sauerstoff, als mir Finja Lennys geheime Frivolität verrät. Und plötzlich erinnere ich mich wieder daran, wie übermäßig erregt er war, als ich ihm die Freiheit gewährte, über mich zu entscheiden … weil ich nicht wusste, wie ich am besten komme. Als der Blitz sein Gesicht erhellte, konnte ich diese andere Seite an ihm sehen. Jetzt verstehe ich, was sie bedeutete, wie viel Dunkelheit auch in Lenny steckt.

„Und Alex?", frage ich neugierig geworden.

„Ist zum Glück ganz anders", antwortet sie mit einem Strahlen in den Augen. Sie erhebt sich und geht zur Tür, um sie zu schließen. Gleich darauf kommt sie zurück und hüpft schwungvoll aufs Bett. „Er gibt mir alles, was ich brauche, und ist niemals fordernd. Für mich ist er der perfekte Liebhaber."

„Das ist schön", sage ich mit einem Quäntchen Neid in der Stimme, da ich gerne wüsste, welche Art von Sex für mich perfekt wäre.

Finja bemerkt meinen traurigen Blick und schenkt mir ein warmherziges Lächeln.

„Ich weiß ja nicht, ob Marc der Richtige für dich ist, Süße, aber er betet dich an."

Nachdenklich senke ich meinen Blick und starre auf den metallenen Behälter.

„Und wenn das nicht reicht? Ich wünsche mir mehr ... einen Mann, der mich aufrichtig liebt", bemerke ich Richtung Dose, als wäre sie meine Gesprächspartnerin oder ein Ohr ... Marcs Ohr. Er soll wissen, wie ich denke und dass mir eine Verbindung, die lediglich auf Sex beruht, nicht reichen würde. „Marc kann nicht lieben", ist es mir wichtig, dieses entscheidende Detail nicht unerwähnt zu lassen.

„Und kannst *du* es?", möchte Finja mit einem kritischen Unterton wissen. „Marc erzählte mir, dass du ihm damals sagtest, nichts für ihn zu fühlen. Du hättest niemals Liebe erfahren und wüsstest nicht, wie das geht."

„Ja, aber das ist lange her", erkläre ich und erinnere mich an unseren zweiten Abend in seinem Haus. „Da kannten wir uns kaum. Wie hätte ich da wissen sollen, was ich für ihn fühle?"

„Weißt du es *jetzt*?", stellt Finja diese Frage mit weicher Stimmfarbe.

Ich streichle die Silberpatrone mit beiden Händen und kann nicht aufhören, sie anzusehen.

„Ja", sage ich verschämt ... beinahe flüsternd ... und spüre dabei eine Leere in mir. Denn Marc wird sich über seine Gefühle womöglich niemals im Klaren sein.

„Mein Gott, du liebst ihn!", sagt sie und klappt ihre Hände aufs Gesicht. „Lea, er liebt dich auch! Das spüre ich ... bereits von Anfang an ... seit eurer ersten Begegnung!"

39

Ich erlaube mir ein verlegenes Lächeln, das aber sogleich wieder verschwindet. Finjas Behauptung, er würde mich lieben, verursacht ein kurzes Hochgefühl in mir. Doch die Realität holt mich sofort ein, denn diese spricht eine völlig andere Sprache.

„Was spielt es für eine Rolle, was Marc für mich fühlt!", sage ich deshalb und blicke endlich vom Metallbehälter auf. Finja sieht plötzlich traurig aus, weil sie genau weiß, was ich zu sagen beabsichtige. „Tötet er seinen Onkel, werde ich Marc nie wiedersehen!"

„Aber wir wissen gar nicht genau, ob er dieses Ziel noch verfolgt", wirft Finja diese Bemerkung in den Raum, um die Hoffnung nicht zu zerstören. „Er sagte zu dir, dass er das Richtige tun werde. Und jemanden zu ermorden, ist alles andere als richtig."

„Ja, das sagte er", bestätige ich, dass sie mir vorhin gut zugehört hat, als ich ihr von den Gesprächen mit Marc berichtete. „Aber er meinte auch, dass er noch etwas erledigen müsse und vorher keine Ruhe fände."

Finja erhebt sich unruhig geworden vom Bett … bleibt jedoch neben mir stehen.

„Aber das kann alles heißen!", sagt sie zweifelnd und teilt meine Besorgnis nicht. „Du hast ja noch nicht mal in dieses Ding hineingesehen, Lea!", erinnert sie mich an die Metallkapsel in meinen Händen. „Hatte dir Marc nicht versprochen, es würde all deine Fragen beantworten?"

„Na ja, schon", sage ich grüblerisch und ziehe an beiden Enden des elliptischen Behälters. Sofort springt er auf, als hätte er nur darauf gewartet, von mir geöffnet zu werden. Etwas fällt heraus und landet auf meinem Bett.

Ich starre darauf und kann mir nicht vorstellen, dass irgendetwas hiervon das Rätsel um Marc löst.

Finja setzt sich wieder zu mir und nimmt das Foto auf, das mit der Bildseite nach unten auf der Matratze gelandet war. Sie sieht es sich eine Weile an und versinkt in ihren Gedanken.

„Was ist auf dem Bild?", frage ich aufgeregt, als ich die Tränen sehe, die ihre Wangen herunterlaufen.

Sie reicht es mir und lächelt gequält.

„Das ist Marc mit seinen Eltern", sagt sie ergriffen von ihren eigenen Gefühlen.

Ich sehe einen glücklichen Jungen mit schwarzen Locken … umarmt von seinen liebenden Eltern. Sie lachen … alle drei … als würde sich die Welt nur für sie drehen und es nichts geben, was ihr Leben jemals erschüttern könnte. Dieser Moment gehörte ihnen allein … ein Wimpernschlag lang … bis die Kamera auslöste und diesen kurzen Augenblick für immer festhielt.

Marc will, dass ich den Inhalt vernichte. Aber dieses Foto ist wunderschön! Auch wenn es nur eine blasse Erinnerung aus seiner Vergangenheit zeigt. Ich werde es behalten und vielleicht wird er eines Tages froh darüber sein.

„Und was ist *das*?", fragt Finja und nimmt den zusammengefalteten Zettel zwischen Daumen und Zeigefinger, um ihn mir zu reichen.

Ich lege das Foto auf mein Nachtschränkchen und greife nach dem Papier, das erstaunlicherweise noch genauso gut erhalten ist wie das Bild. Beides war all die Jahre luftdicht eingeschlossen und vor Feuchtigkeit und Witterung geschützt.

Meine Finger wollen das Blatt auseinanderfalten, doch sie beginnen zu zittern. Was werde ich darauf lesen? Liebe Worte eines Waisenjungen an seine verstorbenen Eltern?

Jetzt kann auch ich nicht mehr an mich halten und ergebe mich meinem Drang zu weinen. Ich halte ein Relikt in den Händen, das aus einer Zeit stammt, die für Marc unsagbar schwer gewesen sein muss.

„Ich helfe dir", flüstert Finja mir zu und nimmt mir den Zettel ab.

Ganz vorsichtig faltet sie ihn auseinander, um ihn bloß nicht versehentlich zu ruinieren – die Tinte zu verschmieren oder das Papier zu zerknittern. Vielleicht ist es doch nicht mehr so stabil, wie es wirkt, und mit der Zeit brüchig geworden.

Als sie das Blatt vollständig geöffnet hat, liest sie den Text laut vor:

„Hiermit gelobe ich feierlich, dass ich den Tod meiner Eltern rächen werde. Erst wenn mein Onkel tot ist, wird mein Schwur seine Gültigkeit verlieren."

Finja und ich sehen uns irritiert an. Was bedeutet das jetzt für uns? Ich kann nicht behaupten, dass dies meine Fragen beantwortet.

„Will er mir damit sagen, dass es nichts gibt, was ich tun könnte, um ihn aufzuhalten?", frage ich erschüttert.

„Aber nein", zeigt sich Finja mit einem Mal positiv gestimmt. „Verstehst du denn nicht? Dies ist eine Zeitkapsel, die Marc kurz nach dem Tod seiner Eltern auf dem Friedhof vergraben hat. In den ganzen Jahren fühlte er sich an seinen Eid gebunden, weil dieses Ding existierte." Sie tippt mit dem Zeigefinger auf das Metallgefäß. „Aber jetzt hat er es ausgegraben und dich gebeten, es zu vernichten, damit er endlich frei ist ... für dich!"

40

Ich sitze in Winterjacke und in eine dicke Wolldecke eingewickelt auf der Terrasse. Der Himmel ist blau und ich halte mein Gesicht in die Sonne. In den letzten Tagen bin ich hier auf Sylt zur Ruhe gekommen. Alex gibt mir die Zeit, die ich für mich benötige. Er hat schnell erkannt, dass ich jemand bin, der nicht viel redet. Manchmal gehen wir zusammen am Strand spazieren oder kochen gemeinsam. Es ist erstaunlich, wie gut wir uns verstehen. Wenn ich mir einen Bruder wünschen dürfte, würde ich *ihn* wählen. Er besitzt großes Einfühlungsvermögen und ist in der Lage, sich auf andere einzustellen. Dass Finja mit ihm glücklich ist, kann ich verstehen. Sie ist in Berlin geblieben, weil Alex sie keinem Risiko aussetzen wollte. Immerhin ist die Gefahr noch nicht gebannt und nach wie vor jemand hinter mir her. Ob ich hier wirklich sicher bin, kann niemand sagen. Es wäre schön, wenn ich endlich wieder ein freies Leben führen könnte … ganz ohne Einschränkungen.

Alex kommt mit zwei Teetassen nach draußen und setzt sich zu mir in die Kälte.

„Hier", sagt er, als er mir den Becher auf dem Tisch zuschiebt. „Den solltest du trinken, um dich von innen etwas aufzuwärmen. Auch wenn die Sonne scheint, sind die Temperaturen noch frisch."

„Danke", bemerke ich leicht lächelnd und nehme die dampfende Tasse in beide Hände.

Dass Alex mich heute verlässt und er gegen irgendeinen von Lennys Aufpassern ersetzt wird, bedrückt mich, denn Alex hat gut für mich gesorgt.

„Wann wird der Neue hier eintreffen?", frage ich wenig begeistert davon, mit jemandem zusammenwohnen zu müssen, den ich nicht kenne.

„Keine Ahnung. Er steht wohl im Stau", gibt Alex zurück und schlürft seinen Tee.

„Und hast du etwas von Marc gehört?", stelle ich auch heute diese Frage wie sämtliche Tage zuvor und sehe Alex den Kopf schütteln.

Seit Dienstagabend, als mir Marc eine Kampfschule schenkte und mich zum Friedhof mitnahm, hat er sich nicht mehr gemeldet. Klar, ich habe kein Handy, aber bei Alex hätte er doch wenigstens anrufen können.

Es wäre schön gewesen, wenn Finja Recht behalten hätte. Doch Marc hat sich nicht für mich von seinem Schwur, seinen Onkel zu töten, losgesagt. Dann wäre er jetzt hier bei mir! Aber das ist er nicht! Alles ist wieder so, wie es vor meiner Reise nach Frankfurt war. Nur dass mein Herz endgültig gebrochen ist und ich mich nie mehr auf einen Mann einlassen werden kann.

„Bist du mir böse, wenn ich mich jetzt schon von dir verabschiede?", frage ich Alex mit müden Augen. „Ich will mich ein bisschen hinlegen."

„Na klar, tanke etwas Energie", zeigt er sich verständnisvoll. „Unser Spaziergang war wahrscheinlich zu lang."

„Ja, vielleicht", erwidere ich, obwohl wir beide den wahren Grund für meine Unpässlichkeit kennen.

41

Als ich wach werde, höre ich leise Musik. Ob Alex schon weg ist und sich der Neue am Radio zu schaffen gemacht hat? Draußen ist es dunkel geworden und ein Meer an Sternen zu sehen. Beeindruckt davon steige ich aus dem Bett und tapse zum Fenster. In Berlin kann man solch einen schönen Sternenhimmel nicht beobachten. Dort sind die Nächte einfach zu hell wegen der vielen Lichter in der Stadt.

Ich drehe mich um und knipse die Nachttischlampe an. Erstaunt blicke ich auf eine große Schachtel am Fußende des Bettes. Alex wird mir doch wohl kein Geschenk zum Abschied gemacht haben. Das wäre mir unangenehm. Schließlich sollten solche großen Geschenke seiner Frau vorbehalten sein.

Langsam gehe ich ums Bett herum und streiche gedankenverloren über den schmalen, länglichen Karton, der mit einer Schleife versehen wurde.

Seltsam, so etwas passt doch gar nicht zu Alex.

Ich entscheide mich, den Deckel abzuziehen, und starre mit offenem Mund auf den Inhalt. Mein Herz beginnt zu toben. Und obwohl ich mir nicht sicher sein kann, wer mir dieses Geschenk gemacht hat, fühle ich meine innere Ruhe weichen, um einer wachsenden Aufregung Platz zu machen.

Zögerlich ziehe ich ein schwarzes Samtkleid aus dem Seidenpapier heraus und halte es in die Höhe.

„Wow!", sage ich und betrachte es fasziniert. Ich überlege, es anzuprobieren und mich damit im Spiegel zu betrachten. Mein Fuß tippt derweil ein paar Mal auf und ab, bis ich mich endlich dazu entschließe.

Überzeugt davon, das Falsche zu tun, und zugleich bebend vor Neugier ziehe ich mein Shirt aus und streife mir den Slip ab. Unter diesem Kleid würde sich Unterwäsche nur abzeichnen. Gespannt schlüpfe ich in den weichen Stoff hinein und staune, wie perfekt er sich an meinen Körper schmiegt. Falls mir Marc dieses Kleid zukommen ließ, hat er sich meine Maße gut gemerkt.

Im Spiegel fallen mir ein paar Rosenblätter auf, die auf dem Boden verteilt wurden und eine Spur zur Tür bilden. Kurzerhand schwinge ich herum und blicke bewegungslos darauf. Ich nehme einen tiefen Atemzug, bevor sich meine Hand auf den Mund legt.

Den Sauerstoff halte ich in meinen Lungenflügeln gefangen und vergesse für einen Moment das Weiteratmen.

„Marc?", frage ich mich selbst und würde die rationalen Optionen, wer sich hier im Haus befinden könnte, gerne durchdenken. Doch in meinem Kopf zieht ein Sturm auf und lässt meine Gedanken im Kreis herumwirbeln.

Zögernd pirsche ich mich auf Zehenspitzen an die angelehnte Tür heran und ziehe sie sachte auf. Ich erbleiche, als ich eine wahre Flut von Blüten auf den Holzdielen liegen sehe. Alle zusammen bilden eine Straße Richtung Treppe. Und auch die Stufen sind voll und ganz in Rot gefärbt.

Ich bin perplex und weiß nicht, was ich tun soll. Vielleicht ist es Marc … womöglich aber eine Falle. Jemand könnte mir aufgelauert haben und sich einen makabren Scherz mit mir erlauben.

Ängstlich geworden, aber wild entschlossen, der Sache auf den Grund zu gehen, schleiche ich zur offenen Treppe und werfe von hier oben einen Blick nach unten ins weitläufige Wohnzimmer. Der Kamin wurde entzündet, aber niemand ist zu sehen. Leise gehe ich auf nackten Füßen voran und nehme die erste Stufe. Sie knackt!

Dumme, dämliche Holztreppe!, denke ich und schaue mich kontrollierend in sämtliche Richtungen um. Alles ruhig … als wäre ich allein im Haus. Noch vorsichtiger tipple ich weiter … Stufe für Stufe … bis ich den weichen Wohnzimmerteppich unter meinen Fußsohlen spüre.

Schnell haste ich zum Kamin und schnappe mir den Schürhaken. Vielleicht könnte er mich nicht vor einer Pistole retten. Aber ich habe schon einmal bewiesen, dass ich mit einer Eisenstange im Notfall umgehen kann.

Die Rosenblätterspur führt weiter nach unten – bis in den Keller. Dort war ich noch nie und ich weiß nicht, ob es da eine Fluchtmöglichkeit gibt. Deshalb zweifle ich daran, dass es klug wäre, der Fährte zu folgen.

Doch es könnte auch Marc sein, der zu mir zurückgekommen ist, hoffe ich voller Euphorie und schüttle meine Bedenken ab.

Es kitzelt unter den Füßen, als ich auf die Blütenblätter trete, die mich in die untere Etage führen. Eine Tür steht offen, auf die ich misstrauisch zugehe. Als ich am Eingang stehe und hineinsehe, bin ich überwältigt vom Anblick. Überall wurden Kerzen entzündet, die diesen Raum in ein warmes, weiches

Licht tauchen. Auf einem meterlangen, stabilen Holztisch steht neben einer dunklen Tasche eine Schale mit Weintrauben, ein Käsebrett und eine Flasche Champagner in einem transparenten Kübel.

Ich trete über die Schwelle und gehe in kleinen Schritten hinein. Mein Blick verfängt sich an den Stahlringen an der Wand, die einer Seilführung dienen werden. Ist das etwa die Vorrichtung, von der Finja gesprochen hatte? Sie sind in verschiedenen Abständen und Höhen angebracht, sodass man eine Person vollständig fixieren könnte. Die Vorstellung, wie Schlachtvieh ans Gemäuer gebunden zu werden, gruselt mich. Und tatsächlich entdecke ich ein Brett in Vintage-Optik an der Wand, in dem ein paar aufblitzende Messer stecken.

Ich erschrecke und weiche zurück, als könnten die Stichwaffen lebendig werden. Dabei hängen sie ganz friedlich an der Wand und wirken beinahe unschuldig. Doch ihr Anblick ist beklemmend für mich und erinnert mich an die Foltererlebnisse mit dem General.

Jemand betritt soeben den Raum. Ich kann ihn nicht sehen, da ich mit dem Rücken zum Eingang stehe, aber die Schritte … die Atemgeräusche … das Rascheln von Schlüsseln … sind nicht zu überhören.

Meine Hand umkrallt den Schürhaken fester. Jetzt müsste ich mich umdrehen und überprüfen, wer es ist. Aber die scharfen Klingen am Mauerwerk bedrohen mich förmlich und lassen Vergessenes aus meiner bitteren Vergangenheit brutal aufleben. Ich beginne zu zittern und sehe meinen Vater vor meinem inneren Auge … wie er mir ein Messer an die Kehle hält … mich zwingen will, etwas Grauenvolles zu tun. Da formt sie sich in meinem Geiste: eine längst erloschene Erinnerung, die jedoch nicht vollständig in Erscheinung tritt. Aber die Furcht, die sie in mir zurücklässt, bevor sie wieder verschwindet, ist lähmend.

42

Die Tür knallt zu und ich zucke zusammen. Jetzt müsste ich wenigstens meinen Kopf wenden, um nachzusehen. Doch noch bin ich beeinträchtigt von diesem nebulösen Flashback, der weitere längst verblasste Abscheulichkeiten zutage gebracht hat. Ich weiß nicht, woran ich mich diesmal erinnert habe, nur, dass ich noch unter dem Bann dieser Dunkelheit stehe, die sich gerade in mir ausgebreitet hat.

Schritte nähern sich. Mein Arm kann sich aus der Starre befreien und beginnt zu schwingen. Als ich mit der Stange ausholen will, legt sich eine große Hand um meine Finger und stoppt mich mit einem kräftigen Griff.

„Ich denke, das wird nicht nötig sein", raunt mir Marc von hinten ins Ohr.

Er pflückt den Schürhaken aus meiner bereits verkrampften Hand und wirft ihn zu Boden.

„Du bist hier", sage ich noch leicht benommen von Angst und der Befürchtung, eine vergessene Untat verschuldet zu haben.

„Ja, natürlich", erwidert er ruhig und entspannt wirkend … ganz so, wie er früher einmal war. „Es gab nur noch eine letzte Sache zu erledigen."

„Deinen Onkel zu töten?", frage ich keineswegs empört, eher apathisch.

Marc lacht leise und streicht meine Arme entlang, bis er meine Hände zu fassen bekommt.

„Hast du getan, worum ich dich gebeten hatte?", möchte er wissen, während er mich rücklings an sich heranzieht.

„Ja, ich habe die Kapsel und den Inhalt vernichtet", gebe ich wie aufgezogen zurück, als stünde der General hinter mir, der kein Versagen duldet.

„Gut", sagt Marc zufrieden, als wäre er von einer Last befreit. „Dann weißt du ja, was *nicht* passiert ist."

„Dann lebt er also noch? Du hast es dir tatsächlich anders überlegt?"

Ich möchte herumschwingen und ihm in die Augen sehen. Aber Marc hält mich in dieser Position fest.

„Hast du etwa daran gezweifelt … nach allem, was ich dir gesagt habe?", wirkt er überrascht.

Ich kann ihn tief einatmen und die Luft durch die Nase ausstoßen hören. Direkt in mein Haar.

„Tut mir leid", bemerke ich und fühle mich nicht wohl dabei, ihn falsch eingeschätzt zu haben. „Ich wusste nicht, was ich denken soll."

„Natürlich wusstest du das nicht. Ich habe zu viel zerstört", zeigt er sich einsichtig und gibt mich endlich frei, sodass ich mich zu ihm herumdrehen kann.

„Nicht meine Hoffnung", sage ich mit einem warmen Lächeln und hebe meine Hände, um sie auf seine Bartstoppeln zu legen. Meine Daumen streichen über seine Wangen und ganz sachte ziehe ich seinen Kopf zu mir herunter.

„Lea ...", sagt er von Schwermut erfüllt und lässt sich von mir küssen.

Meine Zunge schiebt sich zärtlich zwischen seine Lippen und fährt sanft in seinen Mund. Es braucht keine Aufforderung, denn er kommt mir sofort entgegen und erwidert beinahe fiebrig meinen Kuss ... als wäre er ausgehungert. Seine Arme fahren wie Dutzende Quallententakel um mich herum und umschließen mich wie ein Kokon. Schon übernimmt *er* die Führung und die von mir einfühlsam begonnene Zärtlichkeit wandelt sich zu einem stürmischen Einbruch in meinen Mund.

Ich füge mich … durchaus bereitwillig … überlasse ihm die Regie, die er nur schwerlich abzugeben in der Lage ist. Wenn er mich jetzt einfach in seine Arme hebt und ins Schlafzimmer trägt, werde ich ihn nicht aufhalten.

43

Doch er beendet unseren Kuss, ohne weitere Ambitionen … als wäre ihm niemals in den Sinn gekommen, jetzt und sofort Sex mit mir zu haben.

Ich kann es nicht verhindern, ein wenig enttäuscht zu sein. Und ich befürchte, dass mir dieses unvernünftige Gefühl anzumerken ist. Denn Marc zieht einen Mundwinkel nach oben und scheint zu wissen, was in meinem Kopf los ist.

Mein Gott, da ist er wieder! Der von sich selbst überzeugte Marc von einst … siegessicher … charakterfest … mit einer Prise Arroganz!

„Wo bist du nur gewesen?", stelle ich meine Frage murmelnd, obwohl ich sie eigentlich nur in meinen Gedanken aufsagen wollte. Dabei sehe ich dankbar in seine unerhört blauen Augen und hätte nie gedacht, mich einmal über die Rückkehr seiner unverwechselbaren Schwächen zu freuen.

Er antwortet nicht. Was sollte er darauf auch sagen? Ihm ist bewusst, wie weit er sich von mir, ja, gar von seinen Freunden entfernt hatte. Aber er lächelt und streicht mir eine Haarlocke über die Schulter.

„Dann konntest du jetzt einfach so loslassen?", möchte ich von ihm wissen und wünsche mir, er wäre tatsächlich von seinem Schwur erlöst.

„Nicht einfach so", antwortet er und geht zum Tisch, um sich vorzubeugen und mit beiden Händen abzustützen.

Ich folge ihm und berühre vorsichtig seinen Ellenbogen. Er trägt nur ein T-Shirt, sodass ich seine heiße Haut auf meinen Fingern spüre.

„Wie dann?", frage ich besorgt, ich könnte mich irren und er weiterhin von Rachsucht erfüllt sein. Aber das kann nicht sein, denn er wirkt so aufgeräumt!

„Indem ich ihn im Gefängnis aufgesucht habe", gibt er preis und umkrallt den Rand der Tischplatte, als wollte er ein Stück davon abbrechen.

„Oh!", sage ich verblüfft und mache einen Schritt zur Seite, da ich mit einem Überkochen seiner Gefühle rechne.

Er bemerkt mein Davonweichen und richtet sich wieder auf, um nach mir zu greifen. Langsam zieht er mich zurück und hält mich an den Hüften fest.

„Keine Angst, Lea, es ist alles gut", erklärt er, die Wut auf seinen Onkel im Griff zu haben. „Er ist ein alter, kranker Mann, der nicht mehr lange zu leben hat. Falls er sich noch an irgendetwas erinnert, dann muss es tief in seiner Seele vergraben sein. Die Demenz hat ihn fast vollständig ausgelöscht. Es gibt nichts an ihm, was ich noch hassen könnte. Denn er ist bereits tot!"

Ich nicke, als wüsste ich, was dies für ihn bedeutet. Doch ich kann es nur erahnen.

„Und wie geht es dir damit?", frage ich deshalb nach und hoffe, dass ihm das Zusammentreffen mit seinem Onkel geholfen hat.

Marc wendet sich plötzlich von mir ab und geht ein paar Schritte durch den Raum. An der langen Wand bleibt er nachdenklich stehen und spielt mit einem der Stahlringe, die er einst dort anbringen ließ.

„Wirke ich auf dich so, als würde dies noch eine Rolle für mich spielen?", antwortet er mit einer Gegenfrage und lässt den stabilen Wand-Ring scheppernd los.

Ich zucke auf vor Schreck und drehe Marc den Rücken zu, damit er mir nicht ansehen kann, wie viel Angst mir diese Fesselwand mit ihren hell blinkenden Messern bereitet.

Marcs Schritte in meine Richtung sind deutlich zu hören und enden erst, als er sich dicht an mich herangestellt hat. Seine Körperwärme breitet sich hinter mir aus wie wütende Flammen, die mich verschlingen wollen.

„Dann hat sich jetzt alles zu deinen Gunsten entwickelt", bemerke ich zwar erleichtert, aber ebenso beunruhigt, er könnte seinen früheren Lebenswandel wieder aufnehmen wollen … gespickt mit ausschweifenden Liebesabenteuern.

„Nein, Lea, keineswegs", erwidert er voller Überzeugung und verwundert mich mit seinen Worten. Denn alles ist gut für ihn ausgegangen. „Ich fege noch die Scherben zusammen, für die ich verantwortlich bin. – Also wieso fragst du mich nicht, wie es mir damit geht, dich immer wieder verletzt zu haben?"

Seine Bemerkung versetzt mir einen Stich und erinnert mich schmerzlich an seine vielen Verfehlungen.

„*Darüber* hast du dir in den letzten Tagen Gedanken gemacht?", frage ich irritiert, dass nicht sein Onkel das Thema Nummer eins für ihn war.

„Verdammt richtig", sagt er in den Raum hinein und umfasst meine Oberarme. Seine Hände fahren langsam und federleicht an den Samtärmeln des Kleides entlang. Und obwohl er mich kaum berührt, spüre ich seine Hitze hinter mir immer deutlicher. Als er meine Handgelenke passiert hat, lässt er von mir ab.

„Marc, ich …", beginne ich zu sprechen und möchte ihm sagen, ihm längst verziehen zu haben.

„Schschsch …", werde ich von ihm unterbrochen und fühle, wie er einen Ring auf meinen Finger schiebt.

Ich bewege mich nicht … auch nicht, als er fertig ist und seine Arme um mich herumlegt. Seine großen Hände parken auf meinem Bauch und drücken mich an sich.

„Warum gibst du mir einen Ring?", frage ich wie vom Blitz getroffen und schaffe es nicht, ihn mir anzusehen.

„Du weißt nicht, warum ein Mann einer Frau einen Ring schenkt?", gibt er zurück und nimmt mich fester an sich.

Ich sage nichts darauf, denn ich frage mich, wie ernst er es damit meint. Und die Sorge, wiederholt von ihm weggestoßen zu werden, hindert mich daran, ihm zu glauben.

„Lea, Liebes, es gibt keinen Grund mehr, mir zu misstrauen", hat er meine Gedanken erkannt. „Sieh dir den Ring an und sag mir, ob dies das Geschenk eines Mannes ist, der sich nur einen Scherz erlaubt."

Er hebt meinen Unterarm aus seiner hinteren Position an. Ich richte meinen Blick nach unten und spreize meine Finger.

Da blitzt er auf: ein prachtvoller Brillantring in Weißgold … edel verarbeitet … womöglich eine Sonderanfertigung … hochkarätig und viel zu kostspielig für meine Künstlerhände.

„Marc, dieser Ring ist … ist … er ist wunderschön!", sage ich gerührt und kann von nun an nicht mehr aufhören, ihn anzustarren. „Aber wir sind ja noch nicht einmal ein Paar. Das hier …", ich zeige auf den Ring, „bedeutet für mich, den Rest seines Lebens miteinander zu verbringen. Und was willst *du* mit diesem Geschenk ausdrücken?"

Marc lacht … laut … als hätte ich etwas Amüsantes gesagt.

„Wir sind ein Paar, Lea … seit Dienstagabend", sieht er die Sache anders.

„Ach ja?", bin ich fassungslos. „Da sagtest du lediglich zu mir, du *fändest* es schön, mit mir zusammen zu sein."

Ich drehe mich um und blicke ihn aufgeregt an.

„Richtig!", gibt er mir Recht. „Und wenn ich mich nicht irre, hast du das Gleiche zu mir gesagt."

„Aber wir haben im Konjunktiv miteinander gesprochen", widerspreche ich. „Ich wusste nicht, wie du das gemeint hast."

Marc schnappt mich an den Armen. Er schwingt mit mir herum und drängt mich zur Wand … direkt unter einen Stahlring.

„Dann lass mich jetzt ganz deutlich sein!", sagt er mit einem dunklen, leidenschaftlichen Blick und kommt mir mit seinem Gesicht ganz nah. „Ich will dich heiraten!"

44

Aufgewühlt stehe ich da und lasse mich von Marc gegen das Gemäuer pressen. Ich brauche einen Augenblick, um zu verstehen, was er gerade zu mir gesagt hat. Er, Marc Brenner, der Ladykiller par excellence will heiraten! Mich!

„Und wenn ich Nein sage?", mache ich ihm bewusst, mich nicht einmal gefragt zu haben.

„Das wirst du nicht", antwortet er mit seinem altbekannten, übertriebenen Selbstbewusstsein. „Du weißt, dass ich dir alles geben kann!"

Nur keine Liebe, denke ich traurig und bemühe mich, trotzdem zu lächeln.

„Ich werde dich glücklich machen, Lea", fügt er mit einem Stirnrunzeln an, als hätte er meine zweifelnden Gedanken soeben aufgefangen.

„Hast du denn schon mal eine Frau glücklich gemacht?", frage ich skeptisch und muss an Larissa denken, die sich vielleicht aufgrund ihrer unerwiderten Liebe zu Marc mit Alkohol zu trösten begann.

„Lea, Liebes …", bemerkt er sichtlich betroffen. „Denkst du denn, ich hätte mir das alles nicht gut überlegt?" Er pflückt mich von der Wand, mit der ich bereits zu verschmelzen drohte, und leitet mich zum Tisch. „Das Leben, das ich geführt habe, will ich nicht mehr! Es war einsam … kalt … und freudlos. Glück habe ich das erste Mal empfunden, als ich dir begegnet bin." Er streicht über meine Locken. „Und dieses Gefühl hat mich vor meinem Untergang gerettet. *Du* hast mich gerettet!"

Ich schaue verlegen auf den im Kerzenlicht funkelnden Ring und drehe ihn einmal um den Finger. Etwas zu Marcs beeindruckenden Worten zu sagen, gelingt mir nicht.

„Also schön, Lea", spürt er wohl, dass es nötig ist, seine Aussage um ein entscheidendes Detail zu ergänzen. Plötzlich geht er vor mir auf die Knie und nimmt meine Hand. „Vielleicht habe ich noch keine Frau glücklich machen können … bisher … weil ich total abgefuckt bin." Er redet nicht gleich weiter und lässt seine Bemerkung etwas wirken. „Aber…", nimmt er den Faden schon wieder auf, „… ich arbeite an mir: für dich, Lea! Weil ich mir verflucht noch mal nichts mehr wünsche, als mit dir zusammen zu sein! Und jetzt sag mir, meine Schöne, wie kann ein Mann eine Frau, die er so sehr will wie ich dich, nicht glücklich machen?" Er lächelt und drückt sanft meine Finger. „Sagst du Ja?", stellt er diese Frage nun doch und lässt sie so verboten klingen, als erwartete er meine Einwilligung zu dunklem Sex.

Ich entziehe ihm meine Hand und spüre, wie mein Herz in jedem Winkel meines Körpers pocht.

„Steh auf, Marc!", bemerke ich mit feuchten Augen und bin nicht bereit, ihn mit mir zu reißen – in meinen immer tiefer werdenden Abgrund. „Ich kann dich nicht heiraten!"

45

Marc braucht einen Augenblick, bis er meine Antwort vollständig erfasst hat. Starr blickt er mich an und scheint die Informationen auf seiner Festplatte neu zu sortieren. Mit meinem Nein hat er nicht gerechnet, schon gar nicht unter Tränen. Er wird sich fragen, ob ich mit einem Dolch bedroht werde – jemand womöglich hinter der Tür lauert, der mich zu diesen Worten zwingt. Denn es kann unmöglich sein, dass ich mich gegen eine Heirat entscheide ... ja, gegen ihn! Schließlich habe ich ihm vor ein paar Tagen meine Liebe gestanden und er hat sich mir gerade bis in die Untiefen seiner Seele geöffnet.

„Zum Teufel noch mal, was geht hier vor sich?", knurrt Marc und erhebt sich. Seine Mimik verändert sich sowie die Farbe seiner Augen. Grimmig und finster blickt er drein und gibt mir das Gefühl, meine Antwort keinesfalls so hinzunehmen. „Wirst du erpresst? Von deinem Vater oder deinem Scheiß-Ex?"

Ich sage nichts und schüttle nur den Kopf. Dabei kommt sie zurück ... die Angst, die meine letzte unvollständige Erinnerung ausgelöst hat.

„Hattest du was mit Alex?", spekuliert er weiter und lässt seine Frage verächtlich klingen.

„Nein!", kann ich nicht fassen, wie weit er zu denken bereit ist. „Er ist mit Finja verheiratet. So etwas würde ich nie tun!"

„Dann sag mir, was los ist, Lea! – Liebst du Lenny?", fragt er mit gebrochener Stimme. Eine Träne blitzt unter seinem Auge auf und rollt ungehindert seine Wange hinab.

„Ich liebe *dich*!", widerspreche ich sogleich, um nicht für weitere Verwirrung zu sorgen. „Aber ich kann dich nicht heiraten, weil ich vielleicht eine Mörderin bin! Jetzt bist du endlich befreit von deinem Schwur. Du sollst frei sein und dir nun nicht *meine* Schuld aufbürden müssen."

„Verdammt, Lea, *das* ist der Grund?", will er beinahe erleichtert wissen, als wäre es keine große Sache, eine Kriminelle heiraten zu wollen.

Mir gelingt nur ein kurzes Nicken, bevor er mich ungestüm an sich reißt. Seine Arme umschließen mich so fest wie ein Druckverband, während er erlöst durchatmet.

„Du bist keine Mörderin, okay?", murmelt er in mein Haar hinein und lässt mich kurz darauf wieder los, um mich anzublicken. „Ich

will so einen Unfug nie wieder von dir hören!"

„Aber ich spüre, dass da noch etwas ist,
Marc", versuche ich, ihm klarzumachen, dass
sich mein schlimmer Verdacht nicht einfach
wegwischen lässt. „Ich habe schon wieder
Bruchstücke einer vergrabenen Erinnerung
gesehen."

Seine Finger legen sich wie warme Wickel
um mein Gesicht und halten es liebevoll fest.

„Und hast du darin jemanden getötet?"

Ich schweige, denn ich bin völlig verwirrt.
Jetzt möchte ich den Kopf schütteln, weil es
nicht so ist. – Jedenfalls nicht in diesem kurzen Einblick, den ich in jene vergessene Erinnerung hatte. Zugleich sollte ich nicken, denn
jede Körperzelle in mir fühlt es: An meinen
Händen klebt das Blut eines Menschen.

46

„Um Himmels willen, Lea, du musst aufhören, so etwas Absurdes zu glauben!", fleht mich Marc förmlich an, diesen Gedanken zu verwerfen. „Woran auch immer du dich zu erinnern meinst, ist womöglich bloß eine Schöpfung deiner Ängste ... eine Manifestation ... nichts weiter!"

„Ja, das klingt plausibel", sage ich ein wenig erlöst und blicke über meine Schulter. „Diese Wand ... sie hat mir Angst gemacht."

Marc legt seinen Finger unter mein Kinn und zieht meinen Kopf sachte zurück.

„Es ist nur eine Wand", bemerkt er mit gekräuselter Stirn.

„Dann hast du also vergessen, wofür du diese Stahlringe verwendet hast?", konfrontiere ich ihn mit meinem Wissen.

Mit rollenden Augen wendet er sich von mir ab.

„Finja!", knurrt er Richtung Champagnerflasche und wirkt wenig erbaut von der Tatsache, dass ich über seine weiteren Sündhaftigkeiten informiert bin.

„Dort hast du sie angebunden ... die Frauen, die sich dir unterworfen haben, richtig?", will ich es jetzt genau wissen. Dabei wird mir allein bei diesem Gedanken ganz schwindelig.

Marc antwortet nicht sofort und lehnt sich mit verschränkten Armen an den Tisch. Mit dem Daumen klopft er ein paar Mal nachdenklich gegen seinen Ellenbogen.

„Ja", sagt er endlich und verstummt sogleich wieder. Es ist ihm unangenehm, dass ich bereits etwas weiß – von einer Ruchlosigkeit, an die er mich vielleicht nach und nach heranführen wollte. Doch nun bin ich im Bilde und er muss neu ansetzen, um mir die Angst wieder zu nehmen.

„Und dann hast du *was* mit ihnen angestellt? Sie gefoltert?", frage ich beunruhigt und beginne zu zittern.

Marc lässt vom Tisch ab und wendet sich mir zu.

„Glaubst du das wirklich?", scheinen ihn meine Worte hart zu treffen.

„Nein", gebe ich sofort zurück … leise … erschüttert von mir selbst, Marc Gewalttätigkeit unterstellt zu haben. „Tut mir leid."

„Vergiss, diesen Keller, Lea!", verlangt er nun von mir, „und alles, was du mit ihm verbindest. Lass uns nach oben gehen!"

„Das geht nicht", mache ich klar, dass ich mein Wissen nicht einfach so löschen kann. Schon gar nicht die Emotionen, die bei mir

hochkochen bei dem Gedanken an die Fesselwand. „Hast du das in deinem Haus auch? Im
Keller?"

Mein Puls erhöht sich und das Blut schießt
wie auf einer Schnellstraße durch die Venen.
Ich fürchte mich vor der Antwort – dass er
auch das Untergeschoss seines jetzigen Hau-
ses präparieren ließ. Doch ebenso sehr
möchte ich genau das von ihm hören! Wie pa-
radox!

Marc fährt sich mit einer Hand übers Kinn
und fragt sich wohl, ob er mich besser belügen sollte. Damit hätte er dieses schwierige
Thema erst einmal vertagt, würde jedoch einen weiteren Vertrauensverlust riskieren.

„Ja", hat er sich für die Wahrheit entschieden und sieht mich wachsam an, als rechnete
er damit, von mir geohrfeigt zu werden.

„Oh", kann ich noch sagen, bevor mich ein
seltsamer Gefühlscocktail aus Angst und Erregung überfällt. „Dann sind wir also nicht
zufällig in diesem Raum. Du hattest geplant,
mich dort zu fesseln."

Ich zeige mit dem Finger zur Folterwand.

Marc nickt und lässt seine Hände in den
Hosentaschen verschwinden. Nun stehen wir
uns stumm gegenüber und schauen uns an.
Ich warte darauf, dass er etwas sagt oder wenigstens irgendwo ein Handy klingelt, damit

sich diese Spannung zwischen uns löst. Doch es passiert weder das eine noch das andere. Somit bleibt mir genug Zeit, in mich hineinzuhorchen, um herauszufinden, wie es mir mit meinen neuen Informationen geht.

„Okay", bemerke ich, als ich meine Grübelei beendet habe, und nehme die Wand wie einen Feind ins Visier. Ich kämpfe darum, nicht mein Gleichgewicht zu verlieren. Denn was ich gleich vorhabe zu sagen, raubt mir die Luft. „Zeig es mir!"

47

Ich gehe etwas zur Seite, um mich am Tisch festzuhalten. Mein wild hämmerndes Herz lässt mich alles nur noch verschwommen sehen. Was habe ich bloß angerichtet? Ich fürchte mich vor dieser Wand und den Bildern, die sie in mir hervorruft. Doch zugleich kann ich es nicht ignorieren:

Mich Marc nach seinen Vorstellungen auszuliefern, erregt mich und ich habe keine Ahnung, wieso.

„Nein!", sträubt sich Marc, zu tun, was doch eigentlich sein Plan für heute war. „Du hast Angst. Und ich bräuchte deine bedingungslose Zustimmung."

„Eine Blankovollmacht?", erinnere ich mich an unser Gespräch zurück und scheue mich davor, auch nur über die Möglichkeit nachzudenken, ihm volle Handlungsfreiheit über mich zu geben.

„Ja!", antwortet er entschieden wirkend, dabei ist ihm sein innerer Konflikt anzusehen. Er will mir nichts zumuten, doch genauso sehr reizt es ihn, mich gefügig zu machen … mich so zu beanspruchen, wie es ihm beliebt.

„Aber du würdest mich doch losmachen, wenn ich mich nicht wohlfühle", versuche ich, ein Argument zu finden, das mein diffuses Begehren, die Fesselwand auszuprobieren, rechtfertigt.

„Nein, Lea, das würde ich nicht!", erwidert er mit flammendem Blick. „Kein Safeword und keine Beschränkungen. Nur reine Hingabe."

„Ach", nimmt er mir sämtlichen Wind aus den Segeln.

War ich eben noch bereit, das unvernünftigste Argument, das dafür spricht, gelten zu lassen, möchte ich jetzt nichts weiter als ihn tadeln. Diese Bedingungen wären in jeder Hinsicht zu meinem Nachteil und nur er hätte seinen Spaß dabei, seine dominante Rolle voll und ganz auszukosten.

„Und was hätte *ich* davon?", frage ich ihn entrüstet.

„Endlosen Genuss", behauptet er tatsächlich, obwohl dies unmöglich wahr sein kann. Denn nichts daran klingt verlockend, geschweige denn angenehm ... wenn die Fesselung zu einer schmerzhaften Tortur wird und kein Safeword Rettung verspricht.

Ich wage einen weiteren Blick zu den stählernen Ringen, die wie Folterwerkzeuge am

Gemäuer hängen und nur darauf warten, mich zu versklaven.

Womöglich verdiene ich Strafe …!

Der Sheriff vermutet nicht zu Unrecht schwerwiegende Vergehen, die es aufzudecken gibt. Nur vielleicht irrt er sich, wenn er glaubt, allein mein Vater hätte sie zu verantworten. Ich könnte ebenso schuldig sein!

„Wie weit wird es gehen?", frage ich Marc ängstlich und keineswegs überzeugt davon, endlosen Genuss zu erfahren.

Ich begebe mich etwas wackelig Richtung Fesselwand – als würde ich über glühende Kohlen zum Schafott laufen. Vor einem Stahlring bleibe ich stehen und berühre ihn leicht mit dem Zeigefinger. Er fühlt sich kalt an.

Marc folgt mir und bleibt dicht hinter mir stehen. Seine Hände platziert er rechts und links von mir an der Wand, während er seinen Mund dicht an meinem Ohr parkt.

„Ich denke, das ist nicht der richtige Zeitpunkt für dieses Spiel", bemerkt er mit belegter Stimme.

Sein überhitzter Körper sagt etwas anderes … nämlich dass der Zeitpunkt für ihn nicht richtiger sein könnte. Ich kann es an meinem Rücken spüren … das übermächtige Pumpen seines Herzens … wie es mit jeder Sekunde, die vergeht, heftiger schlägt.

„Wirst du mir dabei wehtun?", fällt es mir schwer zu fragen, als mein Blick zu den Messern abgleitet. Ein Bild formt sich in meinem Kopf, wie er eines benutzt, um mich damit zu quälen.

Ich zwinge mich, diesen abwegigen Gedanken zu vertreiben. Marc würde mir niemals etwas antun! Doch vielleicht ist es genau das, was ich will ... was mir womöglich sogar zusteht ... falls *ich* hingegen jemandem etwas angetan habe!

„Herrgott, Lea, du musst aufhören, mir diese Fragen zu stellen!", sagt er außer Atem, als hätte er sich verausgabt.

„Warum?", frage ich kaum hörbar gegen das verputzte Mauerwerk.

„Weil es mich verdammt noch mal anmacht, okay?", antwortet er beinahe aggressiv. „Und das ist so was von krank!"

Er schiebt mein Haar beiseite und fährt mit dem Finger über meinen Rücken ... am Reißverschluss entlang. Doch er öffnet ihn nicht, zeichnet nur seinen Verlauf nach und fährt danach mit seiner Hand über meinen Po hinweg.

„Ich kämpfe dagegen an, Lea ... gegen dieses Verlangen zu dominieren. Aber jetzt steckst du auch noch in diesem Kleid und siehst darin wie eine Göttin aus. Ich kann sehen, dass du nichts drunter trägst und denke an nichts anderes mehr, als dich an dieser Wand festzumachen, um mir rücksichtslos alles zu nehmen."

Langsam hebe ich meinen Kopf und visiere einen Stahlring an, der wie ein weit geöffnetes Maul einer kaltblütigen Bestie aussieht. Gleich daneben prangt das Messerbrett mit seinen scharfen Werkzeugen und ich habe keine Ahnung, ob sie Teil seines sündigen Spiels werden sollen.

So wie es aussieht, habe ich Strafe verdient, obwohl nichts auf dieser Welt einen möglichen Mord wiedergutmachen könnte. Aber das …?

„Wozu dienen die Messer?", höre ich nicht auf zu fragen, obwohl mich Marc eben noch gebeten hat, es nicht zu tun.

Wie ein Drehregal wendet er mich allmählich zu sich herum und lächelt kaum erkennbar.

„Ich will dich heiraten, Lea, und nicht abstechen."

Meine Hände umfassen seine kräftigen Unterarme und umkrallen sie förmlich. Ich kann nicht behaupten, dass mir seine Antwort mehr Sicherheit gegeben hätte, denn was sagt sie schon aus? Er würde mir die Messer nicht in den Leib stoßen ... mehr nicht! Aber es gäbe allerhand andere unsachgemäße Verwendungen, die ich mir gar nicht ausmalen möchte.

„Und jetzt wirst du dieses Thema abschließen!", verlangt er von mir und beendet die Fragestunde endgültig. „Es wird heute nichts dergleichen stattfinden!"

Er will mich von der Wand wegziehen und zurück zum Tisch führen, aber ich halte dagegen.

Da ist dieses wilde Chaos in mir, das mit jedem meiner Atemzüge zu wachsen beginnt. Es ist eine unheilvolle Mischung aus Angst, Begierde und einem erschütternden Verlangen nach Bestrafung. Wer bin ich bloß? Was hat mein Vater nur aus mir gemacht?

Jetzt sollte ich dankbar sein, dass sich Marc gegen dieses Fesselspiel entschieden hat. Er will Rücksicht nehmen, weil er meine Angst erkannt hat. Dabei ist genau sie die schlüpfrige Zutat, die ihn elektrisiert. Nicht nur *er* kann in *mir* lesen und spüren, wonach ich mich sehne. Ich verstehe seine körperlichen Zeichen immer besser und sehe tief in sein Innerstes, das in diesem Augenblick in Wahrheit nur eines will: mich an jener Wand zu unterwerfen!

Langsam, aber durchaus entschlossen, strecke ich ihm meine Hände entgegen.

„Fessle sie!", verlange ich zu meinem eigenen Erschrecken und glaube erst, ein Beben unter meinen Füßen würde mich zum Zittern bringen … bis ich meine wiedererwachende Furcht erkenne.

48

Marc fängt meine Hände ein und holt mich an sich. Natürlich sieht er es: das kleine ängstliche Mädchen von damals, das sein Trauma bis heute nicht überwunden hat. Er spürt es in seinen Armen zittern und er weiß, wie falsch es wäre, seiner Aufforderung, es zu fesseln, nachzukommen.

„Nein", haucht er mir sein einziges Widerwort mit einer zweifelnden Mimik entgegen.

Ja, er will rücksichtsvoll sein und dennoch erkenne ich sie: die andere, düstere Seite in ihm, die alle Vernunft verwerfen möchte und sich danach sehnt, sein Begehren, unmoralisch vorzugehen, zu befreien.

„Wirst du wieder ein Seil verwenden?", frage ich, obwohl er mir seine Ablehnung gerade noch deutlich gemacht hat.

Marc lässt mich los und geht zur schwarzen Tasche, die wie ein lauerndes Haustier auf dem Tisch liegt und nur darauf wartet, beachtet zu werden. Er zieht ein bläulich glänzendes Seidentuch hervor und nimmt die Sporttasche auf, um mit ihr zur Fesselwand zu gehen. Ich beobachte ihn dabei, wie er sie lautstark auf den Boden fallen lässt und sich mir zuwendet.

„Komm her!", fordert er und sieht mich mit einem beängstigenden Glühen in den Augen an.

Ich komme seiner Aufforderung nach, obwohl er mir meine Frage noch nicht beantwortet hat.

Als ich vor ihm stehe, bemerke ich das Pulsieren seiner Halsschlagader. Sein heißer Atem ist schneller als gewöhnlich und trifft mich mitten ins Gesicht.

„Was hast du jetzt vor?", möchte ich beunruhigt wissen. Falls er seine Meinung soeben geändert hat, bleibt mir vielleicht keine Zeit, mich wieder umzuentscheiden.

„Dreh dich um!", erteilt er mir die nächste Anweisung und übergeht auch meine zweite Frage.

Ich blicke stumm zu ihm auf und bewege mich nicht.

Marc nickt, als hätte ich ihm etwas mitgeteilt, worin er mir zustimmt.

„Und jetzt weißt du, warum ich Nein gesagt habe, Lea", bemerkt er altklug. „Für dieses Spiel musst du mir einhundertprozentig vertrauen."

„Tue ich", sage ich sofort und bin mir gar nicht sicher, ob es wirklich so ist. Doch ich möchte endlich verstehen, wer ich bin – warum ich dieses finstere Bedürfnis verspüre, Marcs gefährliche Begierden zu teilen.

Zögerlich drehe ich mich um und lasse die aufziehende Nervosität gewähren.

„Na schön, Lea", bemerkt er, als er sich von hinten gegen mich drückt. Dabei senkt er seinen Kopf und küsst meinen Hals. „Ich gebe dir noch einen Augenblick, deine leichtsinnige Entscheidung zu überdenken. Danach wirst du keine Gelegenheit mehr dazu erhalten. Und du weißt, warum."

„Weil ich dir eine Blankovollmacht erteilen muss?"

„Ja, meine Schöne", erwidert er im Flüsterton und kann nicht verbergen, wie sehr ihn allein meine Nachfrage erregt. Die Aussicht, mich voll und ganz zu dominieren – seinem zügellosen Verlangen endlich uneingeschränkt nachzugeben, lässt seinen überhitzten Körper aufglühen.

Ich schließe meine Augen und beiße mir mit einem verkrampften Gesicht auf die Lippen. Er wartet auf meine Einwilligung oder darauf, dass ich alles abbreche. Meine Antwort liegt mir bereits auf der Zunge. Doch mein wachsendes Herzrasen lähmt mich. Oder ist es die Erregung, die ich verspüre und die sich mit jedem Pulsschlag potenziert?

„Sag etwas, Lea!", fordert Marc mich auf, ihm meinen endgültigen Entschluss mitzuteilen. „Es ist in Ordnung, wenn du das hier nicht willst."

„Ich will es!", flüstere ich und halte sogleich die Luft an.

49

„Gottverdammt!", bricht es aus Marc heraus. „Das hätte ich nicht gedacht!"

Ich höre ihn hinter mir durchatmen, als wäre eine Last von ihm abgefallen. Obwohl ich bewegungslos mit dem Rücken zu ihm stehe, kann ich förmlich sehen, wie er sich unruhig von einem Bein aufs andere stellt und dabei mit den Händen durch sein Gesicht reibt.

Jetzt ist es passiert! Er hat mich da, wo er mich von Anfang an haben wollte! Das zarte Gänseblümchen, durch dessen Unschuld er sich angezogen fühlte und das er mit Kuschelsex überreden musste, sich ihm hinzugeben, ist bereit, sich ihm bedingungslos zu unterwerfen.

Nun liegt alles bei ihm: Er kann sich meiner bemächtigen … ganz so, wie es ihm beliebt. Doch auch ihm wird klar sein, dass mein Vertrauen zerbrechlich ist und nicht missbraucht werden darf.

„Hab keine Angst, meine schöne Lea", redet er mir gut zu, weil ihm wohl aufgefallen ist, dass ich wie versteinert auf dem Fleck stehe und kein Wort mehr von mir gebe. „Es wird nichts geschehen, was du fürchten müsstest. Du wirst reine Lust empfinden, nichts weiter."

Zärtlich legt er seine Hände auf meine Schulterblätter und fährt seitlich nach unten ... an meinen Hüften vorbei ... bis er den Saum meines Kleides zu fassen bekommt. Zentimeter für Zentimeter zieht er den Stoff höher, bis seine rechte Hand unter dem samtigen Material verschwindet. Er tastet sich meinen Oberschenkel entlang und streicht über meinen Schoß.

„Keine Unterwäsche ...", murmelt er begeistert, „ich wusste es."

Ich lehne mich nach hinten ... gegen seinen Oberkörper und beginne zu entspannen. Noch ist nichts Unheilvolles passiert und seine Hand an dieser Stelle verspricht Hochgenuss. Mit einem Finger reist er weiter über meine Scham ... hinhaltend ... leicht streifend ... als wollte er nichts überstürzen.

Als er endlich meinen Lustpunkt trifft, ziehe ich den Sauerstoff tief in meine Lungen und kann es kaum erwarten, seine Bewegungen zu erleben. Doch genau in diesem Moment hält er inne und zieht sich wieder zurück.

„Mach weiter!", verlange ich entflammt und möchte mich ihm zuwenden. Aber er hält mich in dieser Position gefangen.

„Ja, werde ich", sagt er mit einem amüsierten Unterton. „Doch zuvor musst du noch etwas wissen: Du redest nicht, hörst du? Du gibst keinen Laut von dir! Und du nimmst dir zu keiner Zeit heraus, mir Anweisungen zu erteilen! Ich entscheide, was ich mit dir tue und wann ich es tue! Kannst du diese Regeln befolgen?"

Ich lächle … das erste Mal seit wir uns neben dieser Gruselwand befinden.

„Ja", gebe ich ihm die Antwort, die er von mir erwartet. Plötzlich ist sämtliche Furcht verraucht, weil er nichts tut, was mir gefährlich erscheint. Dass er mich nur gefühlvoll an alles heranführen will, kommt mir gar nicht in den Sinn.

Doch plötzlich schwenkt seine erheiterte Stimmung um. Ich kann es nicht sehen, aber spüren.

Seine Hände ziehen etwas hervor, was er kurzzeitig woanders zwischengeparkt haben muss: das blaue Seidentuch, das er mir zeigt, bevor er es wieder an sich nimmt und aufzuwickeln scheint.

„Das wird das Letzte sein, was du vorerst zu sehen bekommst", bemerkt er heiser und erweckt den Anschein, seine Worte ernst zu meinen. Wie ich sie zu verstehen habe, weiß ich nicht. Und schon sehe ich den General vor mir …wie er mich zwingt, in die dunkle Kammer zu gehen, damit er mich dort einsperren kann … Stunden … Tage.

Marc legt das weiche Tuch über meine Augen … behutsam.

„Bitte nicht", flehe ich und bin mir bewusst, gerade gegen eine seiner Regeln zu verstoßen. Zu reden hat er mir schließlich untersagt. „Nicht die Augen verbinden."

Er atmet tief durch und fährt stumm fort, als hätte er mich nicht gehört. Am Hinterkopf verknotet er die Enden sorgfältig und achtet darauf, dass meine Haare nicht dazwischengeraten.

Jetzt müsste ich mich ihm entziehen – noch bin ich dazu in der Lage –, denn er hat meine Bedürfnisse nicht beachtet. Doch er sagte, ich könne ihm vertrauen und bisher ist er sorgsam mit mir umgegangen. Vielleicht kann ich meine Panik vor völliger Dunkelheit irgendwie bezwingen.

Jetzt stehe ich hier … verunsichert, was folgen wird. Marc ist immer noch hinter mir und bewegt sich nicht. Ich würde ihn gerne fragen, welchen Plan er mit mir verfolgt. Aber dann würde ich seine Regel zu schweigen erneut brechen. Ob dies Folgen für mich hätte, hat er nicht verraten.

Lautlos nähert er sich mir wieder und lässt seine Hände wie ein Netz um meine Taille gleiten. Sachte dreht er mich zu sich herum.

Ihn nicht sehen zu können ... sein Mienenspiel ... seine Erregung ... ist quälend. Und ich kann nicht sagen, ob ich es durchstehe, im Dunkeln zu sein.

Marc korrigiert meine Position, als müsste er mich in ein Nadelöhr einfädeln. Kurz darauf schiebt er mich rücklings an die Wand und presst mich gegen das Gemäuer.

Ich stoße einen Ton aus, weil mich sein heftiges Vorgehen erschreckt.

„Ganz still sein!", erinnert er mich an seine aufgestellte Regel.

Sofort schließe ich meinen noch leicht geöffneten Mund und nehme mir vor, besser auf mich zu achten. Wer weiß, was mir bei einem erneuten Regelverstoß blüht!

„Gut so", lobt mich Marc und zieht sich zurück ... lässt mich mit der Fesselwand allein, als müsste ich erst einmal Bekanntschaft mit ihr machen.

Ich kann seinen Blick fühlen – nehme wahr, wie er mich lüstern betrachtet. Dass ich pariere und mich seinen Wünschen vollumfänglich füge, wühlt ihn auf. Und mich in dieser Lage zu erleben, will er auskosten.

Aber dann höre ich, wie er sich bewegt. Er zieht sich sein T-Shirt über den Kopf. Das kann ich eindeutig an den Geräuschen erkennen. Jetzt würde ich ihn gerne betrachten – meinen Blick auf jede einzelne seiner Hautporen werfen … auf jeden Muskel und jedes Haar, das seine Brust bedeckt, als könnte ich alle Details seines perfekten Oberkörpers auf einmal einfangen. Allein das Bild von ihm in meinem Kopf ist erotisierend und regt meine Fantasie an, die urplötzlich zu einem prickelnden Erlebnis wird. Er muss davon wissen … kennt die aphrodisierende Wirkung von verbundenen Augen.

Doch als ich ihn sein Shirt zerreißen höre, verliert sich das Bild von ihm in meinem Kopf und ich erinnere mich wieder an die Gruselwand hinter mir.

Er lässt keine weitere Zeit vergehen und tritt abrupt an mich heran. Seine Hand schnappt nach meinem Arm und zieht ihn unsanft nach oben. Ich spüre, wie sich der Stoff seines Shirts um mein Handgelenk legt. Nicht sorgsam, sondern hastig dreht Marc das dehnbare Material herum, als müsste er sich beeilen … als befürchtete er, ich könnte fliehen wollen.

Mach langsamer!, möchte ich ihm zuschreien, weil mir die angezogene Geschwindigkeit seines Handelns Unbehagen bereitet. Aber dann hätte ich mich über gleich zwei seiner Regeln zugleich hinweggesetzt: ihm keine Anweisungen zu erteilen und zu schweigen.

Mit wenig Feingefühl führt er meine Hand zum ersten Ring und verknüpft sie mit ihm ... ein wenig rüde ... gnadenlos wirkend ... als wäre ich ein wieder eingefangener Sträfling, vor dem die Gesellschaft geschützt werden muss. Und vielleicht ist an diesem abwegig erscheinenden Gedanken sogar etwas dran ... dass niemand vor mir sicher ist, weil ich eine Mörderin bin!

Zieh es fester!, kommt mir in den Sinn zu sagen, denn ich habe Züchtigung verdient. Und tatsächlich scheint er in meinen Kopf sehen zu können. Rigoros strafft er die Fesselung, sodass ich den Schmerz bereits erahnen kann, der mir blüht, wenn ich mich zu viel bewege.

Gleich darauf packt er meine andere Hand und nimmt sie zu sich nach oben. Ich weiß, was er mit ihr tun wird, dass er ihr die gleiche Härte zukommen lassen wird. Und vielleicht ist dies der Grund, dass ich auf einmal an meinen Fesseln zu ziehen beginne und den Impuls verspüre wegzulaufen. Oder aber ich will vor mir selbst fliehen, weil ich soeben festgestellt habe, dass ich vor Erregung glühe.

50

„Lass es geschehen, Lea!", flüstert Marc diese Worte wie eine magische Formel und legt meine Hand auf seinen Brustkorb. „Ich kann sehen, wie zwiegespalten du bist. Du fürchtest dich! Womöglich erinnerst du dich an etwas aus deiner Vergangenheit. Aber gleichzeitig bebt dein ganzer Körper vor Erregung. Du denkst nicht wirklich über Flucht nach, nein, du willst, dass ich all das hier mit dir mache. Und ich will es auch!" Er drückt meine Finger fester auf seine Brust. „Spürst du, wie mein Herz rast? – Ich brauche dich nur anzusehen und es spielt schon verrückt. Aber zu erkennen, dass dich dieses Spiel ebenso aufheizt wie mich, macht mich scharf, meine Schöne."

Er beendet seinen Monolog und drängt meine Hand zum kalten Gemäuer ... presst sie dagegen, als wäre sie ein Feind. Seine Atmung wird schneller und mich jeden Augenblick noch wehrloser machen zu können, turnt ihn weiter an.

Ich spüre, wie er den zweiten Teil seines zerrissenen Shirts um mein Handgelenk dreht. Ein leises Piepsen kann ich nicht verhindern, als er den Stoff fest zuschnürt.

Er sagt nichts zu meinem Ungehorsam … knurrt stattdessen nur.

Prompt erhalte ich die Quittung, denn er zieht meine Hand eine Spur zu kräftig zum zweiten Ring.

Vor Schreck schnappe ich nach Luft und presse danach meine Lippen zusammen, um bloß keinen weiteren Laut von mir zu geben. Dabei stelle ich mich auf Zehenspitzen und spüre erst jetzt, wie ausgekühlt meine Füße sind. Immerhin bin ich barfuß in den Keller geschlichen und habe nicht eine einzige Sekunde vermutet, mich hier länger aufzuhalten.

„Stell dich wieder richtig hin, Lea, sonst binde ich dich womöglich zu stramm an den zweiten Ring!", maßregelt er mich in strengem Ton.

Jetzt würde ich ihm gerne mitteilen, wie kalt sich der Boden unter meinen Fußsohlen anfühlt. Aber ich möchte nicht wissen, wie weit er bereit ist zu gehen, mich für eine wiederholte Missachtung seiner Regeln zu bestrafen. Also rolle ich von den Zehenspitzen ab und spüre die Kälte der Fliesen noch stärker als zuvor.

Als beide Hände vollständig fixiert sind, vermute ich, die Fesselung überstanden zu haben und hoffe, dass mir zur Belohnung der versprochene endlose Genuss zuteilwird. Doch es geschieht erst mal nichts und ich schätze, dass Marc reglos dasteht, um sich an meinem angebundenen Anblick zu erlaben. Und tatsächlich höre ich ihn vor mir etwas nuscheln, was wahrscheinlich nicht für meine Ohren bestimmt ist.

„Verflucht, ist das geil!", könnte ich wetten, vernommen zu haben, und staune, wie sehr mich diese Worte anfeuern.

Ich recke meinen Körper in alle Richtungen und hoffe, dass es endlich beginnt. Doch dann horche ich auf, da er sich an seiner Tasche zu schaffen macht und wohl etwas hervorzieht. Ein Klimpern dringt bis zu meinen Ohren vor, aber ich kann es nicht richtig zuordnen. Es klingt ähnlich wie eine Gürtelschnalle und plötzlich breche ich in Panik aus!

Jetzt möchte ich die Sache abbrechen und irgendein Safeword herausschreien. Aber es gibt keine Rettung, sollte er mir, entgegen aller Absprachen, etwas Böses wollen.

Ich ziehe an den Fesseln und kann die Unruhe in mir nicht bändigen. Er wird mir nichts tun … das hat er noch nie! Aber das Geräusch einer Gürtelschnalle bringt mich aus der Fassung und holt die schlimmsten Erinnerungen hervor.

Marc ist auf einmal direkt an meiner Seite und legt seine Hand auf meine Wange.

„Was hast du, Liebes?", haucht er mir ins Ohr und wischt mit dem Daumen eine Träne weg, die unter meiner Augenbinde hindurchgeschlüpft ist.

„Warum ziehst du einen Gürtel aus der Tasche?", frage ich verstört.

„Kein Gürtel, Lea … Fußgelenkmanschetten." Er zieht das Seidentuch auf meinen Augen etwas nach oben und zeigt sie mir. „Alles wieder gut?"

Ich weiß nicht, ob ich nicken soll, denn jetzt schäme ich mich, solch eine irrtümliche Vermutung zugelassen zu haben.

„Tut mir leid", entschuldige ich mich bei Marc. Er ist kein Schläger! Wie konnte ich bloß annehmen, er würde einen Gürtel verwenden wollen?

„Lea, wenn du es nicht schaffst, mir zu vertrauen, wirst du womöglich leiden", sagt er und ignoriert meine Entschuldigung, die ihm offenbar unwichtig ist. Stattdessen erhöht er mit seiner Bemerkung meinen Stressfaktor. „Ich werde noch weitergehen und brauche dich dafür in ruhiger Verfassung", erklärt er und bewirkt mit seinen Worten genau das Gegenteil.

„Was heißt das?", steigt erneute Panik in mir auf.

„Dass du mir vertrauen musst, sonst wird deine Angst alles schwerer für dich machen."

51

„Ich dachte, du bereitest mir Genuss!", bemerke ich immer unruhiger werdend und
versuche, seine letzten Worte nicht als drohende Gefahr zu verstehen.

„Das tue ich bereits die ganze Zeit", gibt er
mit feurigen Augen zurück und zieht meinen
Unterleib gegen seinen. Dabei kann ich das
Muskelspiel an seinem entblößten Oberkörper sehen – wie sein Bizeps und die Sehnen
hervortreten.

Ich schließe die Augen, als seine heiße
Hand unter mein Kleid gleitet und er sich herausnimmt, meinen Lustpunkt direkt … un-
verfroren … mit leichten Bewegungen zu berühren. Es braucht nicht viel … ich bin entflammt wie ein Streichholz … alles in mir ist
auf ihn eingestellt.

„Siehst du, meine Schöne, genau das
meine ich", lässt er seine wiedererweckte
Überheblichkeit durchblitzen und zieht seine
Hand zurück.

„Nicht aufhören!", bettle ich, dass er wei-
termacht.

Er reagiert nicht … genehmigt sich bloß
ein vermessenes Grinsen und bedeckt meine
Augen erneut mit dem Seidentuch.

Ich vernehme es ganz deutlich: das Klingeln der Fußgelenkmanschetten, die er vor mir auf den Boden wirft.

Er beugt sich runter und lässt seine Hand sanft über meinen Fußrücken gleiten. Ich bin dankbar für die Wärme, die sich kurzzeitig auf meine ausgekühlte Haut überträgt. Das Vergnügen ist jedoch flüchtig, denn sogleich legt er mir die lederne Manschette um und verschließt beide Riemen daran. Gleich darauf schiebt er mein Bein nach außen, um die daran befindliche Kette mit einem unteren Ring zu verbinden.

Mir ist klar, dass er das Gleiche mit meinem zweiten Fuß tun wird – er sich mit einer unvollständigen Fesselung nicht zufrieden geben wird. Aber jeden Augenblick unbeweglich zu sein und meinen Körper in seine Kontrolle zu geben, ist mir nicht geheuer.

Marc lässt sich plötzlich Zeit und agiert nicht mehr so überstürzt wie bei der Fixierung meiner Hände. Warum auch? Ich bin ihm ja bereits ausgeliefert und völlig machtlos. Eine Flucht ist nicht mehr möglich.

Seine Hand drückt nun meinen anderen Fuß nach außen, sodass ich meine Beine auseinandernehmen muss. Ich höre ihn tief einatmen ... und leise brummen ... ähnlich, wie ich es von Lenny gewohnt bin. Die letzten Zentimeter nimmt er ruckartig, bevor er die Manschette anlegt und diese am vierten Ring befestigt.

Es ist getan! Marc erhebt sich und bleibt dicht vor mir stehen. Achtsam positioniert er eine Hand auf meinem Brustkorb. So bleibt er für einen Moment und erspürt den Takt meines Herzens.

Als es irgendwann langsamer wird und das übermäßige Trommeln abebbt, legt er seinen Mund an mein Ohr.

„So ist es gut, meine Schöne", flüstert er mir zu und nimmt danach etwas Abstand … nur geringfügig, denn seine Körperwärme ist nach wie vor wahrnehmbar. Er streicht mein Haar nach hinten … behutsam … wohl wissend, was er gleich tun wird. „Und nun musst du mir vertrauen! Wirst du das schaffen, Lea?"

Ich nicke zaghaft und kann nicht verhindern, dass mein Herz wieder anspringt … es zu rasen beginnt!

„Du musst mir versprechen, dich nicht zu bewegen", verlangt er weiter von mir. „Keinen einzigen Millimeter. Hast du mich verstanden?"

Auch jetzt nicke ich und bezweifle, dass mir das wirklich gelingen wird. Wenn er mir nun Genuss bereitet, werde ich meinen Körper bestimmt kaum ruhig halten können.

Doch plötzlich bemerke ich, wie er ein Messer aus dem Holzbalken zieht … ganz langsam, sodass ich das unverwechselbare Geräusch der Klinge deutlich hören kann.

Mir wird übel bei dem Gedanken, was er damit alles anstellen könnte, und ich bemühe mich, nicht in Panik zu geraten. Ich könne ihm vertrauen, hat er mir mehr als einmal deutlich gemacht. Und das möchte ich! Ja, er hat gefährliche Vorlieben – eine ganze Menge davon! Aber er ist kein Gewalttäter!

Ich halte die Luft an, als ich spüre, dass er den Stoff meines Kleides am Ausschnitt aufnimmt. Meine Hände balle ich zu Fäusten, um die Anspannung besser aushalten zu können. Mir ist klar, was er gleich tun wird – was er mit dem Messer plant. Ich könnte erleichtert sein, immerhin bin nicht ich das Ziel. Aber ich fürchte mich, und zwar vor dem, was ich gerade zu fühlen beginne: eine toxisch anmutende Lust, die mir völlig fremd ist.

52

Nichts an dieser Situation ist angenehm oder gar anregend. Und doch gerate ich zunehmend in einen unheilvollen Rausch. Als er die Klinge ansetzt, um den Stoff zu entzweien, ist es der Reiz der Gefahr, der eine ungekannte Empfindung in mir heraufbeschwört: eine dunkle Begierde, die sich so verboten anfühlt, dass ich glaube, mich im falschen Körper zu befinden. Ich kenne mich nicht mehr und erlebe zum ersten Mal, wie sehr ich beim Sex beherrscht werden will. Jedenfalls von einem Mann, dem ich vertrauen kann … der mir niemals etwas Böses zufügen würde.

Ich spüre eine Woge der Lust durch meinen Körper ziehen. Langsam breitet sie ihre Dunkelheit in mir aus wie ein Gespenst, dass von Zimmer zu Zimmer schwebt und einen Schleier der Angst mit sich zieht. Ich will schreien und diese törichten Gefühle verschwinden lassen und ebenso möchte ich, dass Marc sie weiter anheizt mit seinem anrüchigen Vorgehen.

Vorsichtig gleitet er mit dem Messer durch den samtigen Stoff, der sich hervorragend für dieses gewagte Spiel eignet. Dieses Kleid war niemals dafür gedacht, meine Outfits mit einer edlen Abendrobe zu ergänzen. Marc hat nicht eine Sekunde in Erwägung gezogen, mich in diesem Traumkleid auszuführen. Es gehörte zu seinem Plan, es zu zerstören. Und wie ungehindert eine Klinge durch dieses Material fährt, hat er natürlich gewusst.

Abschnittsweise arbeitet er sich vor und stoppt nach jeder kleinen Etappe. Ich weiß genau, warum er das tut – dass er dieses riskante Abenteuer mit jeder Faser seines Körpers genießt und es möglichst lange hinauszögern will.

Völlig reglos … kaum atmend … verfolge ich den Weg der Klinge … spüre jeden Millimeter, als würde sie meine Haut streifen. Das Adrenalin überwältigt mich förmlich und schießt wie ein wildes Monster durch meine Blutbahn. Ich bin wie auf Droge … will versinken in diesem neuen Gefühl, das mich überschwemmt und mir den Weg in eine lustbringende Hölle ebnet. Ich kann mir nicht erklären, wieso mich dieses waghalsige Manöver über meinen Körper so sehr erregt. Wahrscheinlich bin ich ähnlich wie Marc von einer Finsternis umgeben, die immer machtvoller in Erscheinung tritt. Ich werde mich selbst neu kennenlernen müssen, um zu verstehen, wer ich eigentlich bin.

Als das Messer den Saum am unteren Ende des Kleides durchtrennt, wage ich endlich, wieder richtig zu atmen. Ich ziehe den Sauerstoff tief in meine Lungen und bemerke erst jetzt die Schweißtropfen auf meiner Stirn.

Marc steckt das Werkzeug zurück ins Messerbrett und erlaubt sich danach ein zufriedenes Schnaufen. Sicher betrachtet er mich jetzt … lüstern … aufgeheizt.

Sein Finger berührt meinen Hals und reist seitlich nach unten, um die zerrissene Hälfte meines Kleides beiseitezuschieben. Das Gleiche macht er auf der anderen Seite, sodass er einen freien Blick auf meinen Körper erhält. Sein wilder Atem ist deutlich zu hören und nimmt an Intensität zu, als er mit beiden Händen über meine Brüste fährt.

Ich bemühe mich, ein Aufstöhnen zu vermeiden, denn seine Finger beginnen mit meinen Spitzen ein reizvolles Spiel.

„Es macht dich an … alles!", bemerkt er atemlos und aufgewühlt, mich so hingebungsvoll zu erleben.

„Nein", erlaube ich mir zu sprechen und gleichzeitig zu lügen. Seine neu erwachte Überheblichkeit soll schließlich keine weitere Nahrung gewinnen. Zudem sind mir meine fremden Gelüste nicht nur unangenehm, sondern unheimlich. Dass ausgerechnet *ich* wild auf „dunklen Sex" bin, ist grotesk!

„Verflucht, Lea, streite es nicht ab!", verstimmt ihn mein Leugnen, nicht jedoch mein Regelverstoß, gesprochen zu haben. „Deine körperlichen Anzeichen sind überdeutlich. Du bebst … glühst … bist mehr als willig, dich mir zu unterwerfen. Sobald ich dich berühre, saugst du dieses Gefühl in dich hinein wie eine Süchtige." Er reißt mir die Augenbinde vom Kopf und packt mein Kinn. „Du willst kommen! Und ich wette, es wird eine Sache von Sekunden sein, bis du deinen Orgasmus wild herausschreist."

„Bild' dir mal nichts ein!", wehre ich mich gegen seine unbescheidene Behauptung, die ihn wie einen Sex-Gott aussehen lässt. „Ich bin nicht wie deine Bettmiezen zuvor."

„Nein, Lea, ganz gewiss nicht!", stimmt er mir überraschenderweise zu. „In dir steckt ein Feuer, wie ich es noch bei keiner anderen Frau erlebt habe."

„Oh", sage ich verblüfft, da ich so etwas nie vermutet habe.

Marc lächelt … keck … siegessicher. Er weiß, wovon er spricht – kennt die Frauen besser, als sie sich selbst. Er lässt mein Kinn los und umfasst mit beiden Händen meinen

Po. Er zwinkert mir zu und geht langsam in die Knie. Dabei küsst er sich meinen Bauch hinab, bis er an meinen Leisten angekommen ist und sie mit den Fingern nachzeichnet. Ich zucke dabei leicht und spüre plötzlich seine Zunge über meinen Venushügel fahren. Sachte arbeitet er sich bis zu meiner Lustzone vor und beginnt sein sinnliches Spiel … erfahren … meisterlich.

Ich kann nicht an mich halten und fiepse wollüstig, ja, gierig auf! Es kann unmöglich sein, dass er Recht behält und mein Körper längst auf einen bevorstehenden Ausbruch vorbereitet ist. Wie stehe ich denn da? Ein Mädchen mit dunkler Vergangenheit lechzt danach, an einer Fesselwand unterworfen zu werden? Das kann unmöglich sein! Deshalb werde ich auch nicht früher kommen als sonst. Marc liegt falsch!

„Mein Gott!", rufe ich verwirrt aus, als mein Höhepunkt fast gewaltsam und ohne viel Zutun von Marc wie ein aufgestautes Magmafeld durchbricht.

53

„Mach mich bitte los, Marc! Meine Arme ...!", bettle ich, nachdem mich die letzte Woge meines abrupten Höhepunktes verlassen hat. Auf einmal ist er spürbar, der Schmerz meiner viel zu festen Fesselung.

Marc springt zurück auf seine Beine und zieht wahllos eines der Messer aus dem Holzbalken. Dass er mir kein Safeword zugestanden hat, scheint nun keine Rolle mehr zu spielen. Schwungvoll setzt er die Klinge an und durchtrennt eilig meine Handfesseln. Gleich darauf steckt er das Messer zurück und beugt sich runter, um sich den Fußgelenkmanschetten zu widmen. Schnell öffnet er auch sie ... Schnalle für Schnalle ... und lässt keine unnötige Zeit vergehen. Ich bin dankbar für sein sofortiges Handeln. Erst jetzt fällt mir auf, wie energielos ich bin. Kaum hat er die Verschlüsse gelöst und sich wieder aufgestellt, neige ich mich ihm erschöpft entgegen.

„Es ist alles gut, Liebes, lass dich fallen", sagt er leise und fängt mich auf, um mich in seine Arme zu heben.

Ich bin zu erschöpft, meine Hände um seinen Hals zu legen. Stattdessen überlasse ich es Marc, die Last meines müden Körpers ohne meine Hilfe zu tragen. Aber es scheint ihm keine Mühe zu bereiten, mich fortzubringen … die Treppen nach oben, bis wir mein Zimmer erreichen. Mit dem Fuß drückt er die Tür weiter auf, sodass er mit mir problemlos die Schwelle übertreten kann. Er achtet sorgsam darauf, nicht irgendwo gegenzustoßen und legt mich danach behutsam aufs Bett.

Das Licht der Nachttischlampe spendet ein gedämpftes Licht und ich kann die Sorge in seinem Gesicht erkennen, zu weit gegangen zu sein – mir zu viel abverlangt zu haben. Er könnte alte Wunden bei mir aufgerissen oder ein längst verarbeitetes Trauma wiederbelebt haben.

„Möchtest du nicht zu mir kommen?", frage ich ihn betrübt, als er sich zurückzuziehen will.

„Nichts lieber als das", antwortet er freudlos, aber mit einem milden Lächeln.

Er sieht verunsichert aus – als befürchtete er, einen großen Fehler begangen zu haben.

„Na dann komm her!", sage ich anordnend und lasse durchblicken, kein Nein zu akzeptieren.

Marc fügt sich und legt sich zu mir aufs Bett. Seitlich eingerollt schmiegt er seinen Kopf an meine Brust.

„Lea, was habe ich bloß getan? Du bist viel zu zerbrechlich für dieses Spiel. Wenn du mich jetzt hasst, kann ich es verstehen."

Ich streiche mit der Hand über sein stoppeliges Haar und fühle seine Tränen auf meiner Haut. Das erste Mal seit wir uns kennen frage ich mich, ob er womöglich verletzlicher ist als ich.

„Du verwechselst meine Ängste mit Schwäche", mache ich Marc klar, mich falsch einzuschätzen.

Er hebt seinen Kopf an und sieht mich analysierend an ... perplex ... innehaltend ... mit einem Blick voller Bewunderung.

„Ich will diese Dinge auch", rede ich weiter und bin bereit, ihm meine neu entdeckten dunklen Begierden zu offenbaren. „Das spüre ich schon eine Weile, aber ich konnte nicht mit dir darüber reden. Ich schäme mich dafür, denn das erscheint mir nicht normal."

Marc richtet sich auf und reibt sich das Gesicht trocken. War er eben noch emotional zerstreut und sein sonst so unbeirrtes Selbstbewusstsein leicht verbeult, kehrt er flugs in diesem Augenblick zu seiner gewohnten Souveränität zurück.

„Was ist schon normal?", gibt er zu bedenken und spielt mit einer Haarlocke, die über meine Schulter gefallen ist und sich auf der

Decke ausgebreitet hat. „Blümchensex in der Missionarsstellung? Oder ist dies einfach nur eine von vielen Methoden, sich sexuelle Befriedigung zu verschaffen?"

Ich sage nichts dazu und erlaube mir, still über diese Worte nachzudenken. Auf solch entspannte Weise habe ich diese unschickliche Angelegenheit noch gar nicht gesehen. Normalität ist schließlich keine DIN-Norm und wohl eher eine wenig objektive Betrachtungsweise.

„Trotzdem war es falsch von mir, dich so tief in meine Welt einzuführen", fährt er fort, sein Handeln infrage zu stellen. „Nicht jetzt – nicht in einer Zeit, in der dein Leben bedroht ist. Diese Gefahr ist real für dich! Da brauchst du nicht auch noch ein gefährliches Liebesspiel, das dir Angst macht!"

„Vielleicht kannst du es ja wiedergutmachen", erwidere ich reflexartig, ohne die Absicht, ihn zu irgendetwas zu verpflichten.

„Wie?", springt er direkt auf meine unbedachte, belanglose Bemerkung an und verleiht ihr dadurch mehr Gewicht.

„Na ja … ich weiß nicht", sage ich mit zusammengezogenen Augenbrauen und möchte meine leichtfertig ausgesprochene Äußerung wieder zurücknehmen. Immerhin sehe ich nicht wirklich einen Grund, ihn zu einer Wiedergutmachung zu verdonnern. Mir geht es gut! Aber Marcs Gesichtsausdruck wird zunehmend finsterer und er wartet auf meine Antwort. Offenbar befindet er, schuldig zu sein, mir mit der Fesselwand zu viel auferlegt zu haben.

Marc streckt mir die Hände zu und sieht mich unruhig, aber entschlossen an.

„Fessle mich und nimm dir, was du willst!", schlägt er mir allen Ernstes vor. Dabei ist uns doch beiden klar, dass er nicht in der Lage ist, sich zu unterwerfen.

„Nein, Marc, das funktioniert nicht!", erinnere ich ihn an sein Bedürfnis, die überlegene Position beim Sex nicht aufzugeben.

„Ich werde es durchstehen", macht er allein mit diesen Worten deutlich, welch ein innerer Kampf es für ihn wäre, unterlegen zu sein.

„Das tut dir nicht gut", lehne ich es weiter ab, auf seine Forderung einzugehen.

„Jetzt nimm dir endlich irgendein geeignetes Utensil und fang an!", befiehlt er nervös und wirkt alles andere als erbaut von seinem eigenen Vorschlag. Doch er scheint sich in den Kopf gesetzt zu haben, einen Ausgleich schaffen zu wollen. Obwohl ich darauf gar nicht bestehe.

Ich sehe mich im Zimmer um und bleibe mit meinem Blick an der Schachtel hängen, in der mein Kleid gelegen hatte. Die Schleife darum wäre lang genug. Also rutsche ich auf der Matratze etwas herunter und wickle das breite, zarte Band ab.

Marc sitzt reglos auf der aufgeschlagenen Bettdecke und sieht mir dabei zu. Als ich zu ihm zurückkrabble und damit beginne, das Band um seine Handgelenke zu legen, spüre ich seine zunehmende Anspannung.

„Mach es fester!", erteilt er mir eine weitere Order und übernimmt sogar in diesem Moment die Führung.

„Von nun an gibst du keine Anweisungen mehr!", begehre ich auf und ziehe die Fesselung strammer.

Marc sieht plötzlich verstört aus. Ob es daran liegt, die Kontrolle abgeben zu müssen oder weil er sich an etwas Traumatisches erinnert, kann ich nicht sagen.

Prompt überlege ich, alles abzubrechen, aber er erkennt meine Zweifel und schüttelt den Kopf.

Also lege ich meine Hand auf seinen Brustkorb und drücke ihn sanft nach hinten, damit er sich auf den Rücken legt. Er versteht und pariert. Als er seine liegende Position gefunden hat, ziehe ich seine Arme nach hinten.

Ich beabsichtige, seine Hände ans Bettgestell zu binden, obwohl mir dabei nicht wohl ist. Marc sieht nicht so aus, als würde er dieses Spiel leichtnehmen, geschweige denn durchhalten.

„Ich verbiete dir nicht das Sprechen", stelle ich meine eigene Regel auf, um Marc die Möglichkeit zu geben, mir seine Gefühle mitzuteilen oder alles abzubrechen. „Sag, wenn es dir zu viel wird."

Marc nickt stumm und verliert eine Träne, die seitlich seine Schläfe hinabläuft.

„Wir müssen das hier nicht tun", schmerzt es mich, ihn so gequält zu sehen.

„Lea, bitte zögere es nicht hinaus und sorge für Gerechtigkeit zwischen uns", verlangt er und wendet seinen Blick ab.

Also mache ich weiter und verbinde seine gefesselten Hände mit dem metallenen Kopfteil des Bettes. Als ich fertig bin, begebe ich mich an seine Seite und streiche über seine Bartstoppeln.

„Ich werde dich jetzt berühren", kündige ich meinen ersten Schritt an. „Okay?"

Marc nickt und sieht bereits jetzt mitgenommen aus.

Meine Finger starten auf seiner Brust und fahren durch die Behaarung. Ich staune, wie sehr es mir gefällt, ihn zu ertasten. Seine Haut ist wie eine heiße Thermalquelle. Jede einzelne Pore strahlt Hitze aus. Trotz dieser für ihn unangenehmen Situation, wehrlos zu sein, ist sein Verlangen, mit mir zu schlafen, ungebrochen. Doch als meine Finger hauchzart seinen Bauch hinabreisen und den Knopf seiner Jeans zu fassen bekommen, erkenne ich das Leid in seinem Gesicht, das er als kleiner Junge durchlebt haben muss.

54

Ich warte kurz ab und bin darauf eingestellt, von ihm gestoppt zu werden. Aber er bleibt ruhig und bewegt sich nicht … bemüht sich darum, am bitteren Zauber dieser ungewohnten Umstände Gefallen zu finden.

Also öffne ich erst den Hosenknopf und kurz darauf den Reißverschluss. Er trägt mal wieder nichts drunter … das kann ich bereits sehen. Behutsam schmuggeln sich meine Finger in die Öffnung und streifen seinen Schaft nur geringfügig. Ich spüre Marc zucken und nehme seine innere Zerrissenheit wahr. Er will den Genuss erfahren, den ihm meine Hand bereiten kann, aber ebenso sehr möchte er dieser Situation entfliehen.

Ich entscheide, Marc die Jeans von den Beinen zu streifen … langsam … aufgeregt, er könnte es nicht wollen. Aber er lässt es geschehen und arbeitet mit.

„Zieh dein zerrissenes Kleid auch aus!", macht er plötzlich eine Ansage und verblüfft mich damit. Eigentlich dachte ich, diesmal die Entscheidungen zu treffen. Doch Marc wird niemals in der Lage sein, die Führung beim Sex abzugeben.

Nachsichtig lächelnd tue ich, was er verlangt ... gemächlich ... nach und nach ...
streife ich erst den einen, dann den anderen
Fetzen von den Schultern und schlüpfe aus
den Ärmeln raus. Den Stoff werfe ich danach
in den Raum.

„Zufrieden?", frage ich amüsiert und rutsche zum Kopfende des Bettes. Ich lege meine
Hand auf seine Wange und küsse flüchtig
seine Lippen.

„Du bist wunderschön, Lea ...", flüstert er
ergriffen von seinen eigenen Gefühlen und
wirkt ungewohnt sentimental, „und eine erstaunlich starke Frau. – Wo nimmst du nur
diese Kraft her? Dein früheres Leben muss
schrecklich gewesen sein. Jetzt machst du so
viel durch ... und trotzdem leuchtest du wie
ein Engel."

Ich muss schmunzeln und sage nichts
dazu. Marc schenkt mir das gleiche Lächeln
und bewegt sich leicht ... vielleicht um seine
Arme um mich herumzulegen. Aber die Fesselung ist zu stramm. Seine Hände haben keinen Spielraum.

„Bring es zu Ende, Lea ... das, was du mit
mir vorhast!", fordert er und ballt seine
Fäuste.

„Schaffst *du* es denn *mir* zu vertrauen?", frage ich skeptisch, als ich seine wiederkehrende Anspannung ausmache.

„Ich hab mich von dir an dieses Bett festmachen lassen. Ist das nicht bereits die Antwort auf deine Frage?", erinnert er mich an seine missliche Lage.

„Ja, du hast Recht", gebe ich zurück und glaube nicht, dass er sich im Klaren darüber ist, wie viel Vertrauen er für dieses Spiel aufbringen muss. Ich gleite etwas nach unten und lege meine Hand auf seinen Bauch. Von hier aus reise ich in Zentimeterschrittchen zu seiner Leiste und fahre mit dem Finger zum Ansatz seines Schafts. Er ist bereit, von mir berührt zu werden. Markant … unmissverständlich … zeigt er sich mir in voller Größe.

Federleicht legen sich meine Finger um ihn herum und beginnen eine kaum wahrnehmbare Bewegung, um keine Abwehrreaktion auszulösen. Aber Marc atmet die Nervosität weg und schließt die Augen. Also erhöhe ich den Druck ein wenig und bringe mich in Position. Meine Hand spielt mit ihm … bereitet ihm einen unbekannten Genuss, den er bisher nie zulassen konnte. Doch jetzt scheint es ihm zu gelingen und er ist bereit, sich mir vollständig hinzugeben. Deshalb gehe ich noch einen Schritt weiter und lege meine Lippen zart über seinen Schaft … führe ihn in meinen Mund ein und umschließe ihn wie eine schützende Hülle.

„Meine Güte, Lea, was machst du mit mir?", ruft Marc aus und zieht an den Fesseln. Natürlich hat er das noch nicht erlebt! Wie auch, wenn ihn keine Frau auch nur berühren durfte.

Aber auch wenn seine Stresshormone womöglich gerade seinen Körper fluten, kann ich fühlen, wie sich seine Erregung maximiert und die Härte in meinem Mund zunimmt.

Ich passe mich seinem Überschwang an und steigere das Tempo. Doch damit habe ich nicht gerechnet! Unerwartet reißt Marc mit voller Kraft an den Fesseln. Das wenig belastbare Material springt von seinen Handgelenken ab, als wäre es dünnes Garn.

„Verflucht noch mal, Lea, du bringst mich um den Verstand!", stößt er aus und packt mich wie ein wildes Tier.

Er zieht mich zu sich heran und rollt sich auf mich.

Alles geschieht so schnell, dass ich ihn verwirrt gewähren lasse. Auch als er mein Becken anhebt und den Eindruck erweckt, ohne Einwilligung in mich einzudringen, halte ich ihn nicht zurück. Denn jetzt erinnere ich mich wieder … an die Blankovollmacht, die ich ihm für heute gegeben habe. Er braucht mich nicht zu fragen und kann sich nehmen, was er will!

„Keine Angst, Lea, ich werde dir genau das geben, was du brauchst", lässt er durchblicken, sich noch zu kontrollieren – nicht unbeherrscht über mich herzufallen.

Ich versuche, mich zu entspannen und seine Worte als Einladung zu verstehen, ihm zu vertrauen. Trotzdem umkralle ich seine Oberarme fest, als müsste ich mich auf einen Kometeneinschlag vorbereiten.

Marc spürt mein Unbehagen und wartet noch – gibt mir Zeit, meine innere Unruhe abzubauen. Aber ich kann sie deutlich sehen … die Hochspannung, unter der er steht. Er ist ein Getriebener … aufgestachelt von seiner ungezähmten Lust. Nichts könnte ihn jetzt noch aufhalten! Und wenn die Welt unterginge … er würde sein Feuer ein letztes Mal befreien und sich einfach alles nehmen!

55

Temperamentvoll dringt er in mich ein … heftig … mit der Absicht, ungezügelt vorzugehen. Noch reagiert er auf mein verkrampftes Kneifen in seine Oberarme – sieht nicht über mein Gefühlschaos hinweg, das sein Handeln ohne meine Zustimmung auslöst. Er weiß, dass er sich auf einem schmalen Grat bewegt, weil seine Blankovollmacht vielleicht erloschen ist … sie nur an der Fesselwand Gültigkeit erhielt. Aber er wird seinen hitzigen Vorstoß jetzt nicht mehr abbrechen und mich in Besitz nehmen … berauscht von dem Vorspiel, das ich ihm bereitete.

Trunken vor Ekstase stößt er zu … unbeirrt … hart … und wenig duldsam. Jetzt wird er es tun … sich das erste Mal befreien und mich auf seine Weise nehmen. Die Fesselwand war nur der Auftakt zu einem dunklen Finale mit mir, von dem er von Anfang an geträumt hat.

Was hindert mich also jetzt daran, mich angsterfüllt an seine Arme zu klammern und an eine gewaltvolle Zeit mit Ben zurückzudenken? Ist mein Vertrauen zu Marc inzwischen unerschütterlich?

Er sagte mir gerade noch, mir genau das geben zu wollen, was ich brauche. Und ja, ich glaube ihm, weil er mich bisher niemals belogen hat.

Als er mit seinen nächsten Stößen kompromisslos in mich einbricht, ergebe ich mich und lege meine Arme hinter meinem Kopf ab. Ich will erleben, wie er seine entbrannte Leidenschaft immer weiter entfesselt und mich auf schamlose Weise nimmt.

Marc ergreift meine Handgelenke und umfasst sie … unerbittlich … fest … dass sie zu schmerzen beginnen.

War ich mir eben noch sicher, endlich loslassen zu können, bin ich plötzlich angespannt. Jede Zelle in mir, ja, jedes Atom, aus dem ich bestehe, erstarrt und ich erwarte, vergangenes Leid wieder zu erleben.

Marc spürt meine Verunsicherung, die sein scheinbar rücksichtsloses Vorgehen verursacht. Doch er lässt sich nicht beirren und wirkt unbezähmbar. Denn nun rückt er tiefer in mich vor und hebt meinen Unterleib weiter an. So wie er es in unserer ersten Nacht getan hatte, um meinen G-Punkt zu treffen und mir ein neues sinnliches Erlebnis zu schenken.

Ich halte die Luft an, als ich den Funken bemerke, der in mir aufzublitzen beginnt und sich in Windeseile vervielfacht. Oder ist es die

Welt, die plötzlich stehen geblieben ist, sodass ich meine Aufmerksamkeit so unvermeidlich nach innen richten kann?

Erst fiepse ich nur leise, weil der emporkriechende Höhepunkt sich wie ein Lüftchen ausgibt, das kaum spürbar ist. Aber als sich Marc herausnimmt, rau und vehement, ja, fast gewaltsam in mich einzufallen und den schmerzhaften Druck um mein linkes Handgelenk erhöht, glaube ich, innerlich zu zerspringen. Es brechen alle Dämme und ich schreie die Explosion aus mir heraus.

„Verdammt, so wollte ich dich sehen!", kann Marc noch sagen, bevor auch er von einem wütenden Orgasmus heimgesucht wird.

56

Ich öffne die Augen … müde … orientierungslos. Mein Kopf ruht an Marcs Brust.

Er schläft. Trotzdem hält er mich mit seinen kräftigen Armen so fest, dass ich mich kaum bewegen kann. Sein Bein umschlingt mich ebenfalls, als wollte er mich vor allem Bösen dieser Welt beschützen.

Als ich mich bewege, um mich von Marc zu lösen, wird er wach.

„Wo willst du hin?", fragt er schläfrig und zieht mich zurück.

„Im ganzen Haus brennt noch das Licht", mache ich ihn darauf aufmerksam, eine Verantwortung zu haben, schließlich sind wir hier nur Gäste.

„Ist doch egal, lass uns weiterschlafen", erwidert er gähnend und schert sich nicht darum.

„Und was ist mit dem Kamin … oder den Kerzen im Keller? Nicht, dass das Haus noch abbrennt."

„Dann kaufe ich Finja ein neues", nimmt er meine Bedenken nicht ernst.

Ich schüttle lächelnd den Kopf und rutsche vom Bett.

„Komm zurück!", fordert Marc verschlafen.

Doch ich bin schon aufgestanden und ziehe mir mein Nachtshirt über ... das rosafarbene mit den hellblauen Schafen. Ich schlüpfe in meine Mauspantoffeln und gehe zur Tür. Eine wohlige Wärme kommt mir aus dem Flur entgegen. Der Kamin hat das Haus angenehm temperiert. Als ich zum Geländer schlurfe und runter ins Wohnzimmer schaue, kann ich nur noch die Glut erkennen.

Ich tapse die Stufen nach unten ... vorsichtig, damit ich die Blütenblätter nicht weiter zertrete. Unten angekommen steuere ich direkt auf den Kamin zu, um das Schutzglas weiter ranzuschieben.

Doch als ich mein Ziel erreicht habe, legt sich plötzlich eine Hand auf meinen Mund und jemand zieht mich brutal zurück.

Ich kann noch ein kurzes Quieken von mir geben, bevor mir der Lauf einer Pistole an die Schläfe gedrückt wird.

„Schnauze halten!", verlangt ein Kerl im Flüsterton von mir. Er zerrt mich rücklings Richtung Haustür ... will mich offensichtlich verschleppen.

Auf einmal kann ich ihn sehen – im Spiegel. Er ist einer der drei Typen, die Nick und mich vor meinem Haus überfallen haben. Der letzte, den die Polizei noch nicht geschnappt hat. Seinetwegen habe ich weiter in Angst gelebt. Und nun hat er mich erwischt!

Es gibt kein Entkommen, denn ich bin nicht stark genug, mich gegen diesen Muskelprotz zu wehren. Marc schläft und das Haus steht isoliert zwischen zwei Anhöhen. Niemand wird etwas mitbekommen, wenn er mich draußen erschießen will. Denn im Spiegel kann ich den Schalldämpfer erkennen ... und mir wird schlagartig klar: Er plant, seine Waffe zu benutzen!

57

Panik bricht in mir aus bei dem Gedanken, mein Leben könnte gleich vorbei sein. Noch bin ich nicht bereit, diese Welt zu verlassen. Ich brauche weitere Zeit – gerade jetzt, wo ich dabei bin, mich neu zu entdecken.

Mein Kampfeswille erwacht, doch der Typ muss es spüren, denn er zieht kräftiger an mir, um mich schneller aus dem Haus zu schaffen.

Mir kommt ein Satz in Erinnerung, den ich in der Kampfschule aufgeschnappt habe:

Es gibt immer einen Weg, sich aus einer scheinbar aussichtslosen Situation zu befreien.

Also reagiere ich so, wie ich es bei den Schülern gesehen habe. Ich lasse mich einfach fallen, sodass der Kerl gezwungen ist, mich aufzufangen.

„Was soll das, du dämliche Schlampe?", fährt er mich an und verliert bei dem Versuch, mich oben zu halten, seine Waffe.

Schnell kicke ich sie mit dem Fuß beiseite und stoße meine Hüfte nach hinten. Unsere Verbindung ist gelöst, also schwinge ich herum und trete ihm mit ganzer Kraft in den Schritt.

Er jault auf und krümmt sich vor Schmerz. Ich blicke zum Kamin, aber der Schürhaken fällt zur Selbstverteidigung aus. Der liegt noch im Keller … irgendwo zwischen Tisch und Fesselwand. Schnell greife ich zur schmiedeeisernen Schaufel, da sich der Typ wieder fängt und zähnefletschend auf mich zueilt. Ich hole aus und befürchte, ihn mit meinem Kaminbesteck nicht aufhalten zu können. Er ist ein Bulle von einem Mann und wirkt unzerstörbar!

Doch plötzlich fegt eine Faust an mir vorbei und trifft den Kerl in seine schaurige Visage. Marc hat mit voller Kraft zugeschlagen, sodass das Blut nur so durch die Luft spritzt. Der Typ schwankt noch ein wenig hin und her, bevor er bewusstlos zu Boden fällt.

Ich kann kaum glauben, dass Marc ihn mit einem einzigen Boxhieb niedergestreckt hat!

„Alles okay?", fragt er mich – in Jeans und blankem Oberkörper –, ohne die weitere Gefahr hinter sich zu bemerken.

„Mhm", bringe ich nur nickend hervor, da von der Treppe aus eine Pistole auf mich gerichtet ist und mir ein Zeichen gegeben wurde, still zu sein.

Marc gibt sich mit meiner wortlosen Antwort zufrieden und wendet mir den Rücken zu.

„Wie kommt dieser Dreckskerl hier bloß rein?", fragt er, als er sich zu dem Killer nach unten beugt, um seine Taschen nach weiteren Waffen oder einem Ausweis zu durchsuchen.

„Ich habe ihm einen Schlüssel und den Code für die Alarmanlage gegeben", folgt prompt die Antwort, womit Marc gewiss nicht gerechnet hat.

Langsam hebt er seinen Kopf, doch die Stimme kam aus der entgegengesetzten Richtig … aus meiner.

Während sich Marc allmählich … mit angespannten Muskeln … starr wirkend … erhebt, staune ich darüber, wie schnell sich das Blatt wieder wenden kann. Denn erneut wird mir eine Pistole an den Kopf gehalten.

58

„Was soll das hier, Larissa?", fragt Marc mit finsterer Miene, nachdem er sich umgedreht hat.

„Sag mir lieber, was das mit diesem Flittchen soll!", gibt sie gereizt, ja, fast ein wenig hysterisch wirkend zurück.

„Nenn sie nicht so!", verlangt Marc und bemüht sich um einen ruhigen Ton.

„Wie dann? Vielleicht Miststück?", fällt ihr vergleichsweise glatt was Charmanteres ein, was Marc jedoch augenscheinlich anders sieht, denn seine Gesichtsmuskeln beginnen wild zu tanzen.

„Lass sie los!", befiehlt er furchterregend streng und reagiert nicht weiter auf Larissas wenig zielführende Konversation.

„Ja, mache ich", erwidert sie mit einem hämischen Lachen. „Aber erst, wenn sie tot ist."

Ich versteinere – stehe da wie eine meiner Skulpturen. Sogar das Atmen habe ich fast eingestellt. Wenn sie jetzt abdrückt, ist alles vorbei! Langsam gewöhne ich mich an die Vorstellung, mein Leben zu verlieren … auf solch dramatische Weise! Womöglich ist mir dieses Ende vorherbestimmt … die gerechte

Strafe für eine Mörderin, die ich vermutlich bin.

„Um Himmels willen, Larissa, nimm die Waffe runter!", fleht Marc sie an und hebt beide Arme hoch, um alarmiert mit den Händen zu wedeln. In seinem Gesicht ist blanke Panik zu erkennen und Verzweiflung, weil er in dieser Situation machtlos ist.

„Verlass' sie und ich überlege es mir vielleicht anders", bietet sie einen Ausweg an, der sich irgendwie schräg anhört.

„Und was dann, Larissa?", findet Marc ihr Ansinnen wohl ebenfalls befremdlich. „Werden wir beide wieder ein Paar? – Denkst du ernsthaft, ich könnte vergessen, was du hier abgezogen hast … dass du drei Auftragskiller auf Lea angesetzt hast … wegen deiner wahnwitzigen Eifersucht … **und dass dabei verflucht noch mal ihr Leibwächter ums Leben gekommen ist!?**", schreit er seine letzten Worte aufgebracht heraus. „Er hatte Frau und Kinder und wegen deinem kranken Festhalten an unserer Vergangenheit ist jetzt eine Familie zerstört! Glaube mir, Larissa, das könnte ich niemals einfach so vergessen!"

„Dazu wärst du also nicht in der Lage, ja?", gibt sie feindselig von sich … in einer schrillen Stimmlage. „Aber mich für diese

Schlampe zu verlassen, ist dir ganz leicht gefallen."

„Meine Güte, du verdrehst ja alles!", sieht Marc die Sache anders. „Ich habe dich niemals für Lea verlassen, weil wir seit Langem getrennt sind!"

„*Getrennt sein* nennst du das also?", wiederholt sie beinahe weinerlich den Kern seiner Aussage und zeigt ihr verletztes Ego ganz offen.

Marc tänzelt unruhig auf der Stelle herum, weil ihm wohl immer klarer wird, wie heikel dieses Thema ist. Er sieht zu mir, statt zu seiner Ex-Freundin, die mir den Lauf ihrer entsicherten Pistole gewaltsam gegen meine Schädeldecke presst.

„Wir hatten nur dieses eine Mal Sex, Lea. Mehr war da nicht."

„Ich weiß", gebe ich kaum hörbar zurück, während eine Träne ungehindert meine Wange hinabrollt.

Natürlich sagt er die Wahrheit. Das hat er immer getan, selbst wenn eine Lüge bequemer gewesen wäre.

„Nein, wie süß!", zerstört Larissa diesen kurzen Moment, der nur Marc und mir gehörte und eventuell der letzte war. „Weiß sie auch, wie hart wir es getrieben haben ... wie wild du über mich hergefallen bist?"

„Ich hab ihr alles erzählt", antwortet er seiner Ex tonlos und sieht mich weiter an … aufmerksam … besorgt, ich könnte ihn erneut verurteilen.

„Ach, hast du das!", klingt sie wenig begeistert, keinen Keil zwischen uns treiben zu können.

Ich spüre Larissas zunehmende Überreizung immer deutlicher – wie ihre Hand, mit der sie die Waffe hält, zu zittern beginnt und ihr Zeigefinger nervös über den Abzug rutscht. Jetzt müsste ich panisch werden und um mein Leben betteln. Aber ich ergebe mich der Situation und den Bildern in meinem Kopf, die sich soeben erneut zu formen beginnen.

Ich drifte ab in diese verschollene Erinnerung, die so machtvoll in meinen Geist zurückdrängt, dass ich Marc und Larissa nicht mehr hören oder sehen kann. Stattdessen erblicke ich *mich* – am Rande einer offenen Grabstelle. Vor mir steht jemand und zielt mit einer Pistole auf mich. Ich habe Angst, weil ich sterben werde und mich niemand retten kann. Gleichzeitig fürchte ich mich davor zu schießen. Denn auf einmal erkenne ich sie! Die Person, die eine Waffe auf mich richtet, bin ich selbst! Meine Hände umfassen den Griff und mein Finger wird jeden Augenblick den Abzug drücken. Ich bin zwei Personen zugleich! Opfer und Mörderin! Wie kann das sein?

„Wieso Marc?", höre ich Larissa plötzlich fragen und kehre augenblicklich in die Gegenwart zurück.

Die Bilder dieser undurchsichtigen Erinnerung verschwinden so blitzartig, wie sie gekommen sind, als wäre eine Seifenblase geplatzt und unwiederbringlich verloren.

„Warum ist bei ihr alles anders?", quält sie Marc, aber vor allem sich selbst mit weiteren Fragen. „Sie ist doch nur ein scheues Mauerblümchen. Weshalb bitteschön willst du mit *ihr* zusammen sein?"

„Weil ich sie liebe, Larissa!", erwidert er zu ihrer, aber vor allem zu meiner Überraschung. „Ich liebe sie, okay?"

59

„Das ist Blödsinn, Marc!", bemerkt Larissa aufgebrachter als zuvor. „Du hast noch nie jemanden geliebt. Zu lieben bist du gar nicht fähig! Das hast du mir nicht nur einmal gesagt!"

„Ja, so war es auch", stimmt er ihr mit gebrochener Stimme zu und wischt sich eine Träne aus dem Augenwinkel. Dabei blickt er mich angsterfüllt an, mich jeden Augenblick zu verlieren. „Aber das hat sich geändert, als ich Lea begegnet bin." Er wechselt den Blick zu seiner Ex-Freundin und verwandelt seine Mimik zur selben Zeit. Mit einem Gesichtsausdruck, der blanken Hass ausdrückt, sieht er sie an. „Und deshalb wirst du jetzt endlich zur Vernunft kommen und die Pistole runternehmen! Denn ich werde nicht zögern, dich umzubringen, solltest du ihr auch nur ein Haar krümmen!"

Seine Worte klingen überaus bedrohlich und ich bin mir sicher, dass er sie ernst meint. Ich will nicht, dass er meinetwegen zu einem Killer wird, aber ich habe keine Ahnung, was ich tun könnte, um ihn vor einem großen Fehler zu bewahren.

Larissa antwortet mit einem Lachen, das überdreht klingt.

Er wird sterben!, höre ich meine innere Stimme sagen und verstehe nicht, wieso. Immerhin bin *ich* doch diejenige mit der Waffe am Kopf.

„Für sie würdest du wohl alles tun", ergänzt sie ihr gekünsteltes Lachen mit einer Erkenntnis, die sie spürbar trifft.

Du musst ihn retten!, kommt mir soeben in den Sinn und ich fühle mich wie fremdgesteuert, als ich zu unser aller Verblüffung mit meinem Ellenbogen ausschlage.

Die Pistole fällt zu Boden und rutscht wie ein Schlittschuh übers Parkett, bis sie von der geketteten Teppichkante des großflächigen Läufers aufgehalten wird.

Plötzlich fällt ein Schuss!

Doch es ist nicht Larissas Waffe, die ihn versehentlich abgegeben hat, obwohl sie entsichert ist. Marc krümmt sich auf einmal und ist voller Blut.

„Mein Gott, nicht ihn!", ruft Larissa verstört aus und weiß nicht, was sie tun soll.

Der Auftragskiller ist wieder erwacht und scheint eine Mordswut auf Marc zu haben. Er kann es unmöglich so stehen lassen, von ihm mit einem Hieb niedergeschlagen worden zu sein.

Ich springe – wie eine Torwartin nach dem Ball – auf die vorm Teppich liegende Pistole zu, lasse mich fallen und schnappe nach ihr.

Es fühlt sich vertraut an, sie zu halten.

Ich überlege nicht, sondern ziele und schieße dem Muskelprotz in die Hand, als er soeben einen weiteren Schuss auf Marc abgeben will. Seine Pistole fällt runter, aber es ist noch nicht vorbei!

„Du Schlampe!", schreit mich der Typ mit schmerzverzerrtem Gesicht an und stürzt auf mich zu.

Doch bevor er mich erreichen kann, feuere ich erneut … zweimal!

Mit blutenden Schienbeinen klappt er zusammen.

Unerwartet wird die Haustür aufgestoßen – mit brachialer Gewalt –, sodass das Holz zersplittert.

Polizisten stürmen das Haus mit gezogenen Waffen.

„Lassen Sie die Pistole fallen, sofort!", fordert einer von ihnen überlaut und zielt auf mich.

Ich kann nichts tun, denn ich bin wie erstarrt. Mir ist nicht klar, was hier gerade geschehen ist. Weshalb kann ich mit einer Waffe umgehen?

Steffen kommt auf einmal dazu. Oder war er längst dabei und ich bemerke ihn erst jetzt? Er legt seine Pistole beiseite … auf eine Anrichte … ganz langsam … deutlich … damit ich es sehen kann. Nun hebt er seine Hände an und bewegt sich nach und nach auf mich zu.

„Und jetzt machen Sie das Gleiche, Lea", spricht er mich mit betont weicher Stimme an. „Legen Sie sie auf den Boden. Sie können das."

Ich blicke Steffen verwirrt in die Augen. Was neben mir geschieht, weiß ich nicht. Ob Marc noch lebt und Larissa vielleicht mit einem Tuch auf seine Wunde drückt, kann ich nicht sehen. Denn mein Gesichtsfeld hat sich eingeschränkt und meinen Kopf zu bewegen, gelingt mir nicht. Ich beginne zu frieren und am ganzen Körper zu zittern. Alles, was ich jetzt noch wahrnehme, ist Steffen, der sich wachsam zu mir herunterbeugt und mir vorsichtig die Pistole aus der steifen Hand pflückt.

„So ist es gut", redet er sanft auf mich ein und schiebt die Waffe seinen Kollegen zu.

Sanitäter eilen herein und kümmern sich um die Verletzten. Handschellen klicken neben mir und Larissa wird abgeführt.

„Sie war es!", sage ich aufgelöst zu Steffen. „Larissa hat die Typen beauftragt, mich zu töten!"

„Ich weiß, Lea, darum sind wir hier", gibt er in einem seltsam betrübten Ton zurück, den ich so bei ihm noch nie wahrgenommen habe.

„Lebt Marc noch?", frage ich ängstlich, weil ich vermute, sein möglicher Tod könnte der Grund für Steffens Schwermut sein.

„Er wird versorgt", antwortet er knapp und sieht mich gequält an. „Ich muss Sie verhaften, Lea, wegen Mordes an Ihrem Zwillingsbruder Kai Waldeck."

60

Als ich am folgenden Morgen wach werde, habe ich höchstens zwei oder drei Stunden geschlafen. Ich konnte nicht aufhören, mich um Marc zu sorgen. Vielleicht ist er tot – erschossen von einem Killer –, weil es mir nicht gelungen ist, ihn zu retten. Ich wünschte, ich hätte gleich reagiert – hätte sofort auf meine innere Stimme gehört, die so lange Zeit nicht mehr in Erscheinung getreten ist. Früher war sie immer da ... warnte mich vor so manchen Gefahren durch den General oder Ben. Die letzten zwei Jahre jedoch – seitdem ich von Ben getrennt bin und ein freies Leben führe – war sie verschwunden und ich vergaß sie ... verlor die Erinnerung daran, als hätte es sie nie gegeben.

Ich schüttle den Kopf, als ich mich auf den Rand der ungemütlichen Schlafpritsche in meiner kahlen Gefängniszelle setze.

„Ich habe einfach alles vergessen", sage ich bedrückt zu mir selbst. „Warum weiß ich nichts von einem Zwillingsbruder?"

Meine Hände fahren grübelnd durch mein zerzaustes Haar.

„Es stimmt also", fahre ich mit meinen Selbstgesprächen fort und stehe auf. „Ich bin tatsächlich eine Mörderin!"

Meine Tränen sind nicht mehr aufzuhalten und von nun an habe ich nur noch *einen* Wunsch: zu sterben!

Die Tür wird aufgeschlossen und ein Polizist kommt herein. Er reicht mir ein Handtuch und ein Tütchen mit Waschutensilien.

„Wenn Sie möchten, können Sie sich etwas frisch machen", bietet er mir an und weist mir den Weg aus der Zelle.

Ich nicke und nehme seine milde Gabe dankbar entgegen.

„Müssen Sie mir keine Handschellen anlegen?", frage ich ihn verwundert, da ich schließlich eine gefährliche Person bin.

Er grinst … kratzt sich dabei am Kopf … sagt aber nichts dazu. Stattdessen geht er vor mir aus der Zelle, um mir den Weg zu den Waschräumen zu zeigen.

Stumm folge ich ihm und erkenne die Umgebung erst jetzt. Gestern Abend ist mir gar nicht aufgefallen, dass ich zu Steffens Dienststelle gebracht wurde. Ich war viel zu verstört, um zu erfassen, was genau um mich herum geschah.

„Bringen Sie mich danach zu einem Haftrichter?", versuche ich es mit einer erneuten

Frage, obwohl schon meine erste unbeantwortet blieb.

„Kommissar Baumann wird entscheiden, wie es mit Ihnen weitergeht. Er erwartet Sie bereits in seinem Büro", erklärt mir der Polizist, dass Steffen offenbar mein Scharfrichter ist. Ich bin überrascht, dass er über diese Kompetenz verfügt. Er hat mich doch verhaftet. Warum habe ich die Nacht also in einer Gewahrsamszelle der Polizei und nicht im Hochsicherheitstrakt eines Alcatraz-Gefängnisses verbracht?

61

Ich sitze dem Sheriff in seinem Büro gegenüber und warte darauf, dass er mir alles erklärt. Doch noch ist er mit administrativen Aufgaben beschäftigt und lässt mich einfach schmoren.

Also bleibt mir genügend Zeit, weitere Tränen zu vergießen und einen Masterplan zu entwickeln, wie ich mir im Gefängnis am besten das Leben nehmen kann. Denn eines ist für mich glasklar: Als Mörderin gibt es für mich in dieser Welt keine Zukunft, weil ich mich bis zu meinem Tode hassen werde.

Steffen zieht plötzlich etwas aus einer Schublade und streckt mir eine Tücherbox quer über seine Schreibtischplatte entgegen. Ich zupfe mir ein Tuch heraus und putze mir die Nase.

„Nehmen Sie ruhig alle, vielleicht brauchen Sie noch mehr", deutet er vielsagend an und legt die Schachtel vor mir ab.

„Warum?", bin ich von seiner Bemerkung irritiert. „Habe ich etwa noch mehr Menschen getötet?"

„Sagen Sie's mir, Lea!", gibt Steffen in einem strengen Ton zurück. „Wir haben auf

dem Grundstück Ihrer Eltern drei Gräber aus-
gehoben ... an den Stellen, wo unsere Spür-
hunde angeschlagen haben."

„Ach ja?", fällt mir gerade kein besserer
Kommentar ein, der mich nicht ganz so ver-
dächtig aussehen lässt.

„Wollen Sie denn gar nicht wissen, was
wir darin gefunden haben?", fragt der Sheriff
mit verdunkelter Miene und spürt ganz genau, wie wenig mich diese Entdeckung verblüfft.

Ich löse meinen Blick, da ich seinem nicht
länger standhalten kann, und schaue un-
glücklich nach unten.

„Lea, ist Ihnen eigentlich klar, wie ernst
die Lage für Sie ist?", bemüht sich Steffen, den
Druck zu erhöhen, um mich zum Reden zu
bewegen. „In der Grube Ihres Bruders haben
wir eine Schusswaffe entdeckt mit *Ihren* Fingerabdrücken!"

Ich blicke wieder auf und bin wahrhaftig
entsetzt ... das erste Mal seit ich hier sitze.

„Ich habe ihn erschossen?", frage ich Steffen mit weit aufgerissenen Augen, während
ich an die Bilder meiner letzten düsteren Erinnerung zurückdenke.

Mit gekräuselter Stirn klopft der Sheriff
mit dem Kugelschreiber auf die Tischplatte ... wippend ... zwischen zwei Fingern

… und denkt nach. Offenbar gelingt es ihm noch nicht so recht, meine für ihn unerwartete Frage einzuordnen.

„Sie wissen nicht, wie Sie ihn getötet haben?", hakt er deshalb nach, während im selben Moment die Tür aufgeht und sich meine Mutter an einem Polizisten vorbeidrängelt.

„Meine Tochter hat niemanden getötet, Sheriff!", schallt es in den Raum hinein.

„Tut mir leid, Herr Baumann", sagt der Polizist und hat es wohl aufgegeben, meine Mutter von der Bestürmung dieses Raumes abzuhalten.

„Frau Waldeck sollte eigentlich erst in einer halben Stunde dazugebeten werden", bemerkt Steffen auf seine Armbanduhr blickend.

„Was soll ich sagen, Herr Baumann. Sie sehen ja selbst, mit welcher Urgewalt ich es hier zu tun hatte", gibt der Polizist verzweifelt zurück und geht.

„Also gut", stellt sich Steffen auf die neue Situation ein und weist mit der Hand auf den freien Stuhl neben mir. „Setzen Sie sich bitte, Frau Waldeck, und erklären mir mal, warum Ihre Tochter trotz erdrückender Beweislast nicht schuldig sein sollte."

„Herrgott, Sheriff …!", beginnt meine Mutter empört.

„Kommissar", wird sie von Steffen unterbrochen.

„Was?", fragt sie angespannt.

„Kommiss … ist ja auch egal", gibt er es auf, meine Mutter über seinen korrekt lautenden Dienstrang aufzuklären. „Bitte, reden Sie weiter."

„Glauben Sie denn wirklich, mein zartes Baby wäre fähig, auf einen Menschen zu schießen?"

Ich wende meinen Kopf in ihre Richtung und sehe meine Mutter zweifelnd an – benommen von der erschütternden Realität. Etwas auf ihre unzutreffende Aussage zu sagen, gelingt mir nicht.

„Ich muss Sie an dieser Stelle sogleich korrigieren, Frau Waldeck", übernimmt Steffen schon wieder das Wort. „Gestern Abend konnte uns Ihre Tochter nicht nur davon überzeugen, ohne zu zögern, von einer Pistole Gebrauch zu machen. Sie erstaunte uns auch noch mit einer sagenhaften Treffsicherheit. – Also, Lea", wendet er sich im gleichen Atemzug an mich. „Sie haben nicht das erste Mal bewiesen, mit einer Waffe umgehen zu können. Erklären Sie mir das!"

Furchtsam geht mein Blick wieder in Steffens Richtung. Ich kann verstehen, wie seltsam ihm mein verborgenes Talent vorkommen muss. Mir ebenso!

„Ich weiß nicht, was ich sagen soll, Sheriff", gebe ich flüsterleise zurück. „Nichts ergibt für mich einen Sinn." Ich wende mich apathisch meiner Mutter zu. „Wieso erinnere ich mich nicht an einen Zwillingsbruder?", frage ich sie beinahe verzweifelt, mir keinen Reim auf all das machen zu können.

Während ich ihre kastanienbraunen Augen fixiere und sie schwer durchatmen sehe, höre ich, wie Steffen baff den Kugelschreiber fallen lässt und sich in seinem Bürosessel nach hinten fallen lässt.

„Sie weiß nichts von einem Bruder?", will er von ihr wissen und hofft ebenso wie ich, dass sie Licht ins Dunkel bringt.

Meine Mutter verliert eine Träne und nimmt meine Hand.

„Lea hat ihre Erinnerung an diese Zeit verloren", beginnt sie zu reden und schenkt mir einen warmen Blick. „Und das war das Beste für sie, Sheriff. Denn würde sie noch irgendetwas davon wissen, hätte sie sich wahrscheinlich längst das Leben genommen."

Ihr Oberkörper dreht sich wie in Zeitlupe nach vorne, während sie sich von mir löst und Steffen starr ansieht.

„Wenn Sie einen Schuldigen für diese schreckliche Tat suchen, dann verhaften Sie mich. Ich hätte sie verhindern müssen. Ich war nicht stark genug."

Steffen lehnt sich vor und legt dabei seine Unterarme auf der Schreibtischplatte ab.

„Sie wollen also alles auf sich nehmen?", fragt Steffen skeptisch und lässt durchklingen, wie wenig ihn die Worte meiner Mutter überzeugen. „Dann ist Ihr Ex-Mann wohl unschuldig und die Fingerabdrücke Ihrer Tochter auf der Tatwaffe sind nur ein Irrtum!"

Sie schüttelt den Kopf.

„Es *war* Leas Waffe und das Ding ist voll mit ihren Fingerabdrücken!"

62

„Oh mein Gott!", entfleucht es mir erschrocken. „Dann ist es also wahr! Ich habe meinen eigenen Bruder erschossen!"

„Nein, Lea!", widerspricht meine Mutter und sieht mich nach Luft hecheln, weil mein Brustkorb sich weiter verengt hat. „Dich trifft keine Schuld. Du warst doch noch ein Kind."

„Weshalb hatte ich dann eine Waffe?", gerate ich weiter in Panik.

„Ja, das interessiert mich auch", hakt auch Steffen nach.

Meine Mutter wendet sich ihm wieder zu und sucht nach Worten.

„Lea hat sie von ihrem Vater bekommen", erklärt sie und weiß ganz genau, wie prekär diese Aussage ist. Immerhin sind Waffen in diesem Land unter Verschluss zu halten und haben in Kinderhänden nichts verloren. „Er hat ihr mit dieser Pistole das Schießen beigebracht – hat sie gezwungen, Tiere zu töten, und sie zur Jagd mitgenommen."

„Dann waren die Schüsse auf Leas Bruder womöglich ein Unfall", bemüht sich Steffen, die undurchschaubare Sache nachzuvollziehen.

„Nein, Sheriff, es war Mord!"

Ich bedecke mein Gesicht mit beiden Händen und weine in sie hinein.

Steffen hält nichts mehr auf seinem Sitz und springt überreizt auf.

„Sind Sie bitte so freundlich und erklären mir diese drastische Aussage! Eben noch meinten Sie, Ihre Tochter habe niemanden getötet!"

„So ist es auch, Sheriff!", verwirrt meine Mutter ihn weiter und mich ebenfalls. „Der General hat unseren Sohn getötet. Er allein hat diese Gräueltat zu verantworten!"

„Dann hielt *er* die Waffe in der Hand, als die Schüsse auf Kai Waldeck abgegeben wurden?", fragt Steffen nach und versucht, den Tathergang zu verstehen. Dabei lehnt er sich mit verschränkten Armen gegen den Schreibtisch und blickt auf uns herab. Seine entspannt wirkende Haltung täuscht jedoch nicht darüber hinweg, dass seine innere Anspannung mit jeder weiteren unklaren Aussage meiner Mutter wächst.

„Nein, Lea hielt die Waffe in der Hand", antwortet sie unmissverständlich und lässt das Tatgeschehen noch rätselhafter erscheinen.

Steffen löst sich von seinem Standort und geht zum Fenster. Dort legt er seine Handflächen aufs Fensterbrett und beugt sich vor. Dabei sieht er eine Weile stumm nach draußen und überlegt.

„Also schön", bemerkt er nun gegen die Scheibe und dreht sich herum. „Entweder erzählen Sie mir jetzt lückenlos jedes noch so kleine Detail von Anfang an oder ich verhafte Sie ebenfalls … wegen Mitwisserschaft."

„Oh!", entfährt es meiner Mutter, bevor sie sich nervös durch ihre blonden schulterlangen Locken streicht.

„Bitte tun Sie das nicht, Sheriff", flehe ich ihn an. „Setzen Sie sie nicht unter Druck. Sie haben ja keine Ahnung, was es für meine Mutter, nein, für uns beide bedeutet, gegen den General auszusagen."

Steffen sagt nichts – fährt sich grübelnd über seine hellen Bartstoppeln. Endlich nickt er, als wäre er sich der Tragweite unserer Lage bewusst geworden.

„Ich glaube, ich verstehe, was Sie mir sagen wollen, Lea. Aber Ihr Vater befindet sich im Gefängnis. Sie sind in Sicherheit."

„Wir werden niemals in Sicherheit sein, solange er lebt, Sheriff!", mache ich überlaut klar.

„Aber wir dürfen auch nicht länger schweigen, Kind", klinkt sich meine Mutter wieder mit ein. „Dein Vater hat furchtbare

Verbrechen zu verantworten. Und es wird Zeit, sie zu enthüllen."

63

„Dann beginnen wir doch noch mal von vorne", legt Steffen fest und klopft mit dem Finger auf die Tischplatte, als wäre er ein Dirigent, der das Orchester mit dem Taktstock zur Ordnung aufruft. Er setzt sich wieder und blickt meine Mutter abwartend an.

„Er wollte niemals Kinder … der General … mein Ex-Mann … Sie wissen schon", stimmt sie noch ein wenig zögerlich an. Immerhin hat sie sich gerade entschieden, über einen gefährlichen Mann auszupacken, der uns auch aus dem Gefängnis heraus töten lassen kann. „Doch ich wurde schwanger und dafür hasste er mich."

„Dann begann die Gewalt in dieser Zeit?", fragt Steffen nach und macht sich Notizen.

Meine Mutter lacht … bitter … keinesfalls amüsiert.

„Glauben Sie ernsthaft, meine Babys wären in einer Liebesnacht entstanden? – Er hat sich genommen, was er wollte. Auf brutalste Weise. Dass ich die Pille aufgrund einer Magenverstimmung nicht bei mir behalten hatte, interessierte ihn nicht. Trotzdem machte er mich verantwortlich und schubste mich eines Abends die Treppe runter in der Hoffnung, ich würde das Kind verlieren. Als das nicht funktionierte, schlug er mir in den Bauch … nicht nur einmal! Bald erfuhr er, dass zwei Babys in mir heranwuchsen. Von da an wurde die Folter immer schlimmer. – Gott …!", verliert sie plötzlich die Kraft weiterzureden und ergibt sich dem Drang zu weinen.

Ich greife mir Steffens Tücherbox und reiche sie meiner Mutter. Sie zieht sich ein Tuch heraus und tupft ihre Augen trocken.

„Das hast du mir nie erzählt", sage ich bestürzt von dieser Geschichte.

„Es gibt so vieles, was du nicht weißt … wovor ich dich bewahren wollte. Und ich bin so dankbar, dass du trotz deiner furchtbaren Vergangenheit eine selbstständige und starke Frau geworden bist."

„Ich weiß nicht, ob das stimmt", zweifle ich an dieser Einschätzung.

„Alle können es sehen, mein Schatz. Das wirst du auch irgendwann." Sie streicht mir liebevoll über die Wange. „Dein Vater hat es auch gewusst. Deshalb wollte er dich unterweisen, um aus dir einen kaltherzigen Unmenschen zu machen. Er bildete dich an der Waffe aus. Du warst gerade fünf Jahre, als du das erste Mal auf ein Tier schießen musstest … deinen Hasen … der vor dir im Käfig saß und den du so sehr geliebt hast."

Ich muss blinzeln, weil meine Augen wieder feucht werden. Doch bevor die Tränen herauspurzeln, wische ich sie weg.

„Kai, dein Bruder … er war … nun ja … körperlich und geistig eingeschränkt … wahrscheinlich durch die Schläge, die mir der General zugefügt hatte", fährt sie fort und scheint Steffen auszublenden. Vielleicht fühlt sie sich wohler dabei, ihre Erlebnisse *mir* zu erzählen und keiner fremden Person. Dass der Sheriff sehr genau zuhört und gelegentliche Vermerke macht, entgeht mir jedoch nicht. Aber er muss spüren, wie schwer es meiner Mutter fällt, ihr jahrelanges Schweigen zu brechen. Deshalb nimmt er sich zurück und lässt unseren Gedankenaustausch einfach laufen.

„Musste er deshalb sterben?", frage ich und beginne langsam, die Zusammenhänge zu begreifen. „Wurde ihm seine Behinderung zum Verhängnis?"

Meine Mutter nickt und senkt ihren Blick.

„Dein Vater hat mich in einer Nacht, in der er vollkommen betrunken war, an einen Baum gefesselt und ein großes Loch im Garten gegraben." Sie gerät ins Stocken und legt ihre Hand auf die Stirn, als hätte sie Fieber. „Ich kann das nicht!", sagt sie plötzlich und redet nicht weiter.

Sie zittert wie ein verlorenes Rehkitz und wirkt verstört.

„Geben Sie meiner Mutter etwas zu trinken!", befehle ich dem Sheriff und lege meinen Arm um ihre Schultern. „Oder wollen Sie, dass sie jeden Moment bewusstlos vom Stuhl fällt?"

Steffen pariert und steht sofort auf, um ein Glas und eine Flasche Mineralwasser aus dem Schrank zu ziehen. Er öffnet den Verschluss und schenkt die sprudelnde Flüssigkeit ein.

„Danke", sagt meine Mutter, als Steffen ihr das befüllte Glas reicht und sie es mit zittrigen Fingern entgegennimmt.

Schweigend setzt er sich wieder und vertraut wohl darauf, auch noch das Ende der Geschichte zu hören … dass es mir gelingt, meine Mutter zum Weiterreden zu bewegen. Meinen respektlosen Ton ihm gegenüber, kommentiert er nicht. Sein Gemüt ist bemerkenswert milde.

„Geht es wieder?", frage ich, nachdem sie einige Male am Glas genippt hat.

Sie sieht mich schwermütig an und nickt.

„Du solltest das besser nicht hören, Kind", macht sie mir klar, dass die folgende Schilderung der Erlebnisse nichts für schwache Nerven ist.

„Es geht um *mich*, Mum, ich will es wissen! Und du sagtest mir eben noch, ich sei stark. Dann werde ich es schon verkraften."

„Nun gut", erwidert sie und sucht unerwartet Steffens Blick, als wollte sie ihn darum bitten, mich des Raumes zu verweisen.

Aber der Sheriff behält seine neutrale Position bei und reagiert nicht auf ihre unausgesprochene Bitte. Sie sieht wieder zu mir und kann die Angst vor meiner Reaktion nicht verbergen.

„Er hat deinen Bruder vor dieses Loch gestellt", redet sie weiter und zittert immer heftiger. „Du musstest vor ihm stehen … wenige Meter von ihm entfernt. Ich werde die Verzweiflung in euren Gesichtern niemals vergessen. Ihr wusstet genau, was passieren würde, aber ihr wart diesem Monster ausgeliefert."

Ich wende mich von meiner Mutter ab und bin mir nicht mehr sicher, ob ich es ertrage, ihr weiter zuzuhören.

„Stopp!", unterbreche ich sie auf einmal und halte mir die Ohren zu. Die Bilder meiner gestrigen Erinnerung drängen mit Macht zurück in meinen Geist: als ich mich selbst vor dieser offenen Grabstelle hab stehen sehen – in Todesangst – und gleichzeitig aus der Ferne mit einer Waffe in panischer Furcht auf mich zielte. Ich hatte mich an den schlimmsten Moment meines Lebens erinnert. Doch erst die Worte meiner Mutter hauchen diesen Bildern wieder Leben ein und zwingen sie zurück in mein Bewusstsein. Alle Gefühle, die ich mit diesem entsetzlichen Erlebnis verbinde, treten wie eine feuerspeiende Bestie ungefiltert in Erscheinung. Und plötzlich bin ich wieder die kleine Lea von damals … die Schutz sucht … ihn aber niemals erhalten wird. Denn ihr Vater ist der leibhaftige Satan in Menschengestalt.

64

„Er hat mir die Pistole in die Hand gedrückt", übernehme nun *ich* die Zusammenfassung dieser albtraumhaften Geschehnisse und blicke wie gelähmt zu Steffen. „Ich habe sie auf meinen Bruder gerichtet und eiskalt abgedrückt!"

„Waaas? Nein!", widerspricht meine Mutter in schriller Tonlage. „Du hast den Abzug nicht gedrückt, Lea! Es war der General! Du warst wie versteinert und hast die ganze Zeit geweint. Also hat er seine Hand über deine gelegt und deinen zarten Finger gewaltsam über den Abzug gelegt. Er hat den Schuss ausgelöst, nicht du!"

„Na bitte!", meldet sich Steffen plötzlich wieder zu Wort und schlägt mit der Handfläche auf die Tischplatte … befreit wirkend … durchatmend, als hätte er nur auf den Moment gewartet, von meiner Unschuld zu hören. „Nun kennen wir die ganze Geschichte."

Er erhebt sich von seinem Stuhl und fährt sich erleichtert über seinen blonden Schopf. Sein wild angeordnetes Haar fällt in alle Richtungen, sodass sich das Chaos auf seinem Kopf noch vergrößert.

„Jetzt können wir alle sicher ein bisschen Frischluft vertragen", legt er fest und öffnet das Fenster.

„Dann bin ich entlastet?", frage ich zaghaft und spiele nervös mit den Fingern.

Steffen blickt zwischen meiner Mutter und mir hin und her und setzt sich mit einem Bein auf die Schreibtischkante … uns schräg gegenüber.

„Wer waren die beiden anderen Leichen in Ihrem Garten?", stellt er seine Frage direkt und ohne Umschweife und macht somit deutlich, noch nicht fertig mit mir zu sein.

„Sie waren Dienstmädchen in unserem Haus", antworte ich postwendend und wünsche mir nur, dass Steffens Verhör nicht den gesamten Schrecken der Vergangenheit zurückholt.

„Daran erinnern Sie sich also! Aber nicht an Ihren Bruder! Wie kann das sein?", fragt er mit dem skeptischen Unterton eines Detektivs.

Das verunsichert mich und ich weiß nicht, was ich dazu sagen soll.

„Mein Ex-Mann hat Lea schwer misshandelt, Sheriff!", springt meine Mutter für mich ein. „Nachdem sie ihren Bruder als Sechsjährige nicht erschießen konnte, wurde sie vom General windelweich geprügelt. Dabei schlug sie mit dem Kopf auf dem harten Boden auf. Er brachte sie mit einer Hirnblutung ins Krankenhaus und behauptete, sie wäre mit ihrem Bruder weggelaufen, den die Polizei natürlich niemals fand. Sie verlor ihre gesamte Erinnerung und musste vieles wieder neu erlernen. – Aber alles, was danach kam … ich wünschte, das hätte mein Mädchen auch vergessen können! Doch die Barbareien ihres Vaters hat Lea erleben müssen – ebenso wie ich!"

Sie greift nach dem Glas und nimmt einen großen Schluck.

Steffen erwidert nichts … beobachtet sie nur. Er wartet, denn noch sind nicht alle offenen Fragen geklärt.

„Der General hat sie geschwängert …", bringe ich mich wieder ein, um meiner Mutter Zeit zum Durchatmen zu geben, „… die Dienstmädchen", füge ich noch an, als wüsste der Sheriff nicht, von wem ich spreche. Er kann ja nicht ahnen, dass die Liste der Frauen, an denen sich mein Vater verging, kaum noch zu überblicken ist.

„Dann hat er auch sie missbraucht?", hakt Steffen nach, als gäbe es die geringfügige Möglichkeit, die Schwangerschaften wären in einem schwachen Moment von romantischer Liebe entstanden.

„Vielleicht sollten Sie die Frage anders formulieren, Herr Baumann", empfiehlt meine Mutter und spricht ihn das erste Mal mit seinem Namen an. Sie scheint bereit zu sein, das Höllentor aufzustoßen, um sämtliche Schreckenstaten des Generals zu offenbaren.

Steffens Augenbraue hebt sich an … vielleicht, weil er nicht damit gerechnet hat, formal korrekt angesprochen zu werden, oder aber weil er mit weiteren finsteren Überraschungen rechnet, die er so zahlreich zu hören bekommt.

„Wen hat mein Ex-Mann nicht missbraucht?", deutet meine Mutter an und macht dem Sheriff klar, dass er in größeren Dimensionen denken muss.

„Verstehe", bemerkt Steffen und geht zurück auf seine Seite des Tisches. „Dann hat *er* beide Frauen getötet! Weil jede ein Kind von ihm erwartete!"

„Und sie ihn deswegen erpresst haben", ergänzt meine Mutter.

Nachdenklich lässt sich Steffen auf seinem Bürostuhl nieder und greift zum Telefon. Er wählt eine Kurzwahlnummer und hält sich den Hörer ans Ohr.

„Sie können jetzt reinkommen", gibt er dem Angerufenen eine Anweisung, die mir einen Stich versetzt. Man wird uns abholen und ins Gefängnis bringen, denn wir sind schuldig … weil auch *unsere* Seelen von einer dämonischen Finsternis umhüllt sind.

65

Es klopft an der Tür, bevor sie kurz darauf geöffnet wird. Ein Beamter in Zivilkleidung betritt den Raum und winkt zwei Männer aus dem Hintergrund heran.

Jetzt werden sie uns mitnehmen und für immer wegsperren. Doch ich sollte dankbar sein, dass ich die letzten zwei Jahre in Freiheit leben durfte, in denen mich weder Ben noch der General dominierten.

„Herrgott noch mal, Steffen, was hast du getan?", höre ich Marc schimpfen, als er aus dem Schatten tritt und ins Zimmer stürmt.

Tom, der Bodyguard meiner Mutter, folgt ihm und lächelt sie auf unübersehbar vertraute Weise an. Ihre angespannten Gesichtszüge lockern sich und sie erwidert sein Lächeln ... zärtlich ... warmherzig ... ein wenig verlegen. Es ist unverkennbar, dass sie Gefühle füreinander entwickelt haben.

„Du bist glücklich", sage ich leise zu meiner Mutter und erkenne das Strahlen in ihren Augen.

Gleich darauf rutsche ich auf dem Stuhl herum und sehe Marc neben mir stehen. Ich kann nicht fassen, wie gut es ihm scheinbar geht. Jetzt möchte ich aufspringen und ihm vor Freude in die Arme fallen, aber er sieht an mir vorbei und ist außer sich vor Wut.

„Tom hat mir alles erzählt", lässt er den Sheriff wissen, im Bilde zu sein.

Meine Mutter blickt von Marc zurück zu Tom und wirkt ängstlich, weil ihr Bodyguard seine Informationen wahrscheinlich von ihr hat. Jetzt fragt sie sich vielleicht, was genau er weitergetragen hat und ob sie ihm noch vertrauen kann.

„Tut mir leid, Rosi", spricht er sie mit ihrem Kosenamen an. „Es ging um Leas ungerechtfertigte Verhaftung."

„Dann weiß Marc Brenner von diesem scheußlichen Verbrechen, das an meinem Sohn verübt wurde?", fragt sie Tom befangen, da es ihr wohl befremdlich erscheint, ein jahrelang gehütetes Geheimnis auf einmal mit mehreren Personen zu teilen.

„Es war notwendig, davon zu erfahren, Rosalie", erklärt Marc meiner Mutter und bedient sich einfach ihres Vornamens, als hätten sie sich bereits miteinander bekannt gemacht. „Leas Festnahme war unbegründet, deshalb habe ich einen Anwalt eingeschaltet."

„Aber *ich* hielt die Tatwaffe in der Hand", mache ich klar, nicht unschuldig zu sein. „Ich gehöre ins Gefängnis."

„Dein Vater ist der Mörder, Liebes", lässt Marc mein Schuldeingeständnis nicht gelten. „Außerdem warst du damals noch ein Kind. Selbst wenn du deinen Bruder getötet hättest – was du nicht hast –, warst du zum Zeitpunkt der Tat nicht strafmündig."

„Deshalb können Lea und ihre Mutter jetzt auch gehen", äußert sich Steffen das erste Mal, seitdem Marc und Tom dazugestoßen sind –, was mir erst jetzt auffällt! Wieder einmal hat sich der Sheriff bewusst zurückgenommen und das Geschehen interessiert beobachtet.

„Dann findest du es richtig, Lea ohne Grund zu verhaften und über Nacht in eine Zelle zu sperren?", geht Marc seinen Freund erneut an.

„Es war ja nicht grundlos", verteidigt Steffen sein Handeln erstaunlich entspannt. „Immerhin hat sie gestern auf einen Mann geschossen."

„Aus Notwehr, verflucht noch mal!", gerät Marc in Rage.

„Was es erst noch zu klären galt", macht Steffen deutlich, durchaus legitim vorgegangen zu sein.

„Meine Güte, Steffen, wenn Lea diesen Dreckskerl nicht kaltgestellt hätte, wäre ich vermutlich tot! Jeder hat es gesehen und du auch!"

Steffen nickt und lenkt seinen Blick in meine Richtung.

„Tut mir leid, Marc", spricht er weiterhin mit seinem Freund, obwohl er mich grübelnd mustert. „Es war nötig, so zu handeln. Sonst hätten weder Lea noch ihre Mutter die Familiengeheimnisse je gelüftet."

66

Es ist bereits dunkel draußen und ich liege mit Marc zusammengekuschelt in seinem Bett. Meine Finger fahren sanft über den großflächigen Wundverband an seiner Taille, während ich darüber nachdenke, wie knapp wir beide dem Tode entronnen sind.

„Tut es noch weh?", frage ich besorgt, dass der Streifschuss größere Probleme verursachen könnte.

Marcs Arme drücken mich fester an sich und sein Bein kriecht wie eine Schlange um mich herum.

„Es tut weh, dass ich dich nicht beschützen konnte und du beinahe vor meinen Augen erschossen wurdest", gibt Marc emotional angeschlagen zurück. „Ich bekomme diesen Moment nicht mehr aus dem Kopf."

„Ich lebe noch, Marc, und du auch", versuche ich, uns mit der erlösenden Realität Linderung zu verschaffen.

„Weil du eine verdammt gute Schützin bist", bemerkt er unüberlegt … als wäre mein Geschick mit der Waffe naturgegeben und keine unfreiwillig antrainierte Fähigkeit. „Du hast uns gerettet, Lea."

Ich erwidere nichts und frage mich, ob ich dem General jetzt vielleicht dankbar dafür sein muss, dass er mich an der Waffe ausbildete.

„Entschuldige, Liebes, das hätte ich nicht ansprechen dürfen", beweist Marc Feingefühl. „Sicher denkst du jetzt an deinen Vater."

Mir gelingt nur ein Nicken, weil mich mein Schmerz über die im Dunkeln gelegenen Erinnerungen überwältigt. Ich hatte einen Bruder … getötet von meinem grausamen Vater, der mir die Tat anhängen wollte! Wie ich damit fertig werden soll, weiß ich noch nicht. Es wird lange dauern, bis ich mit meinen zurückerlangten Erinnerungen Frieden schließen kann. Aber mich tröstet das Wissen, dass Kai all die Jahre an meiner Seite war – auf mich Acht gab und zu meiner inneren Stimme wurde.

Ich schäle mich aus Marcs Umarmung heraus und stehe auf. Meine Gedanken wandern von einem grässlichen Moment meines Lebens zum nächsten, deshalb finde ich keine Ruhe mehr.

Marc folgt mir aus dem Bett zum Fenster und stellt sich hinter mich. Seine großen Hände umfassen zärtlich meine Arme, während er mein Haar küsst.

„Verzeihst du mir, dass ich damals nicht glauben wollte, dass dein Vater ein Mörder ist?", fragt mich Marc mit einem spürbar schlechten Gewissen.

Ich antworte nicht, da mir etwas anderes durch den Kopf geht. Außerdem denke ich über sein gereiztes Verhalten an jenem Tag vor Steffens Bürotür längst nicht mehr nach. Zu dieser Zeit war Marc nicht er selbst.

„Ich war so ein Arschloch, dabei hast du mir nur klarmachen wollen, wie gefährlich dein Vater ist", fährt er mit seinen entschuldigenden Worten fort. „Doch statt dir zuzuhören, habe ich dich einfach stehen gelassen und bin gegangen."

Ich drehe mich zu Marc herum und bemerke plötzlich, dass ich bereits schon nicht mehr weiß, worüber er gerade gesprochen hat. Nichts von dem, was damals gesagt wurde, spielt noch eine Rolle für mich. Stattdessen ist lediglich eines wichtig und ich kann nicht länger warten, ihn zu fragen.

„Ist es wahr, dass du mich liebst?", will ich direkt und ohne Umschweife von ihm wissen und ignoriere seine Entschuldigung.

Marc verstummt, denn mit solch einem dynamisch eingeleiteten Themenwechsel hat er nicht gerechnet.

Ich schweige ebenfalls … angespannt … ungeduldig … und gebe ihm die Gelegenheit, über meine unverblümte Frage nachzudenken.

Seine Arme legen sich wie zwei Taue um mich herum, als wäre ich seine Beute, die es gut zu verschnüren gilt. Dabei senkt er seinen Kopf und küsst mich auf die Stirn.

„Ja", antwortet er endlich nach einem für mich qualvoll langen Moment.

Noch warte ich etwas ab, weil ich hoffe, dass er dieses eine kleine Wörtchen durch eine erleuchtende Anmerkung ergänzt. Aber er lächelt nur, soweit ich das im Halbdunkeln erkennen kann, und gibt keinen weiteren Ton von sich.

Ich kann es nicht verhindern, mich über seine Zugeknöpftheit zu ärgern, die kaum deutlicher machen kann, wie wenig er immer noch in der Lage ist, über seine Gefühle zu sprechen. Nach allem, was wir miteinander erlebt haben und was er Larissa gegenüber gesagt hat, ist er nicht bereit, diese drei kleinen Worte zu wiederholen.

„Und warum fühlt es sich jetzt so an, als wäre es dir unangenehm, darüber zu reden?", kann ich meine Enttäuschung nicht für mich behalten.

„Ist es nicht", streitet er das Offensichtliche ab und vereitelt meinen Versuch, mich aus seinen Armen zu kämpfen.

„Dann hast du mich gerade belogen, um mich nicht zu verletzen, und empfindest in Wahrheit gar nicht so?", frage ich betroffen, während sich die Enttäuschung in mir vergrößert.

„Lea, Liebes", erwidert er mit einem trübsinnigen Klang in der Stimme und hebt meine Hand an, „ich habe dich gebeten, meine Frau zu werden. Und jetzt sieh zu deinem Finger und erinnere dich daran, welche Antwort du mir gegeben hast."

Ich will mich von ihm abwenden, doch er lässt es nicht zu. Also bleibt es mir nicht erspart, dass er meine Scham zu sehen bekommt – trotz der schlechten Lichtverhältnisse.

„Ich dachte, ich wäre eine Mörderin", sage ich zu meiner Verteidigung, obwohl es sicher nicht das ist, was Marc von mir hören möchte.

„Ja, bist du aber nicht", gibt er trocken zurück.

Mit meiner anderen Hand ertaste ich den Ring, den er mir an den Finger steckte und den zu tragen mich glücklich macht … mir Geborgenheit schenkt. Denn ich verbinde ihn mit der Tatsache, dass er mich will und für mich da ist, ob er mich nun liebt oder nicht. Er hat mich beschützt, hat Ben ein Vermögen gezahlt, um ihn von mir fernzuhalten. Und als er sich von mir zurückzog, beauftragte er Lenny zu meinem Schutz. Ich fühle mich behütet von Marc und ich weiß, dass ich ihm wichtig bin. Nur das zählt!

„Es tut mir so leid, dass ich diesen besonderen Moment mit meiner Zurückweisung zerstört habe", erscheint es mir wichtig, mich dafür im Nachhinein zu entschuldigen. „Bist du mir böse deswegen?"

„Meine Güte, Lea, das ist mir vollkommen egal!", antwortet er unter Anspannung stehend. „Willst du mich nun heiraten oder nicht?"

Eine Träne wird auf Marcs Wange sichtbar, als ich genauer hinsehe, und plötzlich wird mir bewusst, wie schwer diese unklare Situation für ihn sein muss.

„Ja", antworte ich endlich energisch, aus voller Überzeugung und höre ihn erleichtert aufatmen.

67

Es ist Frühling und wir feiern mit ein paar wenigen Gästen in Marcs Garten unsere Verlobung.

Ich kann kaum glauben, wie schnell alles gegangen ist. Mein Häuschen steht zum Verkauf. Darin zu leben, kann ich mir nach diesen schrecklichen Ereignissen nicht wieder vorstellen. Marc und ich wohnen jetzt zusammen, doch auch in seiner Villa wollen wir nicht bleiben. Wir sind bereits auf der Suche nach etwas Neuem … einem Heim, das uns nicht an die Vergangenheit erinnert.

Lenny bin ich bisher nicht mehr begegnet. Marc meint, er würde viel arbeiten und hätte wenig Zeit. Aber vielleicht geht er mir auch aus dem Weg, weil ein Wiedersehen zu schmerzhaft wäre. Was genau jedoch hinter seiner fortwährenden Abwesenheit steckt, kann ich nicht sagen, aber eines weiß ich ganz genau: Eine neue Frau an seiner Seite zu sehen, wird bestimmt nicht einfach für mich werden. Auch wenn Marc der Mann ist, den ich liebe, wird Lenny immer einen Platz in meinem Herzen haben.

„Wir können jetzt das Fleisch aus dem Kühlschrank holen", sagt meine Mutter, als sie zu mir in die Küche kommt. „Steffen ist endlich mit den Spießen eingetroffen und der Grill ist heiß."

„Gut", sage ich und ziehe einen Umschlag aus der Schublade, den ich mir in die Tasche meiner Tunika stecke. „Dann können wir ja loslegen."

Meine Mutter nimmt die beiden Fleischteller aus der Kühlung und lächelt mich an.

„Ich freue mich so sehr für dich", sagt sie in einem mütterlich klingenden Ton, an den ich mich immer noch gewöhnen muss.

Wir sehen uns inzwischen regelmäßig und telefonieren viel miteinander. Die Furcht, irgendwann den Zorn des Generals zu spüren, weil wir ihn verraten haben, teilen wir. Aber nicht nur mir, sondern auch meiner Mutter steht ein Beschützer zur Seite. Denn sie und Tom sind ein Paar geworden und er achtet auf sie wie ein Luchs.

Außerdem habe ich ja jetzt eine Kampfschule, die ich selbstverständlich an Marc abgetreten habe. (Ich bin eine Künstlerin und keine Geschäftsfrau.) Dort üben meine Mutter und ich mit sehr viel Engagement die Selbstverteidigung, um uns zu jeder Zeit sicherer zu fühlen.

„Danke, Mum", erwidere ich, als wir mit den Fleischtellern rausgehen.

„Wofür, mein Schatz?", fragt sie rein rhetorisch, da sie keine Antwort erwartet. Mitten auf der Wiese stellt sie sich mir in den Weg. „Ich war keine gute Mutter, Kind. Und ich muss *dir* danken, dass du mir die Gelegenheit gibst, einige meiner Fehler wiedergutzumachen."

„Du bist für mich da, Mum! Nur das hat heute Bedeutung für mich!"

Ihr Lächeln verschwindet und sie bemüht sich, ihre Tränen zurückzuhalten.

„Es könnte alles perfekt sein, nicht wahr?", bemerkt sie leise … plötzlich zerbrechlich wirkend und voller Traurigkeit. „Wenn wir uns doch nur nicht mehr vor einem Rachefeldzug des Generals fürchten müssten."

„Vielleicht ist es noch nicht ausgestanden. Aber eines Tages wird er seine gerechte Strafe bekommen. Und dann werden wir frei sein", mache ich uns beiden Mut.

„Sprecht ihr von mir?", bemerkt Steffen aus der Ferne, als er sein Tablett mit den Fleischspießen auf das Grilltischlein stellt.

Meine Mutter beginnt zu lachen. Die Ironie dieser Situation könnte nicht geistreicher sein.

„Sobald man über einen Verbrecher spricht, ist unser Sheriff zur Stelle", amüsiert sie sich und begrüßt Steffen mit einer Umarmung. „Nimm mir das mal ab", sagt sie zu ihm und drückt ihm den Fleischteller in die Hände.

Steffen sieht ihr schmunzelnd hinterher und stellt danach den Teller zu den Spießen.

„Es ist schön, dich und deine Mutter so glücklich zu sehen", sagt er, während ich meine Platte ebenfalls abstelle. „Womöglich habe ich ja dazu beigetragen", fügt er unbescheiden an. „Eure Familiengeheimnisse haben euch doch erdrückt und ich habe euch von dieser Last befreit."

Ich lächle nachsichtig, obwohl Steffens vermessene Selbstzufriedenheit, meine Mutter und mich zum Reden gebracht zu haben, ein wenig anmaßend ist. In Punkto Überheblichkeit steht er Marc in nichts nach.

„Ja, dafür bin ich dir sehr dankbar", reagiere ich mit einem zynischen Unterton. „Vor allem für die unorthodoxen Methoden, die du angewandt hast, um mich unter Druck zu setzen. Eine Nacht im Gefängnis zu verbringen, stand schon immer auf meiner To-do-Liste und war eine erfrischende Erfahrung. Und die kleine Erpressung mit diesem Umschlag …", ich ziehe ihn aus der linken Tasche meiner Tunika, „… war ein Meisterstück von dir."

Steffen grinst … fühlt sich keineswegs angegriffen … eher gebauchpinselt.

„Du hast das Kuvert immer noch nicht geöffnet", ist sein einziger Kommentar zu meinen durchaus als Vorwurf zu verstehenden Bemerkungen.

„Und du hast eh niemals vorgehabt, dich an unsere Vereinbarung zu halten", unterstelle ich ihm.

„Ich denke, doch", behauptet Steffen, während seine Hand über den Kopf fährt und sich sein Haar frech abstehend ausrichtet.

„Welcher Name steht drin?", fordere ich zu erfahren.

„Der richtige", antwortet er mit einem Anflug von Arroganz.

„Und der wäre?", höre ich nicht auf, ihn zu testen. „Marc oder Lenny?"

„Vielleicht steht ja auch ‚Steffen' auf dem Zettel", bringt er eine weitere Möglichkeit ins Spiel und findet unsere Unterhaltung zweifellos amüsant.

„Ähhh …!", gelingt mir keine Gegenbemerkung. Stattdessen fällt meine Kinnlade runter.

„Schau doch einfach mal rein, dann weißt du es."

„Aber ich würde dich in Verlegenheit bringen, wenn du tatsächlich deinen Namen gewählt hättest", warne ich ihn vor den Folgen.

Steffen lacht und wirkt unbesorgt.

Nachdenkend streiche ich über das Papier und treffe eine Entscheidung. Kurzerhand werfe ich den Umschlag auf die glühende Kohle und beobachte, wie er langsam Feuer fängt.

„Tja", bemerkt Steffen und zwinkert mir zu. „Jetzt werden wir es wohl nie erfahren, nicht wahr?"

Ich sage nichts dazu, schließlich weiß er ganz genau, was er auf den Zettel geschrieben hat.

„Ach, sieh doch!", ruft Steffen lachend aus und zeigt mit dem Finger zum Grill.

Das Feuer hat zuerst den Umschlag erfasst und den Zettel darin verschont. Der Name ist für einen kurzen Moment zu lesen, bevor die Flammen auch ihn einhüllen und restlos verspeisen.

Ich blicke verdutzt zu Steffen und sehe ihn wie einen Schuljungen kichern.

„Warum hast du mich glauben lassen, du hättest *deinen* Namen notiert?", frage ich ihn irritiert.

„Dich aus der Fassung zu bringen, stand noch auf *meiner* To-do-Liste", gibt er keck zurück. „Aber wer weiß, vielleicht hätte ich es ja lieber gesehen, dass du *mich* heiratest", treibt er seine Irreführung auf die Spitze.

Marc kommt dazu … entspannt … obwohl er Steffens letzten Satz laut und deutlich mitbekommen hat.

„Du könntest ihr nicht geben, was sie braucht", sagt er mit einem breiten Lächeln auf den Lippen und zieht mich besitzergreifend in seine Arme.

„Und das wäre?", ist Steffens Neugier unerschöpflich.

„Keine Chance, mein Freund", macht Marc ihm klar, in dieser Angelegenheit zu schweigen. „Sag uns lieber, welcher Name in dem Kuvert steckt. Lea will es partout nicht öffnen."

„Sie hat dir von unserem Ratespiel erzählt?", zeigt sich Steffen verblüfft.

Marc lacht.

„Es ist ja nichts Neues, dass du gerne wettest, wenn du jemanden manipulieren möchtest."

Steffen schüttelt belustigt den Kopf.

„Touché!", erwidert er nur und geht ein paar Schritte rückwärts. „Aber frag doch Lea danach. Sie kennt inzwischen die Antwort auf deine Frage", lässt er durchblicken, bevor er sich umdreht und zu den anderen Gästen schlendert.

Marc sieht mich immer noch schmunzelnd an und fängt eine rebellische Haarsträhne ein, die vom leichten Wind getragen an meiner Wange kitzelt.

„Es kann nur *mein* Name sein", ist er sich völlig sicher, „weil Steffen meine Gefühle für dich von Anfang an durchschaut hat. Ich liebe dich, Lea, seit dem allerersten Moment."

68

Als wir alle gemeinsam am Gartentisch in der Abendsonne sitzen und die Gläser auf Marc und mich erhoben werden, blicke ich in die fröhlichen Gesichter unserer Gäste. Ich stelle mir vor, mein Bruder würde unter ihnen sein – vielleicht mit einer hübschen Freundin – und mir zulächeln.

„Lea", holt mich Finja aus meinen Gedanken, „welchen Namen hat Steffen denn nun auf den Zettel geschrieben?"

„Ja, genau", stimmt meine Mutter mit ein. „Das möchten wir jetzt alle wissen!"

„Ich dachte, das war unser kleines Geheimnis", sagt Steffen zu mir und staunt über das rege Interesse. „Weiß in dieser Runde irgendjemand nichts über unsere Übereinkunft?"

„Nein, sie wissen es alle", gebe ich kess zurück. „Es war nötig, sie über deine unlauteren Methoden zu informieren. Außerdem dachte ich mir, hättest du bestimmt Spaß dabei, ihnen deine Strategien zu erklären. Niemand kann Zukünftiges so gut vorhersagen wie du."

„Dazu schweige ich", erklärt Steffen amüsiert und nippt an seinem Glas.

Marc lacht und rückt ihm etwas näher.

„Dann erkläre uns doch wenigstens, wie du dich jetzt aus *dieser* Sache rausreden willst: Ich möchte, dass du mein Trauzeuge wirst."

Steffen wirkt ehrlich berührt. Das erste Mal, seit ich ihn kenne. Seine lässige Abgeklärtheit verschwindet und macht Platz für Gefühle, die sich ungehindert an die Oberfläche mogeln.

„Sehr gern!", erwidert er ohne viel Worte und braucht einen Augenblick, sich wieder zu fangen.

„Dann wird Lenny nicht zur Hochzeit kommen?", wundert sich Alex über diese Entscheidung. Immerhin ist Lenny Marcs bester Freund.

„Er muss arbeiten", lässt Tom die überraschte Runde wissen, behält jedoch die Details für sich.

„Ja, und das ist noch nicht alles", ergreift nun Steffen das Wort. „Lea … Rosi … ich möchte die gute Stimmung heute Abend nicht zerstören. Aber es gibt etwas, das ihr beide wissen solltet." Er nimmt eine steife Sitzhaltung ein, als müsste er sich jeden Augenblick gegen einen kräftigen Windstoß stemmen. „Udo Waldeck wurde erhängt in seiner Zelle aufgefunden."

„Oh mein Gott!", kann meine Mutter nicht an sich halten und fällt Tom um den Hals. „Er hat sich das Leben genommen! Es ist vorbei! Endlich ist alles vorbei!"

Als ich mich ebenfalls erleichtert zeigen will, hebt Steffen seine Hand.

„Tut mir leid, Rosi, aber vorbei ist es noch nicht. Vor allem nicht für Lea."

Beunruhigt starre ich ihn an und bin auf alles vorbereitet. Es wäre meinem Vater zuzutrauen, dass er vor seinem Freitod einen Auftragskiller auf mich angesetzt hat.

„Er ist wieder auf freiem Fuß … dein Ex-Freund", teilt mir Steffen in seinem typischen Kommissar-Ton mit.

„Aber warum?", kann ich es nicht fassen. „Ben ist ein Schläger … ein Erpresser … ein Gewalttäter! Er wurde doch wegen Körperverletzung verhaftet!"

„Richtig!", erwidert Steffen mit einem besorgniserregenden Blick, der nur eines ausdrückt: dass er über Informationen verfügt, die mich umhauen werden. „Aber die Geschädigte hat ihre Anzeige zurückgezogen."

„Eine Frau?", frage ich nach, obwohl sich Steffen klar ausgedrückt hat.

„Ja, und sie ist dir bekannt. Es handelt sich um deine Freundin Marie, die Galeristin."

Ich spüre, wie ich erbleiche.

„Das sagst du mir erst jetzt?", frage ich mit einer gehörigen Portion Empörung. „Seit Monaten versuche ich, sie zu erreichen. Ich wollte, dass sie meine Trauzeugin wird. Doch sie war wie vom Erdboden verschluckt!"

„Sie lag lange Zeit im Krankenhaus. Die Verletzungen waren schwer", erklärt Steffen mit einem düsteren Blick.

„Aber was hat sie mit Ben zu tun? Hat er sich an mir rächen wollen, indem er auf Menschen losgeht, die mir wichtig sind?"

Marc rückt näher mit dem Stuhl an mich heran und legt seinen Arm zärtlich um meine Schultern.

„Marie war mit ihm zusammen … nach dir", scheint auch *er* im Bilde zu sein.

„Waaas?", kann ich nicht glauben, was ich höre. „Marie? Ausgerechnet *sie* war die Frau, die nach mir kam und mich quasi vor ihm rettete? Das hat sie nie erwähnt!"

Steffen zuckt mit den Schultern.

„Vielleicht war es ihr unangenehm. Wer weiß schon, was im Kopf einer Frau vorgeht", kann er sich diese Spitze nicht verkneifen.

„Sie hat Lenny engagiert", ergreift nun Marc wieder das Wort.

„Ach!", bemerke ich nur und fühle den stechenden Schmerz in meinem Herzen ganz deutlich. Seinen Namen zu hören in Verbindung mit Marie …! Ich wünschte, es wäre mir egal.

„Einer seiner Mitarbeiter ist rund um die Uhr bei ihr", ergänzt Tom, der natürlich auch Bescheid weiß.

„Und Lenny?", leuchtet mir nicht ein, warum nicht *er* sie beschützt. „Dann hätte er doch Zeit, zu unserer Hochzeit zu kommen."

Finja erhebt sich auf einmal von ihrem Stuhl und geht um den Tisch herum. Als sie neben mir steht, nimmt sie meine Hand.

„Er will nicht kommen, Lea", bemüht sie sich, diese Tatsache so gefühlsbetont wie möglich klingen zu lassen.

„Meinetwegen?", frage ich zögerlich und so leise, dass meine Stimme kaum zu hören ist.

Marc nickt und fährt mit seiner Hand liebevoll über mein Gesicht.

„Er liebt dich genauso sehr wie ich."

69

Marc steckt mir vor der Standesbeamtin und unseren Gästen den Ring an den Finger. Meine Hand zittert vor Aufregung und mein Herz hüpft wie ein Flummi in meiner Brust herum. Ich frage mich, ob alles nur ein schöner Traum ist und ich jeden Moment erwache. Aber dann sehe ich in Marcs glückliche Augen und werde mir bewusst, dass ich wirklich hier bin … in einem wunderschönen Schloss heirate … ein weißes Brautkleid anhabe und einen Blumenkranz in meinem Haar trage.

Finja und Steffen stehen neben uns – unsere Trauzeugen – und stimmen den Applaus an, als mich Marc in seine Arme zieht und küsst.

Ich schließe die Augen und genieße den Moment … fühle seine Hände an meinem Rücken und dieses Prickeln in mir, das mich immer noch durchströmt, sobald er mich berührt.

„Bereit?", fragt mich Marc und lächelt verschmitzt.

„Für was?", habe ich keinen blassen Schimmer, worum es geht.

Doch Marc verzichtet auf eine Erklärung und hebt mich schwungvoll in seine Arme.

Das jubelnde Publikum höre ich kaum, als er mich noch einmal küsst und mit mir aus dem Raum verschwindet.

Er läuft mit mir im flotten Schritt den breiten Gang runter, sodass uns unsere Gäste kaum folgen können.

„Jetzt wäre ich gern mit dir allein", flüstert er mir zu und weiß natürlich genau, dass uns eine lange Partynacht bevorsteht.

„Darauf wirst du noch ein bisschen warten müssen", gebe ich lachend zurück.

„Dann muss ich dich eben vor den Augen aller vernaschen", scherzt er, als er mit mir aus der geöffneten Flügeltür heraustritt.

Doch überraschend verliert er seine Leichtigkeit und bleibt abrupt stehen. Erstaunt schaut er an meinem Gesicht vorbei.

Ich folge seinem Blick und sehe Lenny am Fuße der Treppe warten.

Langsam lässt mich Marc aus seinen Armen gleiten und setzt mich ab. Ohne ein weiteres Wort geht er die Stufen nach unten und bleibt direkt vor Lenny stehen. Die Männer blicken sich schweigend an und ich befürchte schon, dass sie in dieser Position einfrieren. Aber auf einmal lösen sie sich aus ihrer Starre und umarmen sich ... kräftig ... erlöst wirkend.

Die ersten Gäste tauchen hinter mir wieder auf. Sie haben uns endlich eingeholt.

Ich beobachte, wie sich die beiden Männer zu unterhalten beginnen. Marc wirkt erleichtert, dass Lenny erschienen ist – an einem Tag, der ihm so wichtig ist und an dem ein guter Freund einfach nicht fehlen darf.

Dass auch mir der Puls vor Freude in die Höhe schießt, muss ich für mich behalten, denn nichts daran ist richtig!

Marc nimmt seinen Arm nach oben und winkt mich heran.

Mein Herz macht einen Sprung. Seit wir uns auf Sylt voneinander verabschiedeten, habe ich Lenny nicht mehr gesehen. Befangen halte ich mich an meinem Brautstrauß fest und gehe mit zittrigen Knien die Treppe nach unten.

„Sicher braucht ihr einen Augenblick für euch allein", bemerkt Marc vermittelnd ohne eine Spur von Eifersucht, als ich zu ihnen stoße. Mit einem Schmunzeln zieht er sich bereitwillig zurück und geht zu unseren Gästen.

„Du siehst umwerfend aus", sagt Lenny und starrt mich einfach nur an … unbeweglich … nicht weniger aufgewühlt als ich.

Vielleicht lächelt er leicht. Ich kann es kaum erkennen, weil meine Augen wässrig werden.

„Schön, dass du gekommen bist", erwidere ich im Flüsterton und halte diese Distanz zwischen uns kaum aus.

Er findet keine weiteren Worte und nickt lediglich stumm.

Ich lächle nachsichtig … dankbar, dass er immer noch der Alte ist: schweigsam und wenig kommunikativ. Eine Charaktereigenschaft, die wir miteinander teilen.

„Darf ich dich umarmen?", stelle ich diese Frage nur der Form halber. Denn wir beide wissen genau, dass ich es sowieso tun werde.

Er antwortet nicht, überlegt womöglich, ob diese Idee nicht zu verfänglich ist. Deshalb warte ich nicht länger und schwinge meine Arme um seinen Hals.

Ich rechne nicht damit, dass er meine Umarmung erwidert. Immerhin sind seine Gefühle für mich inzwischen nicht nur *mir* bekannt. Doch Lenny nimmt sich nicht zurück und legt seine Arme fest um mich herum … zieht mich sogar noch enger an sich.

Ich kann nicht glauben, wie sehr ich seinen Geruch mag, seinen ruhigen Atem und seine Nähe. Mir kommt Steffen in den Sinn und dieser dumme Umschlag, wie das Feuer das Geheimnis für einen flüchtigen Moment lüftete, bevor es die angekohlten Überreste für immer vernichtete. Nur der Sheriff und ich wissen, welchen Namen er wirklich aufs Papier geschrieben hat.

Und jetzt stehe ich hier zusammen mit Lenny und genieße es, von ihm gehalten zu werden. Er wusste, dass ich so fühlen würde, wenn wir uns wiederbegegnen. Deshalb hat er sich zurückgezogen, um keine Zweifel zu säen. Marc ist sein Freund und er würde diese Freundschaft nicht aufs Spiel setzen.

Doch nun ist Lenny wieder da und plötzlich wird es mir bewusst: Ich liebe beide Männer!

Ende

Liebe Leserin, lieber Leser,

erst einmal möchte ich Dir herzlich danken, dass Du der Liebesgeschichte bis zum Ende treu geblieben bist und hoffe natürlich sehr, dass Dir meine erste „Dark-Romance-Reihe" (bisher habe ich romantische und humorvolle Liebes- sowie Erotikromane veröffentlicht) so gefallen hat, wie ich es mir gewünscht habe.

Aufgrund der zahlreichen Nachfragen und Bitten zum Verlauf der Geschichte habe ich mir viele Gedanken gemacht, wie ich einfach jede Leserin und jeden Leser zufrieden stellen kann. Einige haben sich ein Happy End mit Lenny gewünscht, andere fragten, ob Steffen nicht vielleicht eine größere Bedeutung für Lea haben könnte. Marc hingegen sollte für viele *der* Richtige sein.

Ich habe mich für dieses Ende entschieden, das viel Spielraum für eigene Gedanken bietet.

Vielleicht hast Du noch Fragen, Ideen oder Anregungen zu diesem oder neuen Projekten.
Teile mir diese gerne mit.

Du kannst mich bei Facebook und Instagram über:

„Autorin Sabine Richling"

erreichen.

Oder erkundige Dich regelmäßig auf meiner Website:

www.sabine-richling.com

über weitere Vorhaben und Pläne. Hier kannst Du auch nach anderen Büchern von mir stöbern.

Ich freue mich über Dein Interesse und womöglich kann ich ja irgendwann ein liebes Feedback von Dir in einem Buchshop lesen. Oder aber in einem Post bei Facebook oder Instagram. 😊

Herzliche Grüße

Sabine

„Kein Sex mit einem Millionär"

von
Sabine Richling
Erschienen bei BoD als Taschenbuch und
E-Book

Das Leben könnte so schön sein. Wäre Leonie
nur nicht mit dem falschen Mann verheiratet.
Seit zwanzig Jahren klebt sie an ihrem Angetrau-
ten, der sich zu einem Millionär und überheblichen Patriarchen gemausert hat. Leonie ist Geld
nicht wichtig, darum will sie ihr Luxusdasein an
den Nagel hängen und endlich wieder „normal"
leben – ohne Mann. Doch dann lernt sie Leon,
den vermögenden Immobilienhändler, kennen
und es knistert gewaltig. Sie wehrt sich gegen
ihre Gefühle, doch Leon ist ein exzellenter Verführer …

„Im Jenseits schmeckt die Liebe süßer"
von
Sabine Richling
Erschienen bei BoD als Taschenbuch und
E-Book

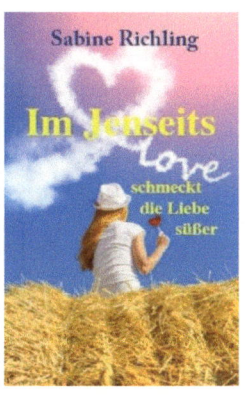

Die siebzehnjährige Lina ist in der Lage, mit Verstorbenen zu reden. Welch verrückte Gabe, die Segen und Fluch zugleich ist!
Dabei will sie nur eines: ein normales Leben führen und den attraktiven Florian näher kennenlernen. Und tatsächlich spricht er sie eines Tages in der Schule an. Er weiß von ihrem Talent und bittet sie um Hilfe. Lina möchte ablehnen, denn so hat sie sich die erste Verabredung mit ihrem Schwarm nicht vorgestellt. Aber sein Charme ist verboten sexy und auch er besitzt eine geheime Begabung.

Als Lina ein rätselhaftes Zeichen aus dem Jenseits erhält, ist sie zutiefst verunsichert. Sie befürchtet, sterben zu müssen. Oder versteht sie alles ganz falsch?

Eine spannende Liebesgeschichte voller emotionaler Momente. Eine Erzählung mit Herz und Humor, die sich der Frage widmet:
Gibt es ein Leben nach dem Tod?

Witzig, romantisch und übersinnlich.

Sabine Richling ist 1968 in Berlin geboren und aufgewachsen. Heute wohnt sie mit ihrem Mann in der Nähe von Hamburg und genießt die Landluft.

Eine Krankheit riss sie aus dem Berufsleben. Aufgrund ihrer veränderten Lebensumstände begann sie, nach neuen Herausforderungen zu suchen, und entdeckte ihre Liebe zum Schreiben.

Im Dezember 2012 veröffentlichte sie ihren Debütroman „Ein Iglu für zwei", der inzwischen unter dem Titel „Das Mädchen und der Star" neu aufgelegt wurde.

Nach und nach entstanden neue romantische und heitere Lovestorys und veröffentlichte sie weitere Bücher.

Vorzugsweise schreibt Sabine Richling im Chick-lit-Format sowie in der Ich- und Gegenwarts-form. Den Fokus legt sie dabei auf Romantik und Humor.

Sie ist selbst ein humorvoller Mensch, der gerne lacht.

Zitat: „Ein Tag ohne mindestens ein Lächeln ist wie Milchkaffee ohne Milch."

Mit der biographischen Erzählung „Dick war gestern" geriet sie auf Abwege und schrieb für ihre Freundin Claudia Mey eine amüsante Bio-graphie über ihr „dickes Leben".

Aufgrund der Faszination, welche das Thema „Leben nach dem Tod" auf die Autorin ausübt, entschied sie sich, die Liebesgeschichte „Im Jen-seits schmeckt die Liebe süßer", erschienen im September 2017, auf diese Materie zuzuschnei-den.

Sie hat ihre eigenen Erfahrungen und die Er-kenntnisse, die sie aus zahlreichen Büchern ge-wann, mit einfließen lassen und eine spannende und romantische Geschichte erzählt, die sich um ein junges Mädchen dreht mit übersinnlichen Fähigkeiten.

Selbstverständlich kommt die Liebe dabei wieder nicht zu kurz, denn darauf legt Sabine Richling bei all ihren Romanen ihren Fokus.

4 Lesetipps:

„Kein Sex mit einem Casanova"
- Mitreißend und sexy –

„Kein Sex mit einem Millionär"
- Mit einer Prise Sex-Appeal -

„Das Mädchen und der Milliardär"
- Emotional und verführerisch -

„Claudia Mey / Dick war gestern"
- Herrlich selbstironisch -